Alicia Cameron

Clarissa und die unverheirateten Frauenzimmer

übersetzt von Daniela Maizner

"Clarissa und die unverheirateten Frauenzimmer"
von Alicia Cameron

Herausgegeben von Babelcube, Inc.
www.babelcube.com
Übersetzt von Daniela Maizner
Redaktion: Astrid St

Clarissa und die unverheirateten Frauenzimmer
von
Alicia Cameron
Aus dem Englischen übersetzt von
Daniela Maizner

Clarissa überzeugt

Miss Clarissa Thorne blickte von ihrem Bibliothekssessel aus hinunter auf das schüttere Haar des Vikars und fand, dass sie ihn jetzt lange genug ertragen hatte.

„Bitte erheben Sie sich, Mr. Peterkin. Ich würde es selbst tun, wenn Sie sich nicht in meinen Röcken verfangen hätten", sagte sie scharf. Sie war noch eine junge Dame, von etwa 18 Lenzen, aber mit einem entschlossenen Kinn, das Gesicht umrahmt von aschbraunen Locken, die achtlos mit einem zerschlissenen Band zurückgebunden waren. Sie trug einfach geschnittenen schwarzen Musselin, wie es für ihre Trauer angemessen war. Sie wäre einigermaßen hübsch gewesen, läge in ihren großen grauen Augen nicht dieser ganz und gar undamenhafte Ausdruck der Bestimmtheit.

Reverend Peterkin erhob sich umgehend, drauf und dran eine Predigt darüber zu halten, wie eine junge Dame mit einem Geistlichen zu sprechen hatte, aber er besann sich darauf, dass ihn dies in seiner Sache nicht weiterbringen würde.

„In der Tat, Miss Thorne, es ist mein aufrichtiges Anliegen, mich Ihnen zu Füßen zu werfen, Ihnen Trost zu spenden und Ihnen in dieser rauen Welt beizustehen..." Aber die junge Frau hatte bereits an einem etwas altersschwachen Klingelzug geläutet und hielt ihm nun ihre Hand hin, um sich unmissverständlich von ihm zu verabschieden.

„Ich bin Ihnen für Ihre wohlgemeinte Sorge zu Dank verpflichtet, Sir, aber Sie haben meine Antwort gehört und sollten nun gehen."

Als Mr. Peterkin automatisch ihre Hand ergriff, spürte er, dass er dabei war, die Kontrolle über die Situation zu verlieren. Er schluckte und sagte: „Aber Miss Thorne, Sie müssen doch Ihre Lage bedenken... beide Eltern tot... Sie brauchen einen Ehemann, der Sie anleitet..."

Sie zog ihre Hand zurück und blickte an ihm vorbei zu ihrem obersten Diener hinüber.

„Ah, Sullivan, Mr. Peterkin verlässt uns. Begleiten Sie ihn doch bitte nach draußen", sagte sie in einem äußerst ausgelassenen Tonfall.

„Selbstverständlich Miss", sagte Sullivan unberührt und hielt dem Vikar die Tür auf, der das Zimmer sichtlich aufgewühlt verließ. Als sie die Treppen hinunterstiegen, starrte Mr. Peterkin voll Abneigung auf den vor ihm gehenden Sullivan. Wie sich Mrs. Thornes Akademie der jungen Damen jemals einen solch aufgeblasenen Bediensteten wie Sullivan leisten konnte, war den meisten im County ein Rätsel, nicht jedoch dem Vikar. Als die Tochter des Viscount von Ashcroft den einfachen Mr. Thorne geheiratet hatte, einen Schriftsteller und Freidenker, der zudem bereits einen Sohn hatte, begleitete sie der erste Diener des Ashcroft-Anwesens in ihr neues Zuhause und brachte jene erhabenen Manieren mit, die den niederen Landadel im Umkreis einschüchtern, aber die Eltern der jungen Damen, die hier unterrichtet wurden, in Gewissheit wiegen konnten.

„Ich bitte um Verzeihung, Sir, dass Sie Miss Thorne nicht in der Begleitung antreffen konnten, wie es sich geziemt. Aber wer von den Bediensteten hätte dies übernehmen sollen?" Immer wenn Sullivan auf die anderen Dienstboten anspielte, so tat er dies mit einer solchen Pose, als würde er noch immer einer ganzen Schar an Dienern vorstehen und nicht nur einer Köchin, einem Stubenmädchen und einem Pferdeknecht. Denn mehr Angestellte waren nach dem Ende des Semesters nicht mehr hier anzutreffen.

Mr. Peterkin klammerte sich hastig an seinem Hut fest und hatte zumindest den Anstand, zu erröten. „Nun, was das betrifft... ich habe mir die Freiheit genommen, durch die Gartentür einzutreten. Ich wollte Miss Thorne... in dieser traurigen Zeit geistlichen Beistand schenken."

„Tatsächlich, Sir?" Sullivan zog seine Augenbrauen leicht nach oben, aber Mr. Peterkin, der gesellschaftlich über dem Butler stand, hatte kein Bedürfnis, sich zu erklären. „Vielleicht erlauben Sie mir das nächste Mal, Sie anzukündigen, Sir. Dann werden Sie Miss Thorne auch angemessen in Begleitung einer der anderen Damen antreffen."

„Wenn Sie sich einmischen wollen... Sullivan, es steht Ihnen nicht zu... Die Anliegen eines Geistlichen sind äußerst... Guten Tag."

„Auch Ihnen einen guten Tag, Sie schleimiges Wiesel im Priesterkragen", sagte Sullivan, nachdem er die Tür hinter ihm geschlossen hatte. „Auf Nimmerwiedersehen! Und wenn es nicht meine Aufgabe ist, die jungen Damen vor Kreaturen wie Ihnen zu schützen, dann weiß ich auch nicht mehr."

In der Zwischenzeit hatte sich Clarissa in ein Nebenzimmer begeben, in dem drei Damen damit beschäftigt waren, verschiedene Gegenstände einzupacken.

„Sofort aufhören!", sagte sie in gebieterischem Tonfall, als sie das Zimmer betrat. Ihre Augen blitzten, die Wangen waren gerötet und trotz ihres plumpen Kleides strahlte sie Autorität aus.

Eine Dame von rund 45 Jahren in einem wenig vorteilhaften Chemisekleid mit rundem Ausschnitt aus schlammfarbenem Leinen, die gerade einen Stapel staubiger Bücher sortierte, blickte hoch und sagte: „Meine liebe Clarissa, was kann Sie denn nur so erregt haben?"

„Ich musste soeben die Unverschämtheit eines Heiratsantrages von Mr. Peterkin ertragen. Und jetzt müssen Sie mir alle zuhören", verkündete Clarissa. Sie nahm eine Kiste von einem roten Samtsessel und setzte sich, während ihre Begleiterinnen mit Ausdrücken des Erstaunens ihre Arbeit unterbrachen und sich zu ihr gesellten. Zwei setzten sich auf das Sofa, die andere nahm auf dem Schemel an Clarissas Sessel Platz und streichelte ihr über die Hände, um ihren offensichtlichen Ärger etwas zu besänftigen.

Der Kontrast zu den beiden Damen auf dem Sofa hätte größer nicht sein können. Beide trugen einfache graue Kleider, die am Hals zusammengebunden waren und die keinerlei Details wie Riemen oder Knoten aus Bändern schmückten, mit denen die dritte Dame versucht hatte, die Strenge ihrer Kleidung etwas zu lockern. Aber Miss Appleby, die Clarissa zu Füßen saß, hatte eine romantische Ader und in ihr brannte noch immer die kleine Flamme der Hoffnung, dass eines Tages ein Gentleman um ihre Hand anhalten würde. Dass dieser Gentleman sehr spät dran sein würde, daran zweifelte niemand. Die beiden anderen Damen begegneten einer solchen Hoffnung lediglich mit Verachtung. Das war allerdings auch schon ihre einzige Gemeinsamkeit.

Miss Oriana Petersham war zweifellos eine Schönheit erster Güte. Obwohl sie ihr goldenes Haar streng nach hinten kämmte und es zu einem einfachen Knoten im Nacken zusammensteckte, konnte sie einzelne Löckchen nicht daran hindern, herauszurutschen und ihr herzförmiges Gesicht zu umrahmen, die dunklen Wimpern, die sich um ihre großen grünen Augen legten, die perfekte Nase sowie den bogenförmigen Mund. Es half auch nichts, das schlichte, schmucklose Kleid zu tragen, das ihre fabelhafte Figur und das schöne Gesicht konterkarieren sollte. Dieses Gesicht trug einen Ausdruck von großem Bedauern, denn schon zu oft war die wunderschöne Oriana Petersham das Objekt unerwünschter männlicher Aufmerksamkeit geworden und so konnte sie Clarissas Leid mitfühlen.

Neben ihr saß eine Dame, die mit 35 rund fünfzehn Jahre älter war. Ihre Figur war so schwerfällig wie die ihrer Begleiterin zart war, ihre Gesichtsfarbe so rötlich wie die von Oriana zart und ihr Haar so dunkel und gerade wie das der anderen hell und lockig. Ihre Augenbrauen standen gefährlich nahe zusammen und berührten einander beinahe, aber ihr Gesicht war so ausdruckslos, dass es ihr kaum anzusehen war, wie sie Clarissas Ausbruch aufgenommen hatte. Miss Augusta Micklethwaites Gesicht verriet ihre wahren Gedanken nicht.

Miss Applebys graue und braune Locken (die sie vor allem einem Brenneisen verdankte) baumelten dünn über ihr Gesicht, während sie aufgeregt über Clarissas Hand streichelte. „Ach, wie schön...Mr. Peterkin. So romantisch. Dass er über alle die Jahre eine Zuneigung zu Ihnen entwickelt hat. Wer hätte das geahnt? Tatsächlich hatte ich immer angenommen, dass er Sie nicht leiden konnte, Clarissa. Wissen Sie nicht mehr, wie er Sie wegen des Knopfes geschimpft hat, den Sie vor Jahren in die Almosenbüchse gesteckt hatten?“ Sie brach ab, als Clarissa wütend ihre Hand zurückzog.

„Zuneigung? Das kann wohl kaum Ihr Ernst sein?”, zischte Clarissa. Ihr Ärger ließ allerdings nach, als sie an Mr. Peterkins Unterwürfigkeit zurückdachte, und sie musste kichern.

Miss Micklethwaite sagte in ihrer klaren, kühlen Stimme: „Er hat natürlich von dem Erbe erfahren. Sie sind eine Närrin, Louisa.”

Miss Appleby war Miss Micklethwaites direkten Konversationston gewohnt und fühlte sich durch ihre Aussage nicht gekränkt. „Aber er würde doch nicht... ich bin sicher... Aber wie konnte er nur?“ Sie brach ab und ihre feuchten Augen weiteten sich vor Zorn. Was einst eine zerbrechliche Schönheit gewesen war, war nun ein dürres, aber drahtiges Gesicht und eine belastbare Gestalt, gezeichnet von den Mühen im Dienste verschiedener Haushalte als Gouvernante, bis sie vor fünf Jahren das Glück hatte, eine Stellung in der Akademie zu bekommen, die ihre alte Schulfreundin aufgebaut hatte. Hier war sie von Clarissas verstorbener Mutter verwöhnt und mit wahrem Respekt behandelt worden, wie sie fand.

„Ich nehme an, das hat er von Jane erfahren.“ Oriana sah, dass Miss Appleby noch immer nicht verstand und erklärte. „Jane, unsere Köchin, ist die Cousine zweiten Grades von Lottie, dem Stubenmädchen im Pfarrhaus.“

„Bedienstete wissen alles“, rief Miss Appleby.

„Mr. Peterkin meinte, er wollte mich heiraten, um einem armen Waisenkind Trost zu spenden“, sagte Clarissa und imitierte dabei seinen tragischen Tonfall.

Oriana rollte mit den Augen. „Ach, herrje. Und ich dachte immer, er hätte keinen Anstand.“

„Das ist nicht lustig. Als ich ihn fragte, ob er denn in der Lage sei, eine Frau zu versorgen...“

„Oh, Clarissa, das haben Sie nicht getan!“, unterbrach Miss Appleby sichtlich schockiert.

„Natürlich habe ich das. Ich sagte, ich hätte keine Skrupel ihm diese Frage zu stellen, zumal ich keine Eltern mehr habe, die dies für mich übernehmen könnten“, sagte Clarissa keck, aber ihre Augen blitzten. „Dann stotterte er und sagte, dass er im Moment nicht über die entsprechenden Mittel verfüge, aber wenn ich nur etwas vom Geschick meiner lieben Mama geerbt hätte, dann bräuchte ich einen Mann mit seiner Erfahrung, der es für mich verwaltet. Er hat sich sofort verraten. Sie können darauf wetten, dass er nur deshalb um meine Hand angehalten hat, weil er erfahren hat, dass mein Cousin verstorben ist und ich nun Ashcroft Manor erbe.“

„Da liegst du gewiss richtig“, sagte Oriana mit funkelnden Augen. „Was für ein lächerlicher kleiner Mann. Er versucht Profit aus der Verbindung mit einer Person zu schlagen, der er in den letzten drei Jahren mit nichts als Ungeduld begegnete.“

„Aber gewiss hat er Recht, meine liebe Oriana. Clarissa braucht in dieser schwierigen Zeit Beistand. Die starke Schulter eines Gentleman, der die Entscheidungen für sie trifft...“

„Bah!“, rief Miss Micklethwaite ungeduldig. „Der kann sich doch nicht einmal entscheiden, ob er Huhn oder farcierten Krebs zum Abendessen möchte. Er kann wohl kaum vorgeben, dass er sich in den Monaten nach dem Tod von Clarissas lieber Mutter besonders um sie gekümmert hätte. Mr. Norbert war es, der sich wirklich wie ein Vikar verhielt, auch wenn es uns jedes Mal in Trübsinn stürzte, wenn sein Besuch länger als 20 Minuten dauerte. Wenn Clarissa Beistand braucht, dann wird ihn ihr gewiss ihr Bruder bieten, auch wenn er so ein steifer, junger Stock ist, wie es selten einen zweiten gibt.“

„Augusta“, protestierte Miss Appleby in sanftem, aber bestimmten Ton. „So dürfen Sie nicht über Mr. Thorne sprechen. Er ist gewiss ein Mann mit hohen Prinzipien und starken Ansichten...“

„Meine liebste Appleby, meine Mutter pflegte ihn als nichts anderes zu bezeichnen, so sehr sie sich auch bemühte, ihren Stiefsohn zu mögen. Sogar mein Vater spürte, dass er sein Gehabe entrüsteter Tugend wohl als Reaktion auf die liberalen Ansichten meiner Mutter entwickelte. Er hätte es niemals ertragen können, so wie sie als anders oder exzentrisch zu gelten. Vater gab Harrow die Schuld." Während Clarissa von ihren früh verstorbenen Eltern sprach, nahmen ihre Augen einen liebevollen Ausdruck an. Nun waren sie im Himmel so wie bereits zu Lebzeiten vereint. Sie seufzte und sah ihre Freundinnen der Reihe nach an. „Sie haben allerdings Recht. John wird mich am Montag besuchen, so schreibt er in seinem Brief. Er erlaubte sich, Ashcroft zu besuchen, das er in einem äußerst bedauerlichen Zustand vorfand. Er teilt mir auch mit, dass er seine Anwälte beauftragt hat, das Anwesen zu verkaufen, nachdem der Titel nun nicht mehr vererbt werden kann und der Fideikommiss aufgehoben wurde. Er ist überzeugt, dass dies auch mein Wunsch sein müsse. Zudem bittet er mich, zu ihm zu ziehen, wo er sicher ist, sicher, hören Sie, dass ich Cornelia eine große Hilfe mit den Kindern sein kann." Während sie sprach, lief Clarissa aufgeregt auf und ab und malträtierte dabei ein Spitzentaschentuch. „Ich wurde als unabhängiger Mensch erzogen - können Sie sich vorstellen, wie mein Leben in so einem Haushalt aussehen würde? Ich müsste sterben."

„Ich habe mir oft gedacht, dass Ihre Mutter nicht wusste, was sie Ihnen aufbürdete, als sie Sie so frei in Ihrem Denken und Verhalten aufzog. Hier in der Akademie ist Ihnen diese Erziehung wirklich zugutegekommen, aber draußen in der Welt halten die Menschen nichts von jungen Damen, die den Ansichten der Männer widersprechen und an politischen Diskussionen teilnehmen. Ich habe oft mit ihr darüber gesprochen, aber sie konnte ja nicht ahnen, dass sie Sie schon so bald verlassen müsste", sagte Miss Micklethwaite, während sie sich etwas aus ihren sonst so strengen Augen wischte, das wohl eine Träne sein musste.

„Ja, aber ich habe einen Plan. Ich werde nicht hier sein, um Johns Rat zu hören, denn ich werde in Ashcroft sein. Und Sie alle werden mit mir kommen."

„Aber das können Sie doch nicht machen", quiekte Miss Appleby.

„Clarissa, du kannst doch nicht ernsthaft...", sagte Miss Petersham.

„Liebe Appleby, hören Sie mir doch zu. Natürlich kann ich nicht dorthin fahren ohne respektable Damen, die mich begleiten. Aber mit Ihnen dreien geht das glänzend und John wird das wohl kaum unanständig finden können."

„Ich nehme eher an, er wird etwas dagegen haben, dass wir Ihnen am Rockzipfel hängen", sagte Miss Micklethwaite geradeheraus.

„Ja und er hätte Recht. Nimm Miss Appleby mit, wenn es sein muss, aber es gibt keinen Grund, uns alle mitzunehmen. Ich kann nicht auf deine Kosten leben", erklärte die hübsche Miss Petersham und die Röte in ihrem Gesicht machte sie noch schöner, als sie es sonst schon war.

„Möchtest du etwa zurück zu deinem Bruder gehen, der gleich versuchen wird, dich an den Höchstbietenden zu verheiraten?", fragte Clarissa.

„Ich würde nur so lange dort bleiben, bis ich wieder eine neue Stelle hätte", antwortete Oriana. „Außerdem kann er mich zu nichts zwingen."

„Aber er kann dir das Leben so schwer machen, wie John es mir machen wird. Du weißt, dass es unwahrscheinlich ist, eine neue Stellung zu erhalten. Diese Anstellung hier hat gut zu dir gepasst, aber du bist viel zu hübsch, als dass du in einem Haushalt als Gouvernante unterkommst.

Oriana neigte ihren Kopf und biss sich auf die Unterlippe. Clarissa lehnte sich nach vorne und legte ihre Hände in die ihren.

„Möchtest du nicht lieber mir helfen?", fragte sie bittend. „Als Mama starb und wir wussten, dass wir die Schule Ende des Jahres schließen müssen, dachten wir alle, dass wir unser gemütliches und schönes Leben hier aufgeben müssten. Aber nachdem mein Cousin so unerwartet verstarb, denke ich, das Erbe könnte uns allen helfen." Sie drehte sich impulsiv um. „Appleby, meine Liebste, Sie können doch nicht wirklich zu Ihrem Bruder Farnham und all den schrecklichen Kindern zurückkehren wollen? Sie wissen doch genau, dass sie Sie wie einen unbezahlten Dienstboten behandeln werden. Ich erinnere mich noch, wie erschöpft Sie letzten Sommer von dort zurückgekehrt sind." Miss Appleby versuchte zu protestieren und schnaubte etwas Unverständliches. „Ich brauche eine Begleiterin, mit der ich über Mama und Papa sprechen kann und die mich so gut versteht, wie Sie es tun. Sie würden mich doch nicht verlassen, oder?"

Miss Appleby nahm das schlimm zugerichtete Taschentuch aus Clarissas Umklammerung und schniefte hinein. „Oh, meine liebe Clarissa, das ist so freundlich von Ihnen. Wenn ich doch nur sicher sein könnte, keine Last für Sie zu sein..."

Clarissa wandte sich mit flammenden Augen und einem entschlossenen Gesichtsausdruck an ihre beiden anderen Freundinnen, die nicht so leicht zu beeindrucken waren wie Miss Appleby.

„Du weißt doch gar nicht, was es bedeutet, ein solches Anwesen wie Ashcroft zu führen, Clarissa. Wenn dein Bruder Recht hat und das Anwesen vernachlässigt wurde, dann ist es vielleicht besser, es zu verkaufen. Dann könntet ihr euch in Bath niederlassen, du und Miss Appleby." Orianas honigsüße Stimme versuchte, Clarissas Elan etwas zu bremsen.

„Natürlich weiß ich nicht, was es heißt, ein Anwesen zu führen. Deshalb brauche ich dich, Oriana, Du kannst es mir zeigen."

Sir Ralph Petersham hatte seine Tochter in viele Angelegenheiten, die Männern vorbehalten waren, eingeweiht und dabei die Beschwerden ihrer Mutter ignoriert. Er hatte sie in alle Anliegen des Anwesens involviert und sie erwies sich als fähige Schülerin, sodass er ihr einen Teil der Verantwortung übertrug. Wenn sein Sohn Fitzroy in den Ferien aus Cambridge nach Hause kam, sagte er ihm nur: „Oriana soll dir alles zeigen!" Schloss der junge Mann Oriana von etwas aus, das er für seine Domäne hielt und kam dann doch nicht zurecht, sagte sein Vater scharf: „Überlasse es das nächste Mal deiner Schwester." Sir Ralph hatte die Zukunft seiner schönen Tochter an der Seite eines großen Mannes gesehen, dem sie ebenbürtig war, so wie es seine eigene Frau ihm niemals gewesen war. Lebte er heute noch, wer weiß, was dann passiert wäre.

Aber so war es ein eifersüchtiger Bruder, der Orianas Einführung in London überwachte, und er nahm erfreut an ihrer Stelle den Antrag eines Earls an, der nicht nur reich, sondern auch schon annähernd 60 war. Orianas schandvoller Akt, die Hochzeit abzusagen, und der darauffolgende Ärger ihres Bruders hatten sie dazu gebracht, eine Anstellung in Mrs. Thornes Akademie zu suchen. Ihr Bruder, der immer noch nach dem Verbleib seiner wunderschönen Schwester gefragt wurde, hatte ihr nie verziehen.

„Mutter sagte immer, dass Ashcroft zur Zeit meines Onkels ein blühendes Anwesen war und mein Cousin besaß es nur fünf Jahre lang. Er war eine traurige Gestalt und vermutlich ein Freigeist, aber sicherlich konnte er in der kurzen Zeit keinen allzu großen Schaden anrichten. Oriana, du kannst mir dabei helfen, das Anwesen wieder zu neuer Blüte zu führen. Siehst du denn nicht, du würdest mir keine Last sein, sondern eine große Hilfe."

Orianas Augen funkelten, dann trübten sie sich wieder. „Wenn ich doch nur könnte, meine Liebe. Wir kennen die Leute dort gar nicht... Sie würden uns vertrauen müssen, aber mit der Hilfe eines guten Verwalters..." Sie versuchte, in Clarissas Blick das Mitleid zu finden, das sie so missbilligte, aber sie sah nur Hoffnung und Entschlossenheit. „Könnten wir?", fragte sie.

Clarissa sprang auf die Füße und zog Oriana tanzend auf. „Ach meine Liebe, du wirst also mitkommen." Sie und Oriana kreischten und tanzten durch das Zimmer. Genauso abrupt wie sie aufgesprungen war, blieb Clarissa stehen und wandte sich an Miss Micklethwaite.

„Liebste Waity, Sie wissen doch, wie sehr ich Sie brauche, um das Haus in Ordnung zu halten."

Miss Micklethwaite blickte noch ernster. „Sie müssen nicht auch noch mich durchfüttern."

„Bei all dem Griechisch und Latein habe ich nie gelernt, einen Haushalt zu führen. Wie hätte mir Mama es schon beibringen können, wenn sie es doch selbst nicht gewusst hat. Und wir brauchen Sie doch, um die Drachen zu verjagen, Waity. Denken Sie doch nur einmal daran, wie die Verehrer plötzlich wie die Pilze aus dem Boden schießen werden, wenn Sie nicht auf mich aufpassen. So wie der Vikar. Und Oriana, wie Sie wissen, können wir gar nicht vor die Tür schicken, ohne dass ein verträumter Gentleman hinter ihr herrennt."

Oriana schnappte nach Luft und Miss Micklethwaite lächelte sauer.

„Und ich würde Ihre Unterstützung so sehr schätzen, meine liebe Augusta", sagte Miss Appleby weich. „In Abwesenheit eines Gentleman kommen Sie der Sache doch am nächsten. Clarissa! Oriana! Also ich kann nicht verstehen, was so lustig sein soll?"

Aber die beiden jungen Damen mussten beim Anblick von Waitys Gesicht derart lachen, dass sie nur noch keuchten und sich gegenseitig stützten. Miss Micklethwaites Stirn glättete sich ein wenig.

„Ich denke, Louisa, dass Sie und ich dringend gebraucht werden, damit die beiden keine Dummheiten anstellen", sagte sie.

„Wenn Sie das so sehen, Augusta, dann müssen wir selbstverständlich mitkommen", antwortete Miss Appleby.

„Das tue ich", sagte Miss Micklethwaite und ihr grimmiger Tonfall unterbrach das Geschrei der jungen Damen. „Und nun ziehen wir uns besser für das Abendessen an. Vielleicht finde ich ja eine Kniehose?"

„Kniehose? Was könnten Sie nur meinen?", sagte Miss Appleby zu ihrer Freundin, die ihr bereits den Rücken zuwandte. „Mädchen?", fragte sie vorsichtig. Aber es war zwecklos, die beiden jungen Frauen hatten sich in ganz und gar ungehöriger Manier auf das Sofa geworfen und ließen nun eine schallende Lachsalve los.

Später an diesem Abend saß Clarissa mit angezogenen Knien auf ihrem Bett. Der Gedanke an ein Leben mit ihrem Bruder und dessen Frau war schon schlimm genug, aber sie hatte beschlossen, dass ein solches Schicksal auf keinen Fall ihre Freundinnen treffen sollte. Sie hatte es nur allzu oft mitansehen müssen, das Leben der ungeliebten verarmten Verwandten, der unverheirateten Frauenzimmer, die für ihre Familie schufteten, für kaum mehr Anerkennung als ein Hausmädchen und für viel weniger Geld. Nur selten gab es eine Familie, die sich um eine mittellose weibliche Verwandte kümmerte und sie dabei noch als ihresgleichen anerkannte. Sie mussten dankbar für die Wohltat sein, die man ihnen angedeihen ließ, auch wenn diese Wohltat Beleidigungen, Kränkung und Anstrengung beinhaltete. Hunderte undankbare Aufgaben jeden Tag und ohne die Möglichkeit, auch nur eine Sekunde des Lebens selbst bestimmen zu dürfen. Auch wenn sie selbst es ertragen könnte, ihren lieben, lieben Freundinnen durfte das nicht geschehen.

Die Damen konspirieren

Wenn sie die Akademie noch vor der Ankunft von Mr. Thorne verlassen wollten, hatten die Damen noch eine Menge zu tun. Miss Micklethwaite war der Meinung, dass es besser wäre, seine Ankunft abzuwarten und ihn über ihre Entscheidung zu informieren, aber als Clarissa erklärte, es sei besser, ihn vor vollendete Tatsachen zu stellen, gab sie schließlich nach. Ein überheblicher junger Mann, der zehn Jahre älter war als sie, würde es sicherlich nicht erfreut aufnehmen, wenn seinen Wünschen nicht nachgekommen wurde. Zweifellos, dachte Augusta, hatte er bereits Pläne dafür, wie er Clarissas Geld für sie verwalten würde. Selbstverständlich nur zu seinem eigenen Vorteil. Diesen Gedanken behielt sie allerdings für sich und kommandierte das Packen der Damen.

Sie konnten nun all die Bücher mitnehmen, die sie so ungern zurückgelassen hätten (auch wenn *Grundkenntnisse der Arithmetik* sicherlich kaum in einem Landhaus benötigt wurde), denn Sullivan hatte verkündet, dass er mit den Koffern vorzureisen beabsichtigte, während Mary die Damen in der angemieteten Postkutsche begleiten konnte. Das war eine Erleichterung, denn wer wusste schon, in welchem Zustand das Anwesen sein würde. Sullivan konnte es so zumindest notdürftig auf ihre Ankunft vorbereiten.

Bevor er abreiste, hatte er Clarissa noch etwas mitzuteilen. „Miss, ich weiß, hier mussten Sie sich kaum Gedanken um Ihre Garderobe machen. Das ist nur zu verständlich. Aber wenn Sie in Hertfordshire ankommen, dann wird das nicht, naja...“, er stoppte und blickte peinlich berührt.

„Schäbige Eleganz, ich weiß“, sagte Clarissa. „Aber es bleibt kaum Zeit... Ich werde es mit den Damen besprechen. Danke, Sullivan.“

„Sehr wohl, Ma'am."

Als Clarissa das Thema ansprach, gestand Oriana, bereits darüber nachgedacht zu haben. „Und ich denke, ich habe auch schon eine Lösung dafür, wenn du es mir nicht übel nimmst. Die Garderobe deiner Mutter und ein paar Truhen voller Stoffe, die ich gefunden habe, bergen einige unerwartete Schätze. Wenn du nichts dagegen hast, dass ich ihr schwarzes Abendkleid aus Seide für dich umschneidere, dann sollte das passen. Mit den beiden schwarzen Musselin-Kleidern, die Mrs. Trimble in der Stadt für dich macht, sollte das als Tagesgarderobe genügen, bis wir jemanden in Hertfordshire finden.

„Ja", sagte Clarissa und errötete. „Aber werden die Kleider elegant genug für die Rolle der Hausherrin sein? Ich möchte ernstgenommen werden, wenn ich mit den Einheimischen zu tun habe. Ich brauche keinen femininen Schnickschnack, aber zumindest möchte ich wie eine respektable Dame aussehen und nicht wie das dumme Schulmädchen, als das ich mich gerade fühle."

Oriana unterdrückte einen Seufzer und nahm ihre Hand. „Komm doch mit und schau dir an, was deine Mutter hier versteckt hat."

Oben im Zimmer ihrer Mutter waren Schränke und Truhen, in die sie nicht mehr hineingesehen hatte, seit sie ein kleines Kind war. Oriana öffnete sie und häufte den prächtigen Inhalt auf das Bett. Clarissa seufzte leicht, als sie in das Allerheiligste ihrer Mutter eintrat, wurde jedoch sofort von den funkelnden Schätzen vor ihr eingesogen. Vorsichtig verstaut mit Mottenkugeln und Lavendel lag der Putz einer Viscountstochter, der für eine Lehrerin auf dem Land jedoch unbrauchbar war. Natürlich erschien die damalige Mode aus fischbeinernen Miedern und Reifrock den Mädchen, die eher einfacheren Stil trugen, eigenartig, aber der pure Luxus und die Farben von Seide, Samt, Brokat und Goldnetzen verzückten sie.

„Sieh mal. Hier haben wir Brüsseler Spitze, damit können wir deine Trauerkleider verschönern", sagte Oriana. „Und diesen Schal aus Spanien kannst du abends mit dem schwarzen Seidenkleid deiner Mutter tragen." Und wenn wir nach Hertfordshire kommen, dann findest du gewiss eine Schneiderin, die dir aus diesem Samtmantel ein Reitkleid näht. Wenn du etwas feine Wolle kaufst, können wir noch ein passendes Reisekostüm, eine Mütze und einen Muff aus diesem Hermelin schneidern.

Clarissa strich verwirrt, aber erfreut über die Kleider. „Mit Hermelin? Aber Oriana, ich will doch nur etwas eleganter aussehen."

„Unsinn", sagte Oriana kräftig. „Du musst umwerfend aussehen. Du kannst doch nicht nach Hertfordshire fahren und daherkommen, als hättest du die letzten beiden Winter damit zugebracht, jedes Stück Kohle im Keller einzeln zu zählen, auch wenn das vielleicht stimmt. Du willst doch wohl nicht von deinen Nachbarn bemitleidet werden, oder?

„Natürlich nicht!", rief Clarissa, der diese Vorstellung ein Gräuel war. „Was trug man früher zu Mamas Zeiten nur für Kleider? Alles sehr elegant natürlich. Aber Mama war so ein Bücherwurm, es erscheint eigenartig sich vorzustellen, dass sie auf Bällen Sachen wie das hier trug." Sie hielt ein violettfarbenes Seidenkleid mit goldenem Brokatbesatz hoch.

„Ja, sehr eigenartig. Es ist anzunehmen, dass diese Farbe damals in Mode war. Aber ich denke, wir könnten es ganz einfach umnähen und für dich daraus ein Unterkleid und vielleicht für Miss Appleby ein Abendcape machen. Wenn wir ihr dann aus diesem lavendelfarbenen Krepp ein einfaches Überkleid schneidern, dann würde das sehr gut zur Halbtrauer für deine Mutter passen. Und es würde deine Erscheinung kaum aufwerten, wenn deine Gesellschafterin so gekleidet bleibt, wie sie es jetzt ist.

Beim Anblick von Orianas vergnügtem Gesicht erkannte Clarissa, wie sehr sie die Welt der Mode vermissen musste und dass es ihr wohl schon lange unter den Fingernägeln brannte, Clarissa einzukleiden.

Die jungen Frauen beschlossen also, die älteren Damen so auszustatten, wie es besser zu ihrer neuen Funktion passen würde und es schien, als konnte das Vorhaben mithilfe der Schätze der verstorbenen Mrs. Thorne obendrein mit wenig Geld umgesetzt werden. Ein feiner taubenblauer Musselin aus dem Schrank von Clarissas Mutter musste nur ein paar Zentimeter enger genäht werden, um Miss Appleby zu passen, zusammen mit einem passenden Pelisse, dem mit einem dunkelgrauen gerüschten Seidenband ein „Hauch von Paris“ (wie Miss Petersham es bezeichnete) verliehen werden konnte.

Miss Micklethwaite stellte ein weit größeres Problem dar. Es war sinnlos anzunehmen, sie würde sich in violettfarbenen Satin kleiden lassen. Sie war die Tochter eines ehrenwerten Anwalts, der fortschrittliche Ansichten über die Ausbildung junger Damen hatte, und so hatte sie den geringsten gesellschaftlichen Stand der Damen. Sogar Miss Appleby konnte einen verarmten Baronet irgendwo in ihrem Stammbaum vorweisen, aber Miss Micklethwaite hatte keinerlei Verbindungen zum Adel. Sie war viel zu stolz, als dass sie „die Besseren nachäffen" wollte, so wie sie es der Frau ihres Bruders unterstellte, der es mit seinen Geschäften zu beträchtlichem Reichtum geschafft hatte. Die Damen entschieden sich daher für einen dunklen, robusten Popelin (der zuvor als voluminöse Umhüllung für die extravaganten Kleider ihrer Mutter gedient hatte), der in ein einfaches Kleid umgeschneidert werden konnte, und schwarzen Musselin, aus dem ein einfaches Abendkleid genäht werden konnte. Sie hatten noch so viel schönen Hermelin und Zobel übrig, dass sie ihr gerne noch einen Hut und einen Muff genäht hätten, aber nein, sie hätte es ja doch nicht getragen. Erst als Clarissa eine Stola aus Fuchspelz ganz unten in der Truhe gefunden hatte, die den gleichen Zweck erfüllen konnte, waren sie zufrieden.

„Dagegen kann sie nichts haben“, meinte Clarissa entschieden, „Jeder mit einem soliden Einkommen könnte so etwas besitzen.“

Die Damen eilten mit ihrer Ausbeute aufgeregt ins Wohnzimmer, wo sie begannen, nach Herzenslust zu heften und zu nähen. So fanden auch Miss Micklethwaite und Miss Appleby sie vor, als sie von ihrem Spaziergang zurückkamen. Als ihnen berichtet wurde, was soeben vor sich ging, begann Miss Appleby zu weinen. „Ach mein liebes Mädchen, das geht doch nicht. In meinem ganzen Leben habe ich keine solchen Kleider besessen... Ihre liebe Mutter..."

„...wäre froh, wenn Sie sie tragen und mir damit helfen, meinen Eindruck bei den Nachbarn zu verbessern. Es kann doch nicht angehen, dass sie mich für einen Geizhals gegenüber meiner Begleiterin halten würden. Und Sie brauchen mich auch keineswegs als großzügig bezeichnen, denn die Kleider kosten gar nichts und Sie müssen auch noch dabei helfen, sie zu fertigen."

„Oh, natürlich...", sagte Miss Appleby und schluchzte noch immer vor Dankbarkeit.

„Hören Sie auf zu schniefen und gehen Sie den Mädchen zur Hand, Louisa. Clarissa hat recht, Sie dürfen sie vor ihren Nachbarn nicht in Verlegenheit bringen. Sogar ich sehe das ein. Geben Sie mir den Popelin, ich werde mich darum kümmern. Wenn die beiden jungen Damen denken, sie könnten meine Maße nehmen, dann irren sie sich. Eine Mütze aus Fuchspelz. Ist das denn die Möglichkeit? Da werde ich noch so fein wie meine edle Schwägerin", fügte sie grimmig hinzu. Clarissa vermutete, dass ihrer Schwägerin durch den Umzug nach Hertfordshire so einiges erspart bleiben würde.

In den nächsten Tagen nähten die Damen (mit der Hilfe eines jungen Mädchens aus dem Dorf) pelzbesetzte Mützen und mehrere einfache Kleider, denen durch das geschulte Auge von Miss Petersham (die früher als eine der hübschesten Frauen Londons gegolten hatte) ein bisschen Stadtglanz verliehen wurde. Die farbenfroheren Schätze wurden verpackt, um sie später bearbeiten zu können. Sie mussten auch eine Postkutsche bestellen (genauer gesagt vier, denn Clarissa wollte mit Stil anreisen) und sie hatten sich ausgerechnet, dass sie die Reise mit nur einer Übernachtung in einer Wirtschaft schaffen konnten. Das bisschen Geld, das ihre Mutter ihr vermacht hatte, schwand zusehends (eine Tatsache, die sie vor ihren Begleiterinnen verbergen musste) und sie wusste, dass es vielleicht noch für sechs Monate auf dem Land reichen würde. Oriana fand, dass sie einen guten Eindruck hinterlassen mussten. Jedes Anzeichen von Armut würde skrupellose Betrüger annehmen lassen, sie seien ein leichtes Opfer. Sie schrieben ihren zahlreichen Verwandten und informierten sie so vage wie nur möglich über ihr geplantes Vorhaben. Clarissa wusste, dass ihr Brief den Bruder nicht mehr erreichen würde, aber sie wollte zumindest sagen können, dass sie ihm geschrieben hatte. Sie war dabei, richtig heuchlerisch zu werden.

Miss Petersham besaß einige feine Kleider, die sie von zuhause mitgebracht hatte, aber sie richtete ein Schreiben an den Butler ihres Bruders, der das Gepäck nach Hertfordshire senden sollte. Es würde keinen guten Eindruck machen, wenn Fitzroy es verbieten würde, auch wenn Oriana wusste, dass er genau das gerne tun würde. Er konnte eine solche Bitte ignorieren, wenn sie an ihn selbst gerichtet wäre, aber er würde sich hüten, seine Übellaunigkeit vor Settings, dem Butler, zu zeigen, ohne den der Haushalt überhaupt nicht mehr funktionieren würde. Auch Oriana hielt sich selbst für sehr listig, auch wenn sie sich dafür weniger schämte als Clarissa.

Alle strotzten vor neuer Energie und Vitalität als sie sahen, dass sie dem Schicksal der verarmten unverheirateten Frauenzimmer gerade noch entkommen waren und nun einem Abenteuer entgegensehen konnten, das zwar eine Herausforderung sein würde, allerdings konnten sie hier wirklich von Nutzen sein.

Als Miss Appleby ihre Bedenken Miss Micklethwaite darüber anvertraute, der lieben Clarissa zur Last zu fallen, war ihre Freundin so offen und direkt wie immer.

„Ich verstehe Sie, Louisa, aber überlegen Sie doch. Wenn unser Vorhaben scheitert, dann können wir immer noch zu unserem alten Plan zurückkehren. Sie und ich schuften bei unseren Familien“, hier machte Miss Appleby den obligatorischen Versuch eines Protests, den ihre Freundin ignorierte. „Oriana wird wieder unter der Herrschaft ihres Bruders stehen und Clarissa muss das Anwesen verkaufen und zu diesen Langweilern zurückkehren, mit denen sie verwandt ist. Wenn unser Plan jedoch funktioniert, dann waren wir von großem Nutzen. Clarissa könnte ein solches Vorhaben doch niemals ohne unsere Hilfe bewerkstelligen. Ich kann das Haus wieder auf Vordermann bringen, wenn es nicht zu heruntergekommen ist. Und Sie können sich um die eleganteren Dinge kümmern, die damenhafte Art sich in der Gesellschaft zu bewegen und so weiter, denn weder ich noch Clarissa haben diese Dinge gelernt. Oriana kann mit dem Anwesen helfen, aber Clarissa und sie sind viel zu hübsch, als dass sie das Rudel Jagdhunde abhalten könnten, das ihnen Besuche abstatten will. Sie brauchen unsere Unterstützung."

„Aber natürlich, meine liebe Augusta, wir müssen mitkommen", sagte Miss Appleby.

Auch wenn es schwer zu glauben war, so saßen sie wenig später in einer schmucken Postkutsche, strahlend gehüllt in ihre neuen Pelisses und Mützen, und machten sich auf den Weg nach Hertfordshire, ganze drei Tage bevor Mr. Thorne erwartet wurde. Da sie unmöglich an einem Sonntag reisen konnten, brachen sie zeitig am Freitagmorgen auf, während der Frost des jungen Frühlings noch in der Luft lag. Die Hoffnung auf ein neues Leben und ein paar traurige Gedanken an das alte, das sie zurücklassen mussten, begleiteten sie. Clarissa sah das Leuchten in den Augen ihrer Freundinnen und war zufrieden.

Ein Bruder wird ausgebremst

Cornelia Thorne hatte bis vor kurzem kein Verlangen danach verspürt, die verwaiste Schwester ihres Ehemannes in ihrem Haus aufzunehmen, das lediglich über drei Gästezimmer verfügte. Sie hatte Einspruch gegen die Pläne ihres Mannes erhoben, aber dieser war der Auffassung, dass sein Vater genau das von ihm erwarten würde. Cornelia dachte, Clarissa könne sicherlich nichts gegen eines der Zimmer unter dem Dachboden einwenden, wo sie näher bei den lieben Kindern sein konnte. Ihr eigenes Schlafzimmer lag hingegen so weit wie nur irgend möglich von dem ihrer Sprösslinge entfernt. Zunächst hatte auch John dies für eine gute Idee gehalten, besann sich dann jedoch darauf, dass die Bewohner von Little Sowersby dies wohl nicht gutheißen würden. Als ihn seine Schwester, sein Vater und seine Stiefmutter das letzte Mal besucht hatten, hatte sich Clarissa mit einigen Nachbarn angefreundet, darunter Juliana Sowersby, der Tochter des hiesigen Landguts. Es wäre nicht angebracht, erklärte er seiner Frau, wenn die Sowersbys sie für schäbig hielten.

Obwohl sich Cornelia bei allen Bekannten über die Größe ihres Hauses beschwerte, so war es doch großzügiger als das ihrer Eltern in Warwickshire. Mrs. Thorne hatte durch die Hochzeit mit John einen sozialen Aufstieg hingelegt. Er war ein solider Ehemann, dessen bescheidenes Einkommen es ihnen ermöglichte, ein manierliches Haus zu führen, ihr jedoch den Luxus, nach dem sie sich insgeheim sehnte, verwehrte. Zu ihrem Haushalt zählten eine Köchin, die auch als Dienstmädchen fungierte, ein Pferdeknecht und natürlich ein Kindermädchen für ihre drei aufgeweckten Kinder, aber ihren Freundinnen gegenüber bedauerte sie es, keine Kammerzofe beschäftigen zu können. Viele bemitleideten Cornelia für die schwere Bürde, die sie offensichtlich zu tragen hatte, aber viele durchschauten sie auch und hielten sie für eine Person, die sich einfach nur aufspielte.

Sie war eine hübsche Frau, mit dichtem braunem Haar, das immer nach der neuesten Mode frisiert war, und ihre wohlgerundete Figur hatte sie trotz Schwangerschaften kaum eingebüßt. Ihr Ehemann konnte keinen Makel an ihr feststellen und er verwöhnte sie auf jede erdenkliche Art und Weise, die sie nicht in Schulden stürzte. Denn sie hätten es beide nicht ertragen können, ihren guten Ruf dadurch aufs Spiel zu setzen. Die Tatsache, dass seine Schwester nun unerwartet das riesige Anwesen geerbt hatte (warum war ihre Mutter nur so viel besser gestellt als Johns, die der anderen ansonsten in jeder Hinsicht überlegen war), eröffnete Cornelia die Möglichkeit, beträchtliche Geldmittel in ihren Haushalt einfließen zu lassen.

Und so packte sie den Handkoffer ihres Mannes für die Reise und gab ihm die liebsten Grüße für Clarissa mit.

„Übermittle meiner lieben Schwester, dass ich mich schon sehr freue, sie wiederzusehen. William, Percy und die kleine Bella freuen sich ebenso auf ihre geliebte Tante."

Obwohl er bezweifelte, dass sich die Kinder an ihre „geliebte Tante" erinnerten, wollte John einfach daran glauben, dass es wahr war. „Du bist wirklich großzügig in deiner Güte gegenüber anderen, mein Liebling, auch wenn dich ihre vorlaute Art so sehr irritiert." Er sah seine Frau mit einem zärtlichen Blick an, der ihm nur selten über das Gesicht kam. Die Welt betrachtete er normalerweise durch misstrauische Augen und für gewöhnlich setzte er ein ernstes Gesicht auf. Seine etwas behäbige Erscheinung und die Aufgeblasenheit ließen ihn um einige Jahre älter als seine 30 Lenze aussehen.

Als ob sie vergessen hätte, wie sie Clarissa nach ihrem letzten Besuch genannt hatte, setzte Cornelia ein unschuldiges Lächeln auf. „Du weißt, ich würde deine verstorbene Stiefmutter niemals kritisieren, aber ich denke, Clarissa werden ein gut geführter Haushalt und die Anleitung durch ihren älteren Bruder guttun."

Da Clarissa bislang kaum Anstalten machte, der Anleitung ihres Bruders zu folgen, zweifelte John daran. Die hohe Meinung seiner Frau beflügelte ihn allerdings und so ignorierte er den Gedanken und trat frohen Mutes die Reise an, um seine Schwester in ihr neues Zuhause zu bringen.

In der Innentasche seines Wintermantels steckten einige Papiere, die sein Anwalt vorbereitet hatte und nur darauf warteten, von Clarissa unterschrieben zu werden, damit er das Anwesen verkaufen und das Einkommen verwalten konnte. Sein Anwalt teilte natürlich die Ansicht, dass die Einkünfte am besten treuhänderisch für sie verwaltet werden sollten und dass der jungen Dame selbstverständlich ein Einkommen von beispielsweise 100 Pfund alle drei Monate zustehen sollte. Dem konnte John nur schwer zustimmen, denn diese Summe würde es Clarissa ermöglichen, all die Vorzüge zu genießen, die seiner Frau verwehrt blieben. Der Anwalt zeigte Verständnis. Es würde tatsächlich zu einem Ungleichgewicht im Haushalt kommen. Es sollte also ein viel geringeres Einkommen werden, zudem sollten Gelder in die Haushaltsführung fließen. Der größte Teil des Vermögens sollte investiert werden und ihr Bruder würde natürlich eine bescheidene Provision für die Verwaltung ihres Vermögens erhalten. Seine Frau stimmte ihm zu. Was konnte eine junge Dame schon von Geschäften verstehen? Es wäre mit Sicherheit eine Erleichterung für Clarissa, wenn John ihr diese Bürde abnehmen würde.

Nach der Unterzeichnung der Papiere musste Clarissa sich nie wieder mit solchen Dingen beschäftigen. John ritt seines unheilvollen Weges und dachte an all die Investitionsmöglichkeiten, die ihm sein Berater empfohlen hatte. Er hätte nie daran gedacht, dass irgendein weibliches Wesen, ja nicht einmal ein solch ungewöhnliches wie seine Schwester, die Vorteile seines Plans nicht zu schätzen wissen konnte. Er fühlte sich wie ein pflichtbewusster Bruder und war stolz auf sich.

Er erreichte die Akademie, gerade als Mr. Peterkin (der gekommen war, um erneut sein Glück bei Clarissa zu versuchen) sich äußerst aufgeregt von der Haustür entfernte.

„Sir", rief er. „Mr. Thorne. Sind Sie etwa gekommen, um ihre unglückliche Schwester zu besuchen?"

„Kenne ich Sie, Sir?", murmelte Mr. Thorne und entzog seinen Arm Mr. Peterkins klammernden Händen.

„Natürlich, Sir. Bei Ihrem letzten Besuch... Mein Name ist Hubert Peterkin, der Reverend. Mr. Norberts Vikar. Sie wissen schon. Ja kann es denn sein, dass Sie nicht wissen, dass Ihre Schwester fortgegangen ist?"

„Unsinn", erklärte Mr. Thorne und schritt selbstbewusst auf die Tür zu. Als er näher kam, fühlte er, wie die Selbstsicherheit aus ihm wich und er bemerkte all die untrüglichen Zeichen eines verlassenen Hauses.

Peterkin kam hinter im hergelaufen und sprach unaufhörlich weiter. „Das ist wirklich äußerst schlecht bedacht, dem müssen Sie doch zustimmen, Sir. Aber ja, es ist wahr. Ihre Schwester ist nach Hertfordshire abgereist, so sagte es mir Jane, ihre Köchin. Sie brauchen nicht nach dem Türknopf zu suchen, Sir. Er wurde abgenommen. Ich selbst musste um das Haus zur Küche gehen, um jemanden anzutreffen. Jane wartet nur noch auf den Makler, der heute noch kommen soll, Sir."

„Hertfordshire", sagte Thorne. „Ist sie denn ganz alleine nach Ashcroft gefahren?"

„Was das angeht, Sir, ich glaube, sie ist mit all den Damen dorthin gereist. Aber ich bin der Meinung, man hätte mich informieren müssen. Ich hätte doch wohl ein Anrecht darauf gehabt, es zu erfahren."

Thorne blickte mit Empörung auf den beinah kahlköpfigen Vikar, dessen Gesicht von der Anstrengung, den schnellen Schritten des anderen zu folgen, dunkelrot geworden war. „Sie, Sir? Sie sollten ein Recht darauf haben, über die Vorhaben meiner Schwester informiert zu werden? Ist das wirklich so?"

Der Vikar erkannte, dass seine Aufregung ihn dazu verleitet hatte, zu viel zu verraten. „Nun Sir... es ist so... Ich hatte die Ehre, Ihre Schwester zu bitten, meine Frau zu werden. So einsam und verlassen, wie sie nun ist, da war es doch meine Pflicht..." Er hielt inne, als er Mr. Thornes verärgerten Blick sah.

„Meine Schwester, Sir, ist nicht einsam und verlassen", sagte er mit eisiger Stimme. „Und auch wenn sie es wäre, ich bezweifle, dass sie einen Antrag von jemandem angenommen hätte, der ihr so fremd wäre wie Sie." Sein Blick schien die zerfransten Hemdsärmel zu mustern, die Peterkin unter seinem Mantel versteckte, und den Fettfleck, den Molly nicht mehr von seinem Hut entfernen hatte können. Er sank zusammen und murmelte etwas darüber, dass die Stellung eines Geistlichen so hoch einzuschätzen wäre wie jede andere im Land, aber es war kaum laut genug, um von dem steifen jungen Mann gehört zu werden, bevor dieser davonschritt und den Kutscher anwies, ihn zum nächstgelegenen Gasthof zu fahren.

„Ich rate Ihnen, sich über die Angelegenheiten meiner Schwester bedeckt zu halten, denn die haben Sie nicht zu kümmern." Dann fiel ihm noch eine andere Sache ein.

„Was meinten Sie mit all den Damen?"

Mr. Peterkin fing sich wieder und erzählte ihm mit schwacher Stimme, wer seine Schwester begleitete.

Als Thorne davonfuhr, war er über diese Nachricht gleichzeitig erleichtert und erzürnt. Es war typisch für Clarissa, dass sie ein Pack unverheirateter Frauenzimmer um sich scharte, aber wenigstens war sie klug genug, ihren Ruf nicht dadurch zu ruinieren, alleine durchs Land zu reisen. Auch wenn er sich die zusätzlichen Ausgaben kaum leisten konnte, war er versucht, nach Ashcroft zu reisen und diesem törichten und undankbaren Spiel, das Clarissa spielte, ein Ende zu bereiten. Bei einem warmen Mittagessen im Gasthof besann er sich jedoch eines Besseren.

Eine aufgebrachte junge Dame würde wohl kaum die Papiere unterschreiben, die in seiner Tasche steckten. Er hatte keinen Zweifel daran, dass er letzten Endes seinen Willen durchsetzen würde, aber er wollte die Sache schleunigst hinter sich bringen.

Der Zustand von Ashcroft, das vernachlässigte Haus und die Ländereien, das allgemeine Durcheinander auf dem Anwesen… dort würde Clarissa nicht das Zuhause finden, das sie sich für sich und ihre Begleiterinnen gewünscht hatte. Nicht einmal er verfügte über ausreichende Kenntnis, um ein solch großes Anwesen wieder zu restaurieren, und so konnte er über Clarissas Vorhaben nur lachen. Sein Berater hatte ihm erklärt, dass es langwierig und teuer werden würde, das Anwesen wieder profitabel zu machen, und nachdem er es selbst besucht hatte, glaubte er ihm. Es war besser, es an einen neureichen Geschäftsmann zu verkaufen, der eine Schwäche für historische Häuser am Land hatte und über so viel Reichtum verfügte, dass er etwas daraus machen konnte. Oder an Lord Staines, dem das angrenzende Anwesen gehörte und der bei Johns Besuch in Hertfordshire Interesse am Kauf bekundet hatte.

Er würde nach Hause fahren und hoffen, dass Clarissa nach einem Monat an diesem verlassenen Ort einsehen würde, dass sie es nicht alleine schaffen konnte, und als einsichtige junge Dame nach Hause zurückkehren und die Papiere unterschreiben würde. Er vertraute darauf, dass die Damen auf ihrer Reise sehr schnell lernen würden, wie unklug es doch war, ohne einen Mann, der sich um ihre Angelegenheiten kümmerte, fortzufahren.

Als ob er es gewusst hätte: Die Gastwirtschaft, in der die Damen die Nacht verbrachten, hatte wirklich ein kleines Abenteuer für sie parat – eines, das sie wohl nicht erlebt hätten, hätte er sie begleitet.

Der Schankraum wurde von einer Horde junger Gentlemen belegt, die zweifellos gekommen waren, um eine Sportveranstaltung in der Nähe zu besuchen, aber jetzt nichts Besseres zu tun hatten, als die exzellenten Spirituosen des Hausherren zu leeren. Miss Micklethwaite erfasste die Situation sofort und stand Wache an der Tür, während die Hausherrin den Rest der Gesellschaft nach oben führte. Sie schien eine ehrbare Frau vom Lande zu sein, die sich vom Besuch der Damen höchst geschmeichelt zeigte und so oft in ungeschickten Knicksen versank, dass Clarissa heimlich lachte und zu Miss Petersham sagte: „Sieh nur, für welche Aufmerksamkeit ein Zobelmuff sorgt."

Das erinnerte Oriana daran, dass sie ihren Muff in der Kutsche gelassen hatte und sie ging zurück, um ihn zu holen. Als sie wiederkam, hatte einer der jungen Burschen gerade den Schankraum verlassen und als er sie erblickte, rief er: „Miss Petersham!" Der Gentleman hinter ihm hob eilig den Kopf, so wie es auch die gefürchtete Miss Micklethwaite tat.

Oriana war so erschrocken, dass ihr das Retikül aus der Hand fiel. In ihrer Stimme lag jedoch eisige Kälte, als sie antwortete: „Mr. Booth. Wie sonderbar, Sie hier zu treffen." Sie hatte einen der Verehrer aus ihrer Saison in London wiedererkannt.

Mr. Booth war etwa 24 Jahre alt und seine Augen leuchteten bereits rot vom Alkohol, den er zu sich genommen hatte. „Wie ungewöhnlich, dass ich hier auf einen Engel treffe", antwortete er mit einem leichten Schlenker in der Stimme. Er nahm seinen Hut ab und mit einer höflichen Verbeugung versperrte er ihr den Weg in die Gaststätte. Er sah so aus, als würde der ältere Gentleman hinter ihm nach vorne treten, aber schon stand Miss Micklethwaite bei ihr und stieß (versehentlich) den Hut des Mannes in den schlammigen Boden. Dabei wies sie ihn an, doch bitte aufzuhören, sich so lächerlich zu benehmen. „Gute Nacht, Sir", sagte sie und zog Oriana nach oben. „Und wenn Sie ein wahrer Gentleman wären, dann würden Sie nicht einfach junge Damen in Gaststätten ansprechen."

„Aber... Ich bin doch mit dieser jungen Dame bekannt...", protestierte Mr. Booth vergeblich, denn die Damen waren bereits fort.

„Tja, Charles, auch wenn Sie die junge Dame kennen, Sie sollten sie nicht ansprechen, wenn Sie etwas getrunken haben."

Mr. Booth drehte sich um und sah den Mann an, der mit ihm gesprochen hatte. Er war Anfang 30 und seine Größe von über 1,80 Meter zog genau so viel Aufmerksamkeit auf sich, wie sein elegantes Auftreten. In seinen Stiefeln und seiner Reitkleidung strahlte er sowohl Reichtum als auch Stil aus. Sein Gesicht war nicht schön, sondern dunkel und düster und sein gefährlicher Blick ließ viele Damen davor zurückschrecken, seine Bekanntschaft zu machen.

„Grandiston! Haben Sie gesehen, wer das war? Miss Petersham. Ich dachte, ihr Bruder hätte gesagt, sie sei im Ausland bei Verwandten, nach diesem Skandal mit dem alten Charteris."

„Gewiss hat er das gesagt. Wenn ihr Bruder nicht zu täuschen beliebt, dann müssen wir wohl annehmen, dass sie kürzlich zurückgekehrt ist. Ich fürchte allerdings um die Unschuld seiner Seele", sagte er ruhig und reichte Mr. Booth seinen Hut. Der Klang seiner Stimme war leicht und honigsüß, aber wann immer er so sprach, schwang etwas Bedrohliches mit.

„Wie meinen Sie das?", sagte Booth und machte Anstalten, in den Schankraum zurückzukehren.

„Einen Moment noch, mein Freund, einen Moment." Er drehte abrupt um und führte eine kurze Unterhaltung mit einem Hilfsburschen im Hof. Booth sah, wie ein paar Münzen den Besitzer wechselten und der Earl of Grandiston mit einem zufriedenen Grinsen zurückkehrte. „Schau, schau", sagte er, „das Blatt scheint sich für mich zu wenden." Er legte dem jungen Mann die Hand auf die Schulter und führte ihn in den Schankraum. „Warum ich glaube, dass ihr Bruder nicht ehrlich war? Ganz einfach, weil ich ihn kenne. Es könnte stimmen, vielleicht aber auch nicht. Als junger Bursche neigte er dazu, das zu sagen, was ihm gerade einen Vorteil verschaffte. Ganz anders als sein Vater oder seine Schwester, deren Unverblümtheit, wie ich zufällig weiß, nicht immer den Gepflogenheiten entspricht..." Grandiston unterbrach sich und lächelte, als ob er sich an etwas erinnern würde. „Aber doch erfrischend ist."

„Sie waren ein Freund von Petersham, nicht wahr? Bevor Sie aufs Festland gingen."

„Das war ich, junger Mann, aber lassen Sie uns noch etwas trinken und nicht über meine Zeit beim Militär sprechen. Sie wissen, das finde ich todlangweilig."

Als sein junger Freund tat, wie ihm geheißen, ließ sich Grandiston in einen hölzernen Sessel fallen und spielte nachlässig mit seinem Monokel, wobei er ganz nach dem Gentleman aussah, der er war.

Grandiston war sich sehr wohl dessen bewusst, dass seine ehemals zukünftige Braut sich gerade im Zimmer über ihm für das Zubettgehen fertig machte, aber er bezweifelte, dass ihr Vater sie damals in seine Pläne eingeweiht hatte. Als sein engster Freund, Sir Ralph Petersham, ihm seinen Wunsch anvertraut hatte, seine Tochter mit ihm zu verloben, war er von der sechzehnjährigen Schönheit erstaunt gewesen.

In den nächsten beiden Jahren beobachtete er ihre Entwicklung, wie sie ihre enthusiastischen Verehrer abschüttelte und ihr hitziges Gemüt jedem zeigte, der sie bremsen wollte, ihre Sympathie gegenüber ihren Dienstboten und den sozial schlechter Gestellten und die Liebe zum Anwesen und all seinen Pächtern. Er fühlte, dass sie genau die Frau war, von der er immer geträumt hatte.

Sie hatten gestritten und gelacht, als sie über die Ländereien geritten waren, aber nur einmal hatte sie ihm gegenüber etwas mehr als geschwisterliche Gefühle gezeigt. Das war, als sie das Gerücht erreichte – übermittelt von einer Freundin, die ihre Einführung in London eine Saison zuvor erlebt hatte – dass er ein Interesse an einer gewissen Miss Hazlehurst zeigte.

Oriana wollte mehr von ihm darüber erfahren und als er sie nach dem Grund für ihr Interesse fragte, wurde sie wütend und meinte, sie könnte sich nicht vorstellen, wie auch nur irgendein Frauenzimmer auf der Welt ihn heiraten hätte wollen, so hässlich wie er doch war. Bei anderen Männern war Miss Petersham eine kühle Eisprinzessin, aber bei ihm ein aufbrausender Teufel.

Ihre Eifersucht hatte seine Leidenschaft nur angefeuert, aber dann kam der Krieg. Er konnte nicht tatenlos die Vorgänge in Europa mitansehen. Er konnte auch nicht mit Miss Petersham sprechen, solange seine Zukunft ungewiss war. Er meldete sich für den Dienst in der Armee und verbrachte die vergangenen zwei Jahre mit Wellingtons Truppen im Dreck von Portugal. Leider mussten ihm so oft Kugeln aus dem Körper gezogen werden, dass ihn Wellington höchstpersönlich nach Hause schickte. „Um Himmels Willen, mein Freund, mehr kann der Körper eines Mannes nicht mehr ertragen. Sie haben ihren Beitrag zum Krieg geleistet."

Oriana hatte nie von seinen Absichten gewusst, aber als er vom Tod ihres Vaters und der Verlobung mit Charteris hörte, fühlte es sich an, als hätte sie ihn durch die Heirat mit einem reichen Mann betrogen. Er kam nach England, bevor er von dem Skandal mit der aufgelösten Verlobung erfuhr, und als er bei ihr vorstellig werden wollte, wurde er nur mit den fadenscheinigen Ausflüchten ihres Bruders konfrontiert. Er hatte sofort erkannt, dass sich der junge Petersham seiner Schwester gegenüber schäbig verhalten hatte und es war nur seine gute Kinderstube, die ihn davon abgehalten hatte, Orianas Aufenthaltsort aus ihm herauszupressen. Nicht solange er Gast in seinem Haus war. Aber Grandiston war mit Fitzroy Petersham noch nicht fertig. Jetzt, keine zwei Wochen später, lag Oriana Petersham ein Stockwerk über ihm, noch schöner und anziehender als je zuvor. Er wusste, dass sie gebunden war, und ganz der General, wie ihn seine Freunde im Regiment zu nennen pflegten, begann er langsam, seine nächsten Schachzüge zu planen.

Die Kunde verbreitet sich

Verdrossen las Sir Fitzroy Petersham den Brief seiner Schwester. Ein Jahr war vergangen seit ihrem Ungehorsam und dem vorübergehenden Skandal mit der aufgelösten Verlobung und er hatte indessen versucht, ihre Existenz zu verdrängen. Dass es nie zum Äußersten gekommen wäre, hätte er nicht die Anzeige der bevorstehenden Hochzeit in der Morning Post veröffentlichen lassen, ohne davor die zukünftige Braut zu konsultieren, kam ihm überhaupt nicht in den Sinn. Wie immer hatte seine Schwester, der Liebling seines verstorbenen Vaters und seiner Mutter, ihn gedemütigt. Die rasende Beliebtheit, deren Oriana sich während ihrer Saison in London erfreut hatte, bedeutete, dass viele ihrer Bekannten sich immer wieder nach ihr erkundigten und er sich gezwungen sah, Ausflüchte über ihren Aufenthaltsort zu ersinnen. Er ließ sie in dem Glauben, Oriana halte sich bei Freunden im Ausland auf. Er konnte doch nicht zugeben, dass seine Schwester lieber in einer Mädchenschule unterrichtete, als bei ihm zu leben, und er war besorgt, die Tochter eines seiner Freunde könne womöglich eines Tages von seiner Schwester unterrichtet werden. Die meisten Familien der gehobenen Gesellschaft interessierten sich jedoch nicht für die Schule, in der junge Damen in Latein, Griechisch und anderen Fächern unterrichtet wurden, die als unnötig, ja sogar unerwünscht für feine Damen galten. Er litt noch unter dem Besuch von Grandiston und nun war er besorgt, was Oriana wohl als nächstes tun würde. Würden seine Freunde es gutheißen, wenn sie hörten, dass sie als Begleiterin einer ihrer Freundinnen fungierte? Vielleicht würde dies ja Druck von ihm nehmen und er könnte ihren Bekannten nun auch ihre neue Adresse übermitteln.

Er war ein gutaussehender junger Mann, von derselben athletischen Statur wie sein Vater, aber ohne dessen Ausdruck von Charakterstärke in seiner dunklen, attraktiven Erscheinung. Erfreut war er das Erbe seines Vaters im Alter von 23 Jahren angetreten, aber abgesehen davon, dass er große Mengen an Geld ausgab, hatte er sich kaum verändert. Er erteilte dem Personal Befehle mit derselben herrischen Art wie sein Vater, jedoch ohne dessen Fairness und er war sich ihrer Verachtung dafür sicher. Er selbst sah sich gerne als sportlichen Gentleman, aber im Sattel war er zu ängstlich, um die Heldenritte seines Vaters oder seiner Schwester nachzuahmen. Seine Mutter war nachsichtig gewesen mit seinen Eigenheiten und er vermisste sie sehr. Er hatte viele Bekannte, aber keine engen Freunde und er hätte Oriana gerne in seinem großen, leeren Haus willkommen geheißen. Immerhin könnte er sie dann herumkommandieren und sie die Geschäfte übernehmen lassen, so wie sie es immer getan hatte. Er war es leid, dass sein Gutsverwalter ihn immer um irgendwelche Entscheidungen bat, die seine lästigen Pächter betrafen. Aber Orianas Verachtung ihm gegenüber, die hätte er nicht ertragen. Die Bediensteten zeigten die ihre wenigstens nicht offen.

Er war entschlossen, nach London zu fahren, aber hoffte, einem weiteren unangenehmen Gespräch mit Grandiston entgehen zu können. Was ging ihn schon Orianas Wohlergehen an? Er benahm sich so, als wäre ihm ihre Obhut anvertraut worden. Es war die Aufgabe ihres Bruders, über ihre Zukunft zu entscheiden. Dennoch hatte sich Oriana wieder vorzeitig seiner Kontrolle entzogen und das gefiel ihm nicht, aber er konnte sich auch nicht entscheiden, was nun zu tun war.

Wie es der Zufall wollte, wurde er in der Albemarle Street vom Ehrenwerten Charles Booth angesprochen, der einen blauen langen Gehrock und eine gelbe Weste trug.

„Ah, Petersham."

„Booth. Ich dachte, sie würden diese Saison nicht in der Stadt verbringen." Petersham hatte sich keine großen Gedanken darüber gemacht, denn Booth war keiner seiner engen Vertrauten und er war äußerst überrascht, von ihm begrüßt zu werden.

„Ich besuche meine Mutter. Sie sitzt hier in der Stadt fest, bei den jüngsten Kindern sind die Masern ausgebrochen. Ich habe unterwegs kürzlich Ihre Schwester getroffen. Sie ist wirklich eine Schönheit", sagte Booth nebenbei. Er schien mit Mühe ein breites Grinsen zu unterdrücken, als er bemerkte, dass sich Petersham versteifte. Grandiston hatte wie immer Recht. Er hatte vorausgesagt, dass sich der Baronet bei der Erwähnung seiner Schwester winden würde. Was für ein Geheimnis hier wohl verborgen lag?

„Nun, in der Tat", kam die Antwort. „Sie leistet einer... alten Schulfreundin für eine gewisse Zeit Gesellschaft. Die Erbin des Viscount Ashcroft, wissen Sie." Petersham war unruhig und wusste, dass er sich gerade selbst dazu gebracht hatte, öffentlich Orianas neues Leben vor den Augen der Welt zu akzeptieren.

Der junge Booth war erfahren auf dem gesellschaftlichen Parkett und nun roch er die Angst seines Opfers, auch wenn er den Grund dafür nicht verstand. „Ich dachte, Ihre Schwester wurde zuhause erzogen. Also ich weiß, dass sie das wurde. Ihre Mutter empfahl ihre Gouvernante für meine Schwestern."

„Natürlich wurde sie das", ergänzte Sir Fitzroy schnell. „Ich meinte damit, dass sie Miss Thorne traf, als diese zur Schule ging. Ich habe eine Verabredung, Booth. Ich wünsche Ihnen einen guten Tag."

Booth nahm seinen Hut ab. „Natürlich, alter Freund. Das war wohl ein Missverständnis. Ich bitte um Verzeihung." Er erlaubte sich ein Grinsen, während er fröhlich zu seinem Club spazierte, dabei seinen Gehstock schwang und sich bereits darauf vorbereitete, Grandiston von seiner Begegnung zu berichten. Der Earl selbst hatte sich zurzeit im Club niedergelassen. Sein wacher Geist (wenn er nicht gerade von billigem Fusel vernebelt war) begann zu überlegen. Wollten die Damen wirklich nach Ashcroft reisen? Gewiss nicht, denn der arme alte Bosky

(Viscount Ashcroft, für die Uneingeweihten) hatte es vor seinem verfrühten, aber nicht überraschenden Ableben arg verkümmern lassen.

Zehn Minuten später stellte er Grandiston dieselbe Frage.

„Gut kombiniert, mein Freund. Ich denke, dass sie genau dorthin fahren", sagte sein Freund ruhig.

„Ich denke nicht, dass dies ein angemessener Ort für Damen ist. Es war nach Boskys Tod kaum Zeit, alles in Ordnung zu bringen, und als ich das letzte Mal dort war..."

„Ja, ja, offenherzige Frauenzimmer, die auf den Rücken der jungen Burschen Pferderennen bestreiten, Champagner in Waschbottichen und jede nur erdenkliche Art der Zerstreuung. Ich habe von diesem Skandalgeschwätz gehört", unterbrach ihn Grandiston. Er sah seinen Begleiter verschwörerisch an. „Was ich allerdings nicht wusste, war, dass Sie Teil dieser illustren Gesellschaft waren, Charles."

„Das war ich nicht!" Booth wurde rot. „Ach so, Sie scherzen, Grandiston. Ich hätte es wissen sollen. Ich war dort, um ein von Ashcroft verkauftes Jagdpferd abzuholen. Ich habe noch nie so einen kuriosen Haufen gesehen. Die denken vielleicht, dass sie es sich gut gehen lassen, aber auf mich wirkte das nur albern. Die Dirnen dort schienen mir ein Garantieschein für eine Syphilisansteckung zu sein. Ich vergnüge mich doch lieber an sichereren Orten."

„Ihre Freunde schätzen bestimmt die Weisheit, wenn nicht sogar die Moral dieser Bemerkung. Es ist Zeit, mein Freund, dass Sie heiraten und ein rechtschaffendes Leben beginnen."

Booth lachte, ließ sich jedoch nicht ablenken. „Wüssten Miss Petershams Verehrer, dass sie in Ashcroft weilt, ich wette, sie würden in Scharen nach Hertfordshire reisen."

„Das würde ich auch sagen", antwortete Grandiston trocken. „Aber ich nehme doch an, werter Charles, dass die Stadt nicht so schnell von ihrem neuen Aufenthaltsort erfahren wird." Diese Mitteilung war unmissverständlich.

„Oh, selbstverständlich, mein Freund", sagte Booth. „Sie können sich auf mich verlassen."

„Ich werde es Sie wissen lassen, Charles, wenn ich möchte, dass die Welt davon erfährt", sagte Grandiston und seine dunklen Augen funkelten. „Dann werde ich mich darauf verlassen, dass Sie die Kunde verbreiten."

Booth hatte zu viel Respekt vor seinem um einige Jahre älteren Freund, als dass er ihn weiter ausgefragt hätte, aber er bemerkte: „Ich meine doch, Hertfordshire muss wunderbar sein um diese Jahreszeit. Ich glaube, Staines hat ein Haus dort."

„Den anderen voraus sein, Charles, das ist die richtige Einstellung." Er schenkte sich ein Glas Wein nach. „Vielleicht sollten wir seine Lordschaft mit einem Besuch beehren."

Lord Ferdinand Staines erfuhr von der bevorstehenden Ankunft der neuen Besitzerin von Ashcroft aus einer unfehlbaren Quelle, seiner Mutter. Besagte Dame lehnte in einem fliederfarbenen Sessel, trug einen beißend orangefarbenen Morgenmantel über einem dünnen, blassgrünen Nachtkleid und ein Spitzenhäubchen über ihren verdächtig blonden Locken. Als ihr Sohn eintrat, setzte sie sich auf und sagte: „Wusstest du, dass dieses Mädchen nach Ashcroft kommt?"

Seine Lordschaft konnte die Aufmachung seiner Mutter niemals ansehen, ohne damit seinen eigenen überlegenen Geschmack zu beleidigen, aber er hatte gelernt, dass es sinnlos war, sie darauf hinzuweisen. Es schien so, als hätte sie ihre Verbohrtheit in Form von männlicher Entschlossenheit an ihn weitergegeben.

„Nun, ich nehme an, ihr Bruder will sie herbringen, um ihr den schrecklichen Zustand des Anwesens vor Augen zu führen. Denn ich nehme an, du meinst Miss Thorne. Es gibt keinen Grund zur Aufregung, Mamma, denn ich bezweifle, dass sie lange genug hier sein wird, um sie zu Gesicht bekommen. Ihr Bruder und ich haben die Angelegenheit so gut wie geregelt."

Seine Mutter sah ihren Sohn missvergnügt an. Selbst an recht gutaussehenden Männern, wie ihrem großen blonden Sohn mit seinem modernen Brutus-Haarschnitt und seinen blankpolierten Stiefeln wirkte diese übertriebene Selbstzufriedenheit unattraktiv. Noch mehr, wenn sie der Person entgegengebracht wurde, die ihn einst übers Knie gelegt hatte.

„Nun, da täuschst du dich. Sie hat einen Bediensteten vorgeschickt und der bereitet das Anwesen auf ihre Ankunft vor. Er schickte diesen Butler aus London fort, der dabei war zu packen - er erwischte ihn wohl beim Stehlen im Keller, wie ich hörte - und es wurden einige Mädchen aus dem Dorf zum Putzen geholt. Offensichtlich wird das ein längerer Besuch."

„Das kann ich kaum glauben. Wie hast du davon erfahren?"

Sie war zufrieden, den selbstgefälligen Blick aus seinem Gesicht verschwinden zu sehen, aber sie seufzte. Männer hatten doch keine Ahnung davon, wie die Dinge auf dem Land funktionierten, außer natürlich, wenn es um die Jagd oder die Landwirtschaft ging. „Nun, Sullivan, der Butler des Mädchens ist von hier. Er ist entfernt mit unserem Pferdeknecht verwandt. Er war der erste Diener zur Zeit des alten Viscounts und verließ Ashcroft mit Lady Clara, als sie diese lächerliche Ehe mit dem Philosophen, oder was er auch war, einging. Er soll ihr ergeben gewesen sein, aber unser Sullivan sagt, dass der alte Viscount weiterhin sein Gehalt bezahlte, damit er auf seine Tochter aufpassen konnte. Nun, wie dem auch sei, er ist jedenfalls zurück und bereitet das Anwesen für dieses junge Ding vor. Ihre Mutter war ein dummes, vorlautes Geschöpf, viel zu verzogen von ihrem Vater. Er konnte seinen Sohn niemals ausstehen, weißt du, und das wird ihn wohl ruiniert haben. Dein Vater würde behaupten, dass er kein wahrer Ashcroft war, aber ich wette, das war nur Geschwätz. Die alte Lady Ashcroft hätte sich nie so verhalten, wenn sie nicht zumindest einen Erben gehabt hätte. Der verstorbene Viscount war seinem Vater in keinerlei Weise ähnlich, aber...", sie brach ab, als ihr Sohn ungeduldig seufzte, „aber ich nehme nicht an", sagte sie würdevoll, „dass du darüber sprechen möchtest. Was hast du nun in Bezug auf Ashcroft vor?"

Die Selbstgefälligkeit ihres Sohnes kehrte zurück, er setzte sich und überschlug seine Beine. „Zunächst werde ich abwarten, ob das Getratsche der Bediensteten auch tatsächlich auf Tatsachen beruht, Mutter." Er sagte es in einem Tonfall, als ob das Wort Tatsache seiner Mutter unbekannt wäre. „Falls dem so ist, werde ich dem Mädchen Zeit geben zu erkennen, wie lächerlich es ist anzunehmen, sie könne Ashcroft bewohnen. Das werde ich ihr auch freundlich erklären, sobald sie mir unter die Augen kommt." Mit diesen Worten griff er nach der vor ihm liegenden Zeitung und begann sie durchzublättern.

Es blieb zu hoffen, dachte seine Mutter, dass Miss Thorne seinen freundlichen Erklärungen nicht mit den gleichen Ressentiments begegnete, die gerade in ihr geweckt wurden.

Nichtsahnend ob der Intrigen, die die feine Gesellschaft gerade spann, erreichten die erschöpften Damen ihr Ziel. Als sie in den Park einfuhren, lehnte sich Miss Appleby aus der Kutsche und sagte: „Seht doch nur. Was für ein hübsches Haus. Gott sei Dank ist es nicht so groß, wie ich dachte." Sie zeigte auf ein rechteckiges Gebäude mit römischen Säulen um die Fenster der Vorderseite, von denen sie acht zählte.

„Nun, als ich das letzte Mal hier war, war ich noch ein Kind. Aber ich glaube, das hier ist der Witwensitz", sagte Clarissa.

„Um Himmels Willen", rief Miss Appleby schwach.

Sie konnten noch nicht viel sehen, aber eine halbe Meile weiter den Weg hinauf, erblickten sie die hoch aufragenden Umrisse von Ashcroft Manor.

„Nun", sagte Micklethwaite. „Wirklich beeindruckend."

Obwohl der Vollmond auf die Fenster schien, konnte Miss Appleby sie nicht alle zählen.

Die Tür wurde geöffnet und an der Treppe stand der Respekt gebietende Sullivan.

„Ich nehme an, Ihnen steht der Sinn nach einem Abendessen, meine Damen. Es wird im vorderen Salon serviert."

Die Damen schritten in eine Halle, die ihnen den Atem verschlug. Eine große Eichentreppe führte in die oberen Stockwerke hinauf und vor ihnen lag ein Boden aus italienischem Marmor, dessen Fläche sie verblüffte. Es war jedoch äußerst zugig und so gingen die Damen schnell auf die brennenden Kerzen und das lodernde Feuer zu, die sie hinter einigen offenen Türen am Ende der Halle ausmachen konnten. Sie fanden dort Tee und verschiedene warme Speisen vor und sie traten freudig ein, um sich zu stärken. Gesegnet war der gute Sullivan.

Clarissa hatte jedoch erst eine Tasse Tee und eine Pastete zu sich genommen, als sie verkündete, das Haus inspizieren zu wollen. Sie bat ihre Begleiterinnen, sich ordentlich zu stärken, nahm einen Kerzenhalter und ging nur in Begleitung von Sullivan los. Sie sprach ihm einige Worte des Dankes aus, dann begannen sie den Rundgang durch das Haus, das zuletzt der Sitz eines Viscounts gewesen und nun auf unerklärliche Weise in den Besitz eines 18-jährigen Mädchens gekommen war, das kaum die Schule beendet hatte.

Als sie wieder auf ihre Begleiterinnen traf, war ihre Stimmung besser als erwartet.

„Nun, viele Räume sind mit altmodischen Möbeln bestückt, aber ich denke, Ihre Gemächer für heute Nacht werden Ihnen zusagen. Solch ein Luxus! Sullivan hat in jedem Schlafgemach ein Feuer angezündet und heiße Ziegelsteine an das Bettende gelegt. Der Rest des Hauses ist in gutem Zustand, mit Ausnahme des Westflügels. Sullivan meint, dort sind Feuchte und andere Übel eingezogen, daher bleibt er für den Moment geschlossen. Ich denke, in der Zwischenzeit werden wir mit den verbleibenden sechs Gesellschaftszimmern und den 14 Schlafzimmern zurechtkommen. Die Wäscheschränke wurden natürlich vernachlässigt, aber deren werden wir uns bald annehmen. Abgesehen vom Saubermachen, der Auswahl der besten Möbelstücke und der

Reinigung der Kamine, wage ich zu behaupten, ist nichts zu tun, habe ich Recht, Sullivan?“, sagte sie glücklich.

Sullivan erlaubte seinem langen, schwermütigen Gesicht ein Lächeln. „Was das angeht, Miss Clarissa, ich muss noch abklären, ob der Küchenofen funktioniert. Er scheint sehr unzuverlässig zu sein. Die einzige, die ihn bedienen konnte, war Mrs. Stebbings, die Köchin zur Zeit des alten Hausherren. Dann ist da natürlich noch das Gut selbst, Miss. Es bricht mir das Herz zu sehen, in welchem Zustand es sich befindet. Die Gärten müssen gründlich bearbeitet werden, Miss, und der Zustand der Pächterhütten... nun ja, Miss Clarissa, ich bin froh, dass Ihre arme Mutter das nicht mitansehen muss, denn es würde ihr das Herz brechen.”

Miss Micklethwaite, die bemerkte, dass Clarissas mutiger Ausdruck unter dem niederdrückenden Gewicht dieser Auflistung nach und nach aus ihrem Gesicht wich, sagte: „Nun, es gibt keinen Grund, uns in unserer ersten Nacht bereits so zu erschrecken, Sullivan. Miss Clarissa wird am Morgen weitere Anweisungen erteilen.”

„Natürlich Ma'am. Ich bitte um Verzeihung. Darf ich vielleicht noch anmerken, dass Mr. Elfoy, der Gutsverwalter fragt, ob er ihnen morgen einen Besuch abstatten dürfe, Miss Clarissa? Er meinte, es sei dringend, Ma'am, aber wenn Sie wünschen, werde ich seine Bitte ablehnen.“

Clarissa, die angesichts ihrer neuen Verantwortung etwas angeschlagen aussah, antwortete: „Nein Sullivan, das geht in Ordnung. Wir müssen so schnell wie möglich mit der Arbeit beginnen.“ In diesem Moment brach ihre Selbstbeherrschung und ihr stiegen die Tränen in die Augen.

Sullivan zog sich taktvoll zurück und verfluchte sich selbst dafür, nicht berücksichtigt zu haben, wie überwältigend das Haus für eine so junge Dame sein musste, und er nahm sich vor, in Zukunft vorsichtiger zu sein.

„Bringen Sie sie ins Bett, Louisa. Sie ist erschöpft und das ist kaum verwunderlich“, sagte die älteste der Damen.

„Es geht mir gut, Waity. Ich weiß nicht warum...“, sagte Clarissa und die Tränen kullerten über ihre Wangen.

„Wirklich, Liebes“, beruhigte sie Miss Appleby. Dann legte sie ihr den Arm um die Taille und führte sie nach draußen. „Ein bisschen Schlaf wird Ihnen gut tun. Kommen Sie meine Liebe.” Dann führte sie sie die Treppe hinauf.

Miss Petersham wandte sich an ihre Begleiterin. „Ach Waity, wir vergessen viel zu schnell, dass Clarissa noch so ein junges Mädchen ist. Sie hat ihre Mutter so bald nach dem Tod ihres Vaters verloren. Dass all das sie überwältigt, ist kein Wunder. Sie ist so ein starkes Mädchen. Morgen wird es ihr gewiss besser gehen, aber wir müssen gut auf sie aufpassen.“

„In der Tat“, sagte Miss Micklethwaite. „Es wird ihr besser gehen, sobald wir endlich etwas tun können. Ich denke, abgesehen davon, dass sie sich ein Leben mit ihrem aufgeblasenen Bruder und seiner gurrenden kleinen Frau nicht vorstellen kann, ist es das, wonach sich Clarissa sehnt. Sie braucht diesen Ort, damit sie nicht an den Dingen festhält, die sie belasten. In dieser Hinsicht ist sie die Tochter ihrer Mutter. Sie wird darüber hinwegkommen.”

„Wir alle brauchen diesen Ort.“ Oriana sah sich im Zimmer um. „Wir sind verrückt, wissen Sie, Waity. Wir alle, außer vielleicht die arme Appleby. Wir sind Verrückte, die es wagen, in Frage zu stellen, was uns die Männer, die für unser Wohl verantwortlich sind, auferlegen wollen. Einige Frauen hätten den Antrag des Vikars angenommen oder zumindest gewartet, bis ein besserer kommt. Aber unser Geist ist so beschaffen, dass wir es einem Mann nicht erlauben können, ohne Respekt über uns zu bestimmen. Hier sind wir zumindest frei von denen, die uns mit ihrer Aufmerksamkeit vernichten.“

„Nun, was das betrifft, meine Liebe, mir wurde selten Schaden durch die Aufmerksamkeit eines Mannes zugefügt“, sagte Miss Micklethwaite milde, „aber ich bin froh, dass ich theoretisch davon frei bin." Oriana lächelte, aber sie sah müde aus. Ihre Freundin schob sie sanft aus dem Zimmer. „Zeit für das Bett, bevor Sie sich noch so verausgaben wie die liebe Clarissa."

Die Damen lassen sich nieder

Als Clarissa am nächsten Morgen erwachte, erblickte sie ein schlankes junges Mädchen mit einer Haube, einem braunen Kleid und einer Schürze. Es öffnete die Vorhänge und ließ so den Schein der Morgensonne über ihre Bettdecke schleichen.

„Wer sind Sie denn?", fragte Clarissa und setzte sich auf.

„Ähm, ich bin Ihre Kammerzofe, Becky, wenn es Ihnen Recht ist", antwortete sie und eilte zu Clarissa, um ihr einen Schal um die Schultern zu legen und ihr eine Tasse Schokolade zu reichen. „Ich bin aus dem Dorf. Mr. Sullivan hat mich eingestellt, Miss, da Sie Ihre Zofe zurückgelassen haben. Ich habe gewiss nicht die Erfahrung, die Sie wünschen, Miss - diese Anstellung ist für mich ein Aufstieg - aber ich kann Ihre Haare frisieren und sehr gut mit Nadel und Faden umgehen." Beckys rundes Gesicht sah Clarissa etwas nervös an.

„Davon bin ich überzeugt", sagte Clarissa. „Vielen Dank, Becky. Sie können nun gehen, ich werde mich heute Morgen selbst ankleiden." Becky sah enttäuscht aus, machte jedoch einen Knicks und verließ das Zimmer.

Als sie sich in die Federkissen zurücklehnte und ihre Schokolade trank, dachte Clarissa daran, dass sie noch nie zuvor solchen Luxus gekannt hatte. Ihr Bett war groß genug, um ein Kavallerie-Regiment darin nächtigen zu lassen, und war außerdem mit strohfarbener Seide behängt. Ihr Zimmer erschien ihr riesig und mit eleganten Stücken möbliert. Sie nahm an, dass das Zimmer ihrer Tante gehört hatte, und ihr versilbertes Haarbürstenset zierte noch immer den Ankleidetisch mit seinem exquisiten gerahmten Spiegel. Dass die Zofe ein zusätzlicher Luxus war, den sich Sullivan gezwungen sah, im Haushalt einzuführen, um einen entsprechenden Eindruck in der Nachbarschaft zu hinterlassen, daran zweifelte sie nicht. Es war eine angenehme Überraschung. Nun war es Zeit, ihren Tag als Gutsherrin zu beginnen. Fast schon im Widerspruch zu diesem Gedanken zog sie eines ihrer ältesten grauen Kleider an.

Die Damen erschraken angesichts ihrer Erscheinung, aber Clarissa sagte nur: „Es liegt viel Arbeit vor uns und ich gedenke nicht, meine Kleider zu ruinieren."

Und so kam es, das sie gerade dabei war, in der Bibliothek ihre geliebten Bücher auszupacken, als Mr. Elfoy sie fand.

Der Gentleman war zum Haus gekommen, aber als er an den Fenstern der Bibliothek vorbeikam, um in Richtung der Vordertür zu gehen, hörte er einen Schrei und trat ein. Dort fand er ein junges Mädchen in einem schäbigen grauen Kleid und einer Schürze, das sich den Zeh hielt und durch das Zimmer hüpfte. Sie hörte ihn lachen und drehte sich um.

Sie sah einen jungen Mann von beeindruckender Attraktivität. Er war groß und athletisch gebaut und sein dichtes kastanienfarbenes Haar, obwohl streng aus seiner noblen Stirn gekämmt, war voller Locken, von denen sich eine befreit hatte, über seine Augenbrauen fiel und dadurch die Aufmerksamkeit auf seine fröhlichen Augen lenkte. Diese waren von einem samtigen Herbstton, umrahmt von Wimpern, die bei fast allen jungen Damen Neid hervorriefen. Seine Augen waren so ausdrucksvoll, dass Clarissa kaum seine strengen Kieferkonturen und seine verwegenen Kinngrübchen bemerkte. Er war bescheiden gekleidet in einem blauen Mantel und egal wie ländlich sein Schneider gewesen sein musste, die wunderbare Erscheinung seines Trägers konnte ihn nur wie ein Meisterstück aussehen lassen.

Instinktiv erwiderte sie sein Lächeln. Trotz des Rußes in ihrem Gesicht erwärmte sich Mr. Elfoy für sie: „Guten Tag. Haben Sie sich verletzt. Mein Name ist Elfoy und ich wünsche Ihre Herrin zu sehen."

Clarissa war erstaunt. Was musste sie nur für eine Figur abgeben. Daher sagte sie: „Gewiss, Sir. Ich werde sie holen." Dann verschwand sie schnell. Sie traf auf Miss Micklethwaite und Oriana im Flur, als sie gerade ungestüm aus der Bibliothek rannte.

„Oh Waity, Mr. Elfoy, der Gutsverwalter ist in der Bibliothek. Ich bitte Sie, leisten Sie ihm Gesellschaft und sagen Sie ihm, dass ich in ein paar Minuten bei ihm sein werde. Oriana!“, rief Clarissa und griff nach ihrer Hand. „Kannst du irgendetwas mit meinen Haaren machen? Bitte komm mit mir.”

Oriana warf Miss Micklethwaite einen verwirrten Blick zu und murmelte: „Natürlich, meine Liebe.“

Es war eine ganz andere Clarissa, die sich nun Mr. Elfoy präsentierte. Miss Micklethwaite erschrak, als sie sie sah, denn nie zuvor hatte Clarissa so viel Wert auf ihre Erscheinung gelegt. Es war ihr völlig unerklärlich, wie es möglich war, Clarissas Haar in kaum einer halben Stunde zu schneiden und dazu zu bringen, ihr Gesicht so schmeichelhaft mit wirbelnden Locken zu umrahmen, die dann in ein griechisches Arrangement mit schwarzen Seidenbändern einflossen. In ihrem schwarzen Musselinkleid mit hohem Kragen und verziert mit den Brüsseler Spitzen aus der Truhe ihrer Mutter war sie nun angemessen gekleidet. Als sie Mr. Elfoy die Hand ausstreckte, hatte sie ein Funkeln in den Augen, das Miss Micklethwaite noch nie zu vor an ihr bemerkt hatte.

„Ah, hier ist Miss Thorne“, sagte sie.

Der gut aussehende, manierliche junge Mann, mit dem sie sich die letzte halbe Stunde unterhalten hatte, schien nun erstarrt zu sein. Dann erröteten seine Wangen leicht und er entsann sich, die Hand zu ergreifen, die ihm gereicht wurde. Dass dies die junge Dame war, die er zuvor für ein Dienstmädchen gehalten hatte, daran zweifelte er nicht. Er verstand nicht, wie dieser Wandel erreicht worden war, aber offensichtlich hatte er es hier mit einer jungen Dame erster Güte zu tun. Wie hatte ihm nur so ein Fehler unterlaufen können. Sie hielt ihr Kinn so hoheitsvoll, dass er sich nun fühlte wie ein Dummkopf erster Güte. Er stammelte eine Entschuldigung.

„Miss Thorne. Sie müssen mich für äußerst unhöflich halten. Ich wusste ja nicht, ich konnte doch nicht..." Er brach ab und erkannte, dass er dabei war, sich noch lächerlicher zu machen.

Er tat Clarissa leid.

„Aber natürlich nicht, Sir. Was muss ich nur für eine Figur abgegeben haben, in meinem alten Arbeitskleid. Denken Sie nicht mehr daran." Dann setzte sie ihr schönstes Lächeln auf und bot ihm freundlich einen Platz an. Als sie sich setzte, sagte sie: „Jetzt waren wir beide ein wenig verlegen, nicht wahr?"

Mr. Elfoy musste wieder Grinsen, was auch Clarissa ein fröhliches Lachgrübchen ins Gesicht zauberte. Meine Güte, dachte er. Ich bin erledigt. Sie ist perfekt, Aber ich weiß, so darf ich nicht über meine Arbeitgeberin denken.

Oriana bemerkte amüsiert, dass ihre eigene Erscheinung von diesem jungen Mann unbemerkt blieb. Auch wenn sie nicht eingebildet war, sie war es doch gewohnt, die Augen der jungen Männer auf sich zu ziehen. Und was für schöne Augen Mr. Elfoy doch hatte. Aber konnte es denn sein, dass Clarissa flirtete? Die Wunden des Brenneisens schmerzten noch an Orianas Händen, denn Clarissa hatte sie und die Zofe angehalten, sie zu frisieren, während sie selbst nicht stillhalten konnte. Als das Werk endlich vollendet war, hatte sie zufrieden in den Spiegel gesehen. „Nun sollte ich doch nicht mehr für ein Dienstmädchen gehalten werden."

„Auf keinen Fall", hatte Oriana geantwortet.

Sie wechselte nun amüsierte Blicke mit Miss Micklethwaite, die noch immer erstaunt war von Clarissas Verwandlung. Doch ein Blick auf den gutaussehenden Gutsverwalter war Erklärung genug für das Verhalten ihrer Freundin.

Clarissa und er besprachen den Zustand des Gutes und Oriana wurde in das Gespräch miteinbezogen. Sie stellte solch passgenaue und kluge Fragen, dass Mr. Elfoy sofort ein Wissen in ihr erkannte, das er bei so jungen Damen nicht für möglich gehalten hätte. Er war in der

Tat erstaunt, wie viel Clarissa von dem Gesagten verstand, und war guter Dinge, dass sie endlich als ein fähiger Gutsherr das Anwesen auf Vordermann bringen können würde.

„Die Wahrheit ist, Mr. Elfoy, dass all das, was Ihrer Meinung nach getan werden muss, von den Einnahmen bezahlt werden muss, die uns derzeit zur Verfügung stehen. Ich selbst verfüge über keinerlei Vermögen, das ich zusätzlich einbringen kann", bemerkte Clarissa in gewohnter Freimütigkeit. „Glauben Sie, dass es dennoch möglich sein wird?"

Mr. Elfoy errötete erneut, sehr zu seinem Ärger. „Ich sehe durchaus eine Möglichkeit, Miss Thorne, aber wir müssen schnell handeln. Selbstverständlich können damit nicht alle Reparaturen und Instandhaltungen bezahlt werden, aber..."

Oriana lachte. „Ach herrje, Sir, wir sind schon gespannt. Welche Idee haben Sie?"

„Der Witwensitz. Er wurde von einer Tante des früheren Viscounts bewohnt und in gutem Zustand hinterlassen. Nun steht er frei. Wenn Sie nichts gegen Mieter haben, Ma'am, dann nehme ich an, die Einnahmen könnten es uns erlauben, mit der Arbeit zu beginnen. Der verstorbene Viscount erlaubte keine Mieter, er liebte seine... nun ja, Privatsphäre..."

„Sie brauchen nicht so schönfärberisch zu sprechen, junger Mann", unterbrach ihn Miss Micklethwaite. „Wir alle wissen, was für ein Freigeist der verstorbene Viscount war. Wir können uns vorstellen, dass er in seinen... Vergnügungen... nicht von der ganzen Welt beobachtet werden wollte."

„In der Tat", sagte Clarissa. „Mein verstorbener Vetter scheint eine eigentümliche Person gewesen zu sein. Aber machen Sie sich darüber keine Gedanken. Lassen Sie uns das Dower House, also den Witwensitz, vermieten, Sir, und zwar so schnell wie möglich. Wir legen die Sache ganz in Ihre Hände. Kommen Sie doch morgen vorbei. Reiten Sie mit Miss Petersham und mir über das Anwesen. Ich wäre Ihnen sehr verbunden, wenn Sie mich den Landwirten vorstellen würden, die unser Anwesen bewirtschaften."

Als Mr. Elfoy frohen Mutes die Gesellschaft verlassen hatte, begannen die Freundinnen Clarissa zu necken. Darauf stieg sie jedoch nicht ein. Sie hatte Mr. Elfoy nur einen Streich spielen wollen, aber sie bemerkte, dass seine offensichtliche Bewunderung etwas in ihr auslöste, genauso wie sein offenes Lächeln und sein Sinn für Humor. Noch nie hatte sie sich so... erhaben gefühlt in der Anwesenheit eines jungen Mannes. Sie wusste jedoch auch, dass es falsch war, auf diese Art an ihn zu denken. Ihre Situation war sehr unterschiedlich. Auch wenn er der Sohn eines Gentlemans mit bescheidenem Vermögen noch vor sechs Monaten ein passender Verehrer gewesen wäre, konnte er sich nun keineswegs mehr als ebenbürtig fühlen und der Gutsherrin den Hof machen. Es war ein unglücklicher Umstand, aber ihre Gedanken kreisten zu sehr um ihre neuen Aufgaben, als dass sie großen Schmerz verspüren konnte.

Die Damen richten sich ein

In den darauffolgenden Tagen entwickelte sich ein wiederkehrendes Muster. Clarissa und Oriana ritten mit Mr. Elfoy das Gut ab und statteten den Pächtern Besuche ab und Miss Micklethwaite und Miss Appleby machten sich energisch ans Werk, um den Haushalt auf Vordermann zu bringen. Die Mädchen, die zur Hilfe angestellt wurden, hatten noch nie zuvor so hart gearbeitet und bald zog Ordnung in den Haushalt ein. Die einzelnen Abschnitte des Hauses wurden poliert und zu altem Glanz geführt, abgewohntes und beschädigtes Mobiliar in den Speicher geräumt und in den oberen Stockwerken entdeckten sie eine Fülle an wunderschönen Stücken, mit denen sie das Haus neu dekorieren konnten.

Als Clarissa den Wunsch äußerte, die Gärten (zumindest jene, die direkt an das Haus anschlossen) in Ordnung zu bringen, führte Mr. Elfoy sie zu Muggins, einem Landwirt des Anwesens. Dessen Vater hatte das Regiment der Gärtner zu Zeiten ihres Onkels unter sich gehabt.

Oriana, die etwas hinter Clarissa und Mr. Elfoy ging, sah einen starken, vierschrötigen Mann mit einem trotzigen Ausdruck in seinem Gesicht, der auf Schwierigkeiten hindeuten konnte. Er war Mitte 20 und trug ein gestreiftes Hemd, das abgenutzt aussah, er aber diesen Morgen frisch angezogen hatte. Der Hof machte einen guten Eindruck und Oriana nahm an, dass er ein guter Pächter war. Warum legte sich also ein so dunkler Schleier über sein sonst gutmütiges Gesicht?

Mr. Elfoy erklärte ihr Anliegen und bat Muggins, ein paar Männer anzuheuern, um die Gärten zu bearbeiten.

„Gewiss, Sir."

Clarissa beugte sich aus ihrem Sattel nach unten und streckte ihre Hand aus. „Vielen Dank, Mr. Muggins. Das wäre sehr freundlich von Ihnen", sagte sie mit einem freundlichen Lächeln.

Muggins wischte sich seine Hände an der Hose ab, bevor er sie etwas zögerlich schüttelte.

Mr. Elfoy blickte zum Stall. „Sie haben also doch den Stall repariert, Muggins", bemerkte er.

Muggins richtete sich auf. „Das habe ich, Mr. Elfoy. Ich habe Steine von der Farm des alten Martin genommen, wie ich es Ihnen gesagt hatte. Auch ohne die Erlaubnis des verstorbenen Lords. Die Viecher konnten nicht mehr warten." Er sprach diese Worte trotzig und blickte zu Clarissa.

Elfoy wollte etwas erwidern, doch Clarissa unterbrach ihn.

„Wie vernünftig, Mr. Muggins. Genauso einen Mann brauche ich, einen der sich eigenständig um die Gärten kümmern kann. Sie müssen allerdings sehr viel auf Ihrer Farm zu tun haben und ich möchte nicht, dass Sie Ihre Arbeit wegen mir vernachlässigen."

Ach, wie wundervoll sie doch mit diesen Leuten ist, dachte Oriana. Wie schnell sie lernt. Sie tauschte einen zustimmenden, freundlichen Blick mit Elfoy aus.

„Was das betrifft, Ma'am, wäre es mir ein Vergnügen. Es würde meinen Vater schwer treffen, den Zustand der Gärten mitansehen zu müssen." Er zögerte und sah Clarissa mit errötendem Gesicht an: „Ich hätte die Steine nicht nehmen sollen, denn Sie gehören Ihnen, Ma'am. Meine Mutter sagt, ich bin ein ungeduldiger Mann. Vielleicht möchten Sie absteigen und sie kennenlernen, Miss. Es wäre ihr eine große Ehre."

Die Gesellschaft stieg ab und traf Mrs. Muggins, eine runde und freundliche Dame, die sie mit hausgemachten Scones und selbstgekochter Marmelade begrüßte. Als sie im gemütlichen Cottage saßen, lauschte Clarissa den Geschichten aus der Kindheit ihrer Mutter. Mrs. Muggins war ein Dienstmädchen im Haushalt des Viscounts gewesen.

Schließlich brachen sie wieder auf und während sie in Richtung des Hauses ritten, hielt Clarissa, die zuvor ungewöhnlich still gewesen war, ihr Pferd an und rief: „Das ist es! Mr. Elfoy, ich habe eine Idee. Unser Treffen mit Muggins hat mir die Lösung für all unsere Probleme geliefert."

Oriana und Elfoy blieben stehen und sahen sie erstaunt an.

„Der Westflügel."

„Ich dachte, du und Mr. Elfoy wart euch einig, dass die Kosten für die Reparatur des Westflügels viel zu hoch wären. Ich wusste nicht, dass du doch vorhast, die Arbeiten durchführen zu lassen."

„Natürlich nicht", sagte Clarissa ungeduldig. „Wir müssen den Westflügel opfern. Er nützt mir nichts, aber die Steine, der Schiefer und das Holz können dazu verwendet werden, die Cottages auf dem Gut zu reparieren. Dann wäre er zu etwas nütze, anstatt nur sinnlos am Rande des Hauses herumzustehen."

Mr. Elfoys Blick erhellte sich. Plötzlich sah er eine Möglichkeit, die von seinem Gutsverwalterherz so herbeigesehnten Instandhaltungen schnell und kostengünstig durchzuführen. „Wir könnten Soldaten anheuern, die aus dem Krieg zurückgekehrt sind. Viele sind verwundet, aber... Nein, überlegen Sie doch, Miss Clarissa. Ihr Großvater hat den Stein mit beträchtlichem Kostenaufwand importiert. Sie würden die Größe des Hauses beträchtlich reduzieren..."

Clarissa unterbrach ihn und ihre Augen strahlten vor Aufregung. Sie wandte sich an Oriana. „Denkst du, dass es machbar ist?"

Oriana dachte nach. In den letzten Tagen hatten sie und Clarissa den schlechten Zustand des Gutes erkannt und es tat ihnen in der Seele weh. So viel musste getan werden und so wenig Geld stand zur Verfügung. Sie, die als Verwalterin für das Anwesen ihres Vaters fungiert hatte, war schockiert darüber, was den Pächtern angetan wurde, die sich nun nach Fortschritt sehnten. Auch wenn sie es noch ein Jahr schafften, sie fühlte, welche Sorgen eine verarmte Gutsbesitzerin den Pächtern bereiten musste und hatte sogar daran gedacht, einen Verkauf anzuregen, um deren Situation zu verbessern. Nun jedoch gab es wahre Hoffnung. „Ich denke, das könnten wir."

Die drei galoppierten zum Haus und sprachen über Arbeit, Architekten und das Gefühl, etwas wirklich Gutes für Clarissas Untergebene tun zu können.

Als Oriana innehielt, blieb sie ein wenig hinter den beiden zurück, um sie beim Lachen und Planen beobachten zu können. In Tristam Elfoy erwachte das Verlangen, all das Schlechte zu etwas Gutem zu machen, und er brachte den praktischen Geist mit, um das Vorhaben umzusetzen. Sie sah, wie Clarissa seine Expertise einholte, Fragen stellte, an seinen Lippen hing und seinen Enthusiasmus teilte. Ein Mann, der seine Gedanken und Pläne so bereitwillig mit einer Frau teilte, war eine Seltenheit und Oriana fragte sich traurig, ob es seine Position als Angestellter war, der seinen Sinn für Gleichberechtigung antrieb. Würde er seiner Frau erlauben, ihm ebenbürtig Ideen einzubringen? Etwas an Mr. Elfoys vergnügten und warmherzigen Blicken, die er Clarissa schenkte, zerstreute umgehend ihren Zynismus.

Lord Staines wurde durch die Ankunft unerwarteter Gäste von einem Besuch bei Clarissa abgehalten. Vom Earl of Grandiston und dem Ehrenwerten Charles Booth, um genau zu sein. Staines und Booth waren Schulkameraden gewesen (auch wenn Staines der ältere der beiden war) und Grandiston war ein viel zu wichtiger Mann, um nicht wärmstens willkommen geheißen zu werden. Sie kündigten an, von Grandistons Heim im Norden auf der Durchreise nach London zu sein. Selbstverständlich wurden sie eingeladen, zu übernachten und ihren Aufenthalt mit Jagen und Angeln auf Lord Staines' gepflegtem Anwesen zu verlängern. Zu seiner Überraschung wurden beide Einladungen angenommen und Staines schrieb dies seiner herausragenden Gastfreundschaft zu, wie er seiner Mutter anvertraute.

Seine Mutter, heute in ein gelbes Kleid und einen rosafarbenen Schal gehüllt, stimmte ihm zögerlich zu. „Gut möglich, mein Lieber. Sie scheinen jedoch gewillt, länger zu bleiben, als ich gedacht hätte.

Lord Grandiston hat wirklich keine Manieren. Aber seine Verbindung mit der Königlichen Prinzessin könnte dir von Nutzen sein."

„In der Tat, über seinen Stolz wird über alle Maße gelästert. Er hat mir angeboten, mich in seinen Club einzuführen."

So sehr Lady Staines das Spielen um hohe Beträge verabscheute, sie wusste, was für ein gesellschaftliches Gewicht es haben würde, wenn ihr Sohn von einem solchen Kaliber wie Grandiston bei Watiers vorgestellt wurde. „Mein lieber Junge, dann hättest du es gesellschaftlich geschafft. Ich wage zu behaupten, jeder würde uns dann empfangen." Sie eilte aus dem Zimmer, um mit der Köchin über das Abendessen zu sprechen. Sie war erfreut, konnte jedoch den Zweifel angesichts ihres Glücks nicht ablegen. Warum sollte ein solch großartiger Mann seine Freizeit hier verbringen, wenn er doch so wenig mit ihrem viel weniger begabten Sohn gemeinsam hatte. Die Antwort begann ihr beim Abendessen mit den Gästen zu dämmern, während sie vor sich hin plapperte, um ihren eigenen Unmut über den misslungenen Hauptgang zu verbergen (die Angst der Köchin vor dem Zubereiten so vieler eleganter Abendessen hatte ihn ruiniert).

„Wir haben übrigens einen neuen Nachbarn, Gentlemen. Eine Miss Thorne bewohnt nun nach dem viel zu frühen Tod ihres Vetters, des Viscounts, das Anwesen. Ich nehme an, sie wird dort dauerhaft wohnen bleiben, allerdings haben wir ihr noch keinen Besuch abgestattet, oder mein Junge?"

Ihr Sohn sah wenig erfreut aus. „Ich denke nicht, dass sie unsere Nachbarin bleiben wird. Vielmehr ist es so, dass ihr Bruder das Land an mich so gut wie verkauft hat. Ich sehe das Geschäft beinahe schon als abgeschlossen an."

„Ich denke nicht, dass der Bruder der Besitzer des Anwesens ist, ansonsten hätte er doch geerbt, nicht wahr?", erwiderte Grandiston in einem affektierten Tonfall.

Lady Staines mochte nicht besonders hell sein, doch verfügte sie über weibliche Intuition. Verdeckt unter dieser Affektiertheit hörte sie deutlich Interesse in Grandistons Stimme heraus.

„Nein“, sagte ihr Sohn. „Es ist wohl ihr Halbbruder. Es ist keine adelige Familie, jedoch eine respektable. Als ihr nächster männlicher Verwandter wird er ihr natürlich zur Seite stehen und sie darin beraten, was zu tun ist. Ihr Grundbesitz würde ausgezeichnet zu meinem passen. Ich strebe danach, aus Staines ein großes Anwesen zu machen.“

„Ein ehrenwertes Vorhaben, mein lieber Freund. Sie sollten der jungen Dame umgehend einen Besuch abstatten. Vielleicht könnten wir Sie morgen dabei begleiten.”

„Sind Sie mit Miss Thorne bekannt, Lord Grandiston?“

„Das bin ich nicht, Lady Staines, freue mich jedoch immer, neue Bekanntschaften zu schließen. Es fasziniert mich zudem, eine junge Dame kennenzulernen, die sich den Wünschen ihres Bruders widersetzt.“

Mr. Booth, der den verdeckten Hinweis auf Miss Petersham erkannte, lachte laut auf, aber unter den strengen Augen des Earls wandte er seinen Blick ab, beherrschte sich und entschuldigte sich, er sei abgeschweift. Lady Staines beobachtete die Szene und wunderte sich.

Obwohl sie am nächsten Tag hinüberritten, wurde ihnen der Einlass vom unerschütterlichen Sullivan verwehrt. Lord Staines hinterließ seine Karte und fragte nach einem Morgen, an dem er die junge Dame zuhause antreffen könne.

„Sir, dazu kann ich Ihnen leider keine Auskunft geben. Miss Thorne ist derzeit mit den geschäftlichen Angelegenheiten des Gutes beschäftigt.”

Staines war durcheinander, während Grandiston den Stil des Butlers bewunderte. Auf seinem Anwesen hatte er einen ähnlich altgedienten Bediensteten.

„Geschäftliche Angelegenheiten? Ihre Herrin kann doch kaum beabsichtigen zu bleiben.”

Sullivan blickte über seine Nase in einer Art und Weise hinunter, die vermuten ließ, dass er Staines' Ehrbarkeit für fragwürdig hielt. Er ignorierte würdevoll die aufdringliche Frage und machte eine bedeutende Pause. Dann sagte er: „Ich werde Ihre Karte meiner Herrin übermitteln, Sir."

„Was für ein feines Exemplar von einem Butler", erklärte Booth mit Schadenfreude. „Er hat uns abblitzen lassen, soviel steht fest. Keine zweifelhaften Gestalten werden in dieses Schloss eindringen können. Ich würde noch nicht darauf wetten, das Haus zu kaufen, Staines. Sie zieht ein, merken Sie sich meine Worte. Sie zieht ein."

Ach, wie sehr ich Sie schätze, mein lieber Charles, dachte Grandiston, als er das gekränkte Gesicht seiner Lordschaft vernahm. Großspurigkeit verblasst in Ihrer Nähe.

Er hatte den blankpolierten Boden hinter Sullivan und die Anzeichen von Arbeiten im Garten wahrgenommen. Die Damen waren tatsächlich dabei, sich niederzulassen, und auch wenn Grandiston noch nicht wusste, ob dies zu seinem Vorteil sein würde, so applaudierte er ihnen doch zu ihrem Vorhaben. Hatten sie sich jedoch eine größere Last aufgebürdet, als sie tragen konnten? Als er hinter den beiden anderen herging, beschloss er, einen der Landwirte nach dem Namen und der Adresse des Gutsverwalters zu fragen.

Am nächsten Tag erhielt Lord Staines eine äußerst freundliche Nachricht von Clarissa, in der sie bedauerte, dass der Zustand des Hauses derzeit noch keinen Besuch zuließe und sie sich um die Angelegenheiten des Anwesens zu kümmern habe, bevor sie Besuche empfangen könne. Sie dankte ihm für seinen Besuch und hoffte, dass er diesen nach einem gewissen Zeitraum, in etwa einem Monat wiederholen würde.

Das Schreiben erzürnte Staines so sehr, dass er trotz des Flehens seiner Mutter einen Brief an ihren Bruder absetzte, indem er ihm anriet, mehr Kontrolle über seine Schwester auszuüben.

Als er am Abend von seinem interessanten Besuch im Roten Bullen nach Hause kam, wo er seinen Portwein zur selben Zeit wie Mr. Elfoy sein abendliches Ale getrunken hatte, sprach Grandiston Charles in der Halle an.

„Charles, Ihre Wangen haben eine gute Farbe angenommen. Die Landluft bekommt Ihnen."

„Grandiston. Worauf wollen Sie hinaus?", sagte der Ehrenwerte Mr. Booth mit einem misstrauischen Blick.

„Haben Sie denn nicht darüber nachgedacht, wie dringend Sie ein Haus auf dem Land brauchen, Charles?"

Am nächsten Tag beim Frühstück unterrichteten die Gentlemen Lady Staines über ihre Absicht abzureisen. Auf ihren Ausdruck des Bedauerns hin eröffnete ihr Mr. Booth die frohe Botschaft.

„Oh Ma'am, seien Sie unbesorgt. Ich habe tatsächlich das Landleben hier sehr liebgewonnen. Die beste Jagd seit Jahren. Ich werde mir in der Nachbarschaft ein Haus nehmen. Wir werden also Nachbarn sein."

„Aber wo wollen Sie sich denn hier niederlassen?", fragte die Lady zaghaft.

„Im Dower House von Ashcroft, Ma'am."

Neue Bekannte

Lady Staines war nach der unbekümmerten Ankündigung von Mr. Booth mehr denn je entschlossen, Miss Thorne zu treffen, denn sie ahnte, dass sie der wahre Grund seines Verbleibens in Hertfordshire sein musste.

Am Tor von Ashcroft Manor erhielt sie vom erhabenen Sullivan dieselbe Antwort wie bereits ihr Sohn. Sie selbst war jedoch aus härterem Holz geschnitzt.

„Natürlich ist es noch viel zu früh, um Besuch zu empfangen. Übermitteln Sie Ihr doch bitte meine besten Wünsche und ich werde wiederkommen." Sie drehte sich mit einem leichten Lächeln um, dann wandte sie sich noch einmal um, just in dem Moment als Sullivan die Tür schließen wollte. „Ach, diese Frühlingshitze macht mich ganz schwindelig. Wie dumm von mir. Könnte ich vielleicht ein Glas Wasser bekommen?“ Sie griff sich mit ihrer zarten Hand dramatisch an die Stirn.

Sullivan verbeugte sich tief und führte sie in die Halle. Er schätzte es, in ihr seinen Meister gefunden zu haben. „Bitte nehmen Sie doch in der Bibliothek Platz und ich werde Ihnen jemanden schicken, der sich um sie kümmert, Madam."

Schon bald erschien eine aufgeregte Dame mittleren Alters in der Bibliothek und gesellte sich zu Lady Staines. Sie trug ein taubenblaues Seidenkleid und ein Häubchen, das mit einer verblüffenden Anzahl taubenblauer Seidenbändchen verziert war, und brachte ein Glas Wasser mit.

„Gnädige Frau, es tut mir so leid, dass Sie sich unwohl fühlen. Ich bitte Sie, trinken Sie das“, sagte die Dame und machte sich ein wenig zerstreut daran, einige Kissen aufzuschütteln und das Tischchen näher an Lady Staines' Ellbogen heranzurücken.

„Miss Thorne?", murmelte sie.

Die Dame lachte. „Oh nein, das bin nicht ich. Ich bin Miss Appleby, eine von Miss Thornes Gesellschafterinnen." Dann blickte sie wieder etwas abwesend zur Seite.

„Eine ihrer Gesellschafterinnen? Sie hat mehr als eine?", fragte Lady Staines und vergaß dabei ganz, ihr Wasser zu trinken.

„Drei", antwortete Miss Appleby in dramatischem Tonfall. „Das heißt, eigentlich sind wir zwei, denn Oriana ist eine Freundin, die ihr Gesellschaft leistet, wohingegen Miss Micklethwaite und ich... Ach herrje, was rede ich denn so viel? Sie fühlen sich doch unwohl, Sie sollten nicht auf mein Geschwätz hören."

Lady Staines fühlte sich schlagartig an ihr Unwohlsein erinnert, auch wenn sie Miss Appleby tatsächlich gerne zugehört hätte. Ihr Instinkt für Tratsch war unfehlbar.

In der Zwischenzeit wurde Miss Micklethwaite auf ihrem Weg in die Küche von Sullivan abgefangen, der sie darüber in Kenntnis setzte, dass Lady Staines von Staines Manor sich in der Bibliothek befand.

„Miss Appleby ist bei ihr, Miss", fügte er bedeutsam hinzu.

Miss Micklethwaite verstand sofort. „Ach herrje. Was wird sie wohl sagen?" Sie eilte in Richtung der Bibliothek.

„Lady Staines, wie leid es mir tut zu hören, dass Sie sich nicht wohl fühlen", sagte sie. „Ich hoffe doch, Louisa kümmert sich gut um Sie."

„Augusta, meine Liebe. Darf ich Sie mit Lady Staines bekannt machen. Eure Ladyschaft - Miss Augusta Micklethwaite." Miss Appleby war erleichtert, denn sie hatte gespürt, dass sie sich nicht besonders gut erklärt hatte.

Lady Staines reichte Miss Micklethwaite ihre Hand. „Eine weitere Gesellschafterin von Miss Thorne, nehme ich an?"

Miss Micklethwaite setzte sich mit stoischem Gleichmut auf ihren Sessel.

„In der Tat, Lady Staines. Sie finden einen Haushalt voller Frauen vor. Miss Petersham leistet Miss Thorne Gesellschaft. Diese jungen Damen haben doch alle ihre besonderen Freundinnen, nicht wahr? Miss Appleby war die liebste Freundin von Mrs. Thorne, bevor sie von uns gegangen ist, und sie nimmt nun sozusagen die Rolle einer Mutter für die junge Dame ein. Ich für meinen Teil, war seit ihrer Kindheit ihre Gesellschafterin und Lehrerin und sie konnte den Gedanken nicht ertragen, mich fortzuschicken, auch wenn sie nun zu alt für eine Gouvernante ist.

Miss Appleby war beeindruckt von Augustas gekonnter Zusammenfassung: Ersatzmutter, Gouvernante und beste Freundin, was konnte naheliegender sein? Es war vor allem beinahe die Wahrheit.

„Miss Thorne kann sich angesichts solcher Freundinnen gewiss glücklich schätzen", sagte Ihre Ladyschaft liebenswürdig. „Verzeihen Sie bitte meine Störung, aber ich fürchte, in meinem Alter häufen sich solche Anflüge von Unwohlsein."

Die Damen bestritten die Störung und boten ihr Tee an. Sie genossen die Plauderei, doch ab nun gab es keine unüberlegten Worte mehr. Miss Micklethwaite war ihr noch ein kleines Rätsel. Einen Hauch weniger vornehm als jede Gouvernante, die sie jemals getroffen hatte, war sie nichtsdestotrotz eine Frau mit Verstand. Ihr Benehmen gegenüber Lady Staines war respektvoll, jedoch ohne jegliche Unterwürfigkeit. Ihre etwas manierlichere Gesellschafterin schenkte Lady Staines' Wohlbefinden etwas mehr lästige Aufmerksamkeit, war aber offensichtlich eine Lady. Auch wenn sie sich bemühte, das Teetrinken etwas hinauszuziehen, hatte sie schon fast ihre Mission aufgegeben, als Clarissa plötzlich das Zimmer betrat und rief: „Wir haben einen Pächter für das Dower House."

Als sie Lady Staines erblickte, brach sie ab und stellte sich ihr angemessen vor. Sie trug ihr neues samtenes Reitkleid (geliefert gerade an diesem Tag von der französischen Kleidermacherin in Ashcroft, die dafür den Mantel von Clarissas Mutter umgeschneidert hatte) mit maskulinen Epauletten und einem verwegenen Hut geschmückt mit schwarzem Flor. Sie wirkte ganz und gar wie eine Lady, ihre Wangen waren vorteilhaft gerötet und ihre Augen funkelten.

Als Clarissa sich ihrer Manieren erinnerte, schüttelte ihr Lady Staines die Hand, entschuldigte sich noch einmal für ihr Eindringen und verließ zufrieden das Haus.

„Wenn du dieses Anwesen willst, Frederick, dann wärst du gut beraten, die Besitzerin zu heiraten“, empfahl sie ihrem Sohn später am Abend. „Das würde dich viel weniger kosten und sie ist ein sehr hübsches Mädchen.“

Auch wenn ihm das fehlende Feingefühl in der Bemerkung seiner Mutter missfiel, brachte sie Lord Staines dennoch zum Nachdenken. Er war dank einiger glücklicher Investitionen seines Vaters ein äußerst wohlhabender junger Mann, und er würde nur eine Ehe eingehen, die für ihn einen gesellschaftlichen Aufstieg bedeutete. Er hatte bereits ein Auge auf die Tochter eines verarmten Earls geworfen, wenn er sich doch nur mit ihrem etwas unvorteilhaften Aussehen abfinden konnte. Miss Thornes Vater war ein Niemand, aber sie war die Enkeltochter eines Viscounts und wenn sie passabel war... Er wartete nun geduldiger die angemessene Zeitdauer ab, um seiner neuen Nachbarin einen Besuch abzustatten.

Mrs. Cornelia Thorne kreischte in der Zwischenzeit ihren Ehemann an, betreffend dessen Vorhaben nach Ashcroft zu reisen.

„Oh, John, das kannst du nicht tun. Es würde meine Reise nach Bath verzögern und ich habe mich solange nach dieser Zerstreuung gesehnt.“

John hielt Staines’ Brief in die Höhe. „Aber meine Liebe, denk doch nach. Clarissa will in Ashcroft bleiben. Ich kann nicht mehr darauf zählen, dass sie hierherkommt. Man hätte glauben sollen, sie würde dieses törichte Unterfangen bald aufgeben, aber stattdessen versetzt sie die Nachbarschaft in Aufruhr. Ich muss hinfahren und sie nach Hause holen.”

„Du kannst sie auch mit einem Brief nach Hause beordern. Aber es wäre sehr ungünstig, wenn sie im nächsten Monat zu uns käme. Es gibt doch so wenige Gelegenheiten für mich, auf Zusammenkünfte zu gehen. Ich hatte noch nicht einmal die Gelegenheit mein neues violettes Seidenkleid zu tragen, das ich vor drei Monaten gekauft habe. Nächstes Jahr könnte Clarissa hier zuhause bleiben und auf die Kinder achten, aber in diesem Jahr würde sie gewiss mit uns nach Bath kommen wollen." Sie sah, dass John zweifelte und tätschelte hastig seinen Arm. „Du bist ihr so ein guter Bruder, John. In einem Monat, wenn wir aus Bath zurückgekehrt sind, wird Clarissa einsichtiger sein und deine weisen Ratschläge annehmen."

John ergab sich angesichts der Liebkosungen seiner Frau und stimmte zögerlich zu. „Aber meine Liebste... Zusammenkünfte! Nach dem Tod meiner Stiefmutter hatten wir doch beabsichtigt, ausschließlich private Feste zu besuchen. Die Trauerzeit ist noch nicht wirklich vorbei. Das geziemt sich nicht."

Cornelia schmollte. „Unsinn, John. Es ist ja nicht so, als ob sie deine Mutter gewesen wäre. Selbstverständlich werde ich schwarze Handschuhe tragen, aber wir können doch nicht immer noch in Trauer um jemanden sein, mit dem du nicht einmal blutsverwandt bist. Es sind bereits sechs Monate vergangen."

Mr. Thorne sah angesichts dieses Argumentes sein Gewissen beruhigt und auch angesichts der Tatsache, dass seine Stiefmutter in Bath nicht besonders bekannt gewesen war. So würde ihnen wohl die Schmach durch die strengen Verfechter von Etikette, die dort zugegen waren, erspart bleiben. Er setzte sich und verfasste einen Brief an seine Schwester, in dem er ihre Rückkehr zu ihm und ihrer geliebten Schwägerin anordnete und somit die Aufgabe dieses lächerlichen Vorhabens, mit wenig Geld einen Haushalt auf einem brachliegenden Anwesen zu führen. Ihr Verhalten hatte sie bereits im umliegenden Landkreis lächerlich gemacht, wie man ihm erst heute per Post mitgeteilt hatte (dass dadurch auch er lächerlich erschien, darauf ging er nicht weiter ein). Er würde einen Monat lang nicht zuhause verweilen, nach dieser Zeit würde er sie jedoch in ihr neues Heim begleiten. Sein Anwalt würde dann mitkommen und die Papiere vorlegen, mit denen sie sich ein für alle Mal der Bürde ihrer Erbschaft entledigen konnte.

Beim Lesen dieser Zeilen am Frühstückstisch überlief es Clarissa eiskalt. Sie sah heute wieder bezaubernd aus. Die geschickte Becky hatte ihre Haare frisiert und sie trug ein Kleid aus schwarzem Musselin, das an der Brust tief ausgeschnitten war. Ein seidenes Halstuch, das in ihrer Korsage festgesteckt wurde, ließ ihren Aufzug immer noch sittlich erscheinen. Miss Micklethwaites Gesicht verlor selten seinen strengen Ausdruck, aber sie war zufrieden mit der Blüte, die das geschäftige und sinnerfüllte Leben auf Clarissas Wangen gezaubert hatte. Nun war sie schockiert darüber, wie der jungen Frau die Farbe aus dem Gesicht wich, während sie den Brief umklammerte.

Miss Appleby bemerkte es ebenso und murmelte: „Mein liebes Mädchen, gibt es ein Problem?"

Clarissa wirkte abwesend und nach dem unverblümten Einwand von Miss Micklethwaite - „dieser unsägliche Bruder" - hielt sie ihr wortlos den Brief hin. Miss Micklethwaite las ihn bedächtig und ein immer dunklerer Schatten legte sich über ihre Züge. Sie griff nach Clarissas Hand und hielt sie fest.

„Ein Monat ist eine lange Zeit, meine Liebe. Sehen Sie doch nur, was wir bereits erreicht haben."

Clarissa bemühte sich, in ihrem Blick Ermutigung zu finden, aber das Herz war ihr schwer. Die vergangenen Tage, in denen die Damen gemeinsam gearbeitet und gelacht hatten, all die Vorhaben, die sie noch umsetzen wollten, das alles war ihr wichtiger geworden, als sie es sich jemals hätte vorstellen können. Es linderte den Schmerz über den Tod ihrer Eltern und sie war sich sicher, dass die beiden stolz auf sie gewesen wären. Ihre Mutter, beeinflusst von den Worten Mary Wollstonecrafts, hatte die Unabhängigkeit von Frauen als deren Recht angesehen und die gängige Praxis verabscheut, Frauen in die Ehe zu zwingen, selbst wenn der Ehemann ihnen in Intellekt und Werten nicht ebenbürtig war.

Doch irgendwie hatte Clarissa all das kommen sehen. Die Freiheit einer Frau konnte oft nicht einmal mit Geld erkauft werden. Alles konnte ihnen weggenommen werden, sogar noch jetzt.

„Oh, meine Liebe", sagte Miss Appleby verzweifelt, als sie den Brief gelesen hatte. „Es ist hoffnungslos. Wenn Sie doch nur einen Ehemann hätten, der sie schützen könnte, mein liebes Mädchen."

„Louisa!", entgegnete Miss Micklethwaite. Aber es war zu spät, Clarissa war bereits aus dem Zimmer gerannt.

Augusta Micklethwaite war eine starke Frau, aber sie wusste, wie wenig das bedeutete, wenn es darum ging, gegen Männer anzutreten. Sie war vormals in einer Schule angestellt gewesen, die von einer im Stich gelassenen Ehefrau geführt wurde, um für ihre Familie zu sorgen. Dennoch hatte diese die Einrichtung schließen müssen, als ihr Ehemann darauf bestand, dass dies eine Schande für ihn als Gentleman war. Das dies eine noch größere Schande sein konnte als die Mittellosigkeit der Familie konnte Augusta weder verstehen noch akzeptieren. Noch immer schickte sie ihrer früheren Arbeitgeberin so viel Geld, wie sie entbehren konnte.

So schwer es ihr fiel, um Hilfe zu bitten, in diesem Fall brauchte sie den Rat ihres Bruders, um Clarissa zu unterstützen. Er war ein gerechter Mann und er würde ihnen helfen, so gut er konnte. Wäre er nicht diese unsägliche Ehe mit der verzogenen Kaufmannstochter eingegangen, hätte Augusta womöglich sein Angebot angenommen, zu ihm zu ziehen. Es zeigte sich jedoch, dass sich Augustas spitze Zunge und Claras überzogene Allüren nicht gut vertrugen. Sie schrieb ihrem Bruder, war jedoch wenig hoffnungsvoll. Als Clarissas nächster männlicher Angehöriger konnte John die Vormundschaft für seine Schwester beanspruchen und dann konnte er frei über sie entscheiden. Clarissas junges Alter war ihr Nachteil.

All das gestand sie Oriana, während sie nach dem Frühstück im grünen Zimmer auf Clarissa warteten. Oriana trug ihr marineblaues samtenes Reitkleid, dessen Stoffe sie aufgrund ihrer Schlichtheit ausgewählt hatte. Ihr Haar war wie gewöhnlich einfach nach oben geknotet und ihren Hut zierte lediglich ein Schleier aus Musselin, den sie vor das Gesicht ziehen konnte, um sich vor Insekten zu schützen. Ihr Versuch, ihren Liebreiz zu verbergen, war vergebens. Das hochgeschlossene Samtkleid bildete einen wunderbaren Rahmen für ihr Gesicht und ihre Figur. Augusta war im gleichen Maße um sie besorgt wie um Clarissa. Oriana war geschaffen für eine stürmische Liebe, doch auch ihr drohte die Gefahr, in eine Ehe mit einem ihr unterlegenen Mann getrieben zu werden und gezwungen zu sein, ein Leben in Schinderei zu führen, um die ungewollte Aufmerksamkeit zu vermeiden, die sie immer erregen würde. Konnte es einen Menschen geben, der ihr ebenbürtig war? Nur ein Mann von Intelligenz und Leidenschaft könnte es mit ihr aufnehmen. Miss Micklethwaite hielt nicht viel vom männlichen Geschlecht und es fiel ihr kein einziges Exemplar dieser Spezies ein, das dieser Aufgabe gewachsen zu sein schien.

„Die arme Clarissa“, meinte Oriana. „Ich hatte gehofft, dass die Eifersucht ihrer Schwägerin vielleicht Mr. Thorne davon abhalten könnte, sie zu bedrängen. Wir waren doch wirklich naiv. Gerade jetzt, wo wir ein weiteres Einkommen durch den Pächter im Dower House erschließen konnten. Mr. Elfoy hat mir berichtet, dass die Pacht drei Mal höher als angenommen war. Wissen Sie, wer dort einzieht? Clarissa hat es mir nicht gesagt."

„Leider nein, meine Liebe. Ich befürchte, der Besuch von Lady Staines hat sie sehr verunsichert. Vielleicht kann mein Bruder helfen. Wenn wir die Sache wenigstens verzögern könnten, vielleicht erscheint dann doch noch ein angemessener Gentlemen, der ihr Anliegen verteidigt“, antwortete Miss Micklethwaite.

Oriana lachte ironisch. „Waity, jetzt sprechen sogar sie schon von guten Hochzeiten, so wie Appleby und der Rest der Welt."

„Ich nehme die Welt wie sie ist, meine Liebe. Ich denke nicht, dass die Ehe das einzige Ziel einer Frau sein kann, und dennoch verachte ich nicht die Liebe und das Familienglück, das eine gute Ehe einer Frau bieten kann. Elfoy ist ein stattlicher junger Mann, der offensichtlich eine Zuneigung für Clarissa zeigt. Wenn er nur den Einfluss hätte, um sie zu schützen. Aber daran ist nicht zu denken."

„Nein, in der Tat wäre dies genau eine Verbindung, die ihr Bruder fürchten müsste, und er könnte seinen Einfluss nutzen, um... "

Sullivan unterbrach durch sein Eintreten das Gespräch und kündigte Mr. Elfoy an, der wie immer mit den Damen ausreiten und den Fortschritt der Pläne besprechen wollte.

Er verbeugte sich über Miss Micklethwaites Hand und wandte sich dann an Oriana. „Die Arbeiten an der Entwässerung des oberen Feldes haben begonnen und ich dachte, wir könnten heute dort anfangen. Es war wirklich eine gute Beobachtung von Ihnen, Miss Petersham. Meine Aufmerksamkeit beschränkte sich zu sehr auf die Probleme der Pächter, um diese Möglichkeit in Betracht zu ziehen. Muggins hat die anderen Bauern in Arbeitsschichten organisiert. Ein ausgezeichneter Bursche. Ich weiß nicht, wo er all die Energie hernimmt."

Oriana errötete angesichts des Kompliments. „Ach, ich habe nur damals gesehen, wie mein Vater viel Geld damit verdient hat, als er dasselbe zuhause machen hat lassen. Es verbessert die Erträge, hat er gemeint. Wir sollten uns eine Möglichkeit überlegen, wie wir Muggins belohnen können."

Mr. Elfoys Blick wurde weich. „Er kann ein schwieriger Kerl sein, aber Miss Thorne hat ihn absolut für sich gewonnen. Sie ist eine bemerkenswerte junge Frau, denken Sie nicht?"

„Das war schon immer meine Meinung", sagte Miss Micklethwaite dämpfend. Das würde ihn nicht ermutigen. Mr. Elfoy wurde sich bewusst, dass er sich verriet, und blickte verlegen zu Boden.

In diesem Moment betrat Clarissa das Zimmer. Sie trug noch immer ihr Musselinkleid und ihre Augen waren verdächtig rot unterlaufen. Ihr Ausdruck war entschlossen und dennoch sagte sie in einem ruhigen Tonfall: „Mr. Elfoy, würden Sie mich heiraten?“

Herzensangelegenheiten

Es herrschte eisige Stille, dann stieß Miss Micklethwaite ein scharfes „Clarissa!“ aus, in einem Tonfall, den Clarissa nicht mehr gehört hatte, seit sie versehentlich ein Fass Tinte im Klassenzimmer umgestoßen hatte. Ihr Herz raste, seit sie ihren Mund geöffnet hatte. Es war ihr einfach erschienen, ihre Gedanken gegenüber Mr. Elfoy zu erklären, der ihr Freund geworden war. Sie hielt ihren Blick auf sein Gesicht gerichtet und gab sich selbstsicher und doch bemerkte sie, wie einfältig sie gewesen war. Sein Gesicht war gerötet ob der Demütigung und er sah aus wie ein Mann, der gerade die schlimmste aller Beleidigungen hatte erdulden müssen. Waitys Stimme brachte sie wieder zur Vernunft. Egal wie groß ihre Probleme waren, wie konnte sie nur von diesem netten, jungen Mann erwarten, dass er all seine Hoffnungen auf Familienglück für einen finanziellen Vorteil aufgeben würde. Ihre Selbstbeherrschung bröckelte. „Ich...es... es tut mir so leid", stammelte sie, als sie zur Tür hinauslief.

Mr. Elfoy nahm seinen Hut vom Beistelltisch und wirkte steif wie eine Marionette. „Meine Damen, bitte entschuldigen Sie mich“, sagte er förmlich. „Ich muss gehen.“

Oriana griff nach seinem Arm. „Bitte, lieber Mr. Elfoy. Lassen Sie uns das erklären. Clarissa ist untröstlich. An all dem ist nur der Brief schuld, den sie heute Morgen erhalten hat."

„In der Tat, Sir“, fügte Miss Micklethwaite hinzu. „Sie müssen uns anhören.“

Und so ließ sich Mr. Elfoy von den Damen dazu nötigen, sich zu setzen, und erholte sich von seinem Schrecken, während die beiden ihm von Thornes Absichten und Clarissas Angst, aus Ashcroft vertrieben zu werden, berichteten. Er hörte ihnen zu und spürte, wie die

Kränkung nachließ und sein Verständnis wuchs. Langsam verspürte er Mitleid für die Notlage der Damen.

Augenblicklich ging er hinaus und fand Clarissa, die abwesend Blätter von einem Rosenstrauch zupfte. Sie saß in der kleinen Laube in der Nähe des Hauses, die von den Männern wiederentdeckt worden war, als sie das verwilderte Gestrüpp entfernt hatten. Sie sah so bekümmert und gleichzeitig so wunderschön aus, dass Mr. Elfoy seine Instinkte eines verliebten Mannes zurückhalten musste, um sie nicht in den Arm zu nehmen. Denn genau das war er, wie ihm Clarissas Frage gezeigt hatte. Er hatte seine wahren Gefühle vor sich selbst versteckt, bis zu dem Moment, in dem ihm angeboten worden war, worauf er selbst nicht zu hoffen gewagt und gleichzeitig erkannt hatte, er dass er es nicht annehmen konnte. Nun saß Clarissa hier, verloren an den Blättern zupfend, die Augen mit Tränen gefüllt und ihr Kopf untröstlich gesenkt.

„Miss Thorne", sagte er sanft, als er sich neben sie in die Laube setzte. Clarissa erschrak und drehte ihr Gesicht weg, damit er nicht sehen konnte, dass sie geweint hatte. Sie wischte sich eine Träne von der Wange und sagte mit ihrer natürlichen Impulsivität: „Oh Mr. Elfoy, ich wollte doch niemals..."

„Miss Petersham hat mir bereits erklärt..."

„Es tut mir so leid, Mr. Elfoy. Mein dummes Mundwerk bringt mir immer solche Schwierigkeiten ein. Es ist nur so, dass meine einzige Hoffnung zu sein scheint, eine Ehe einzugehen. Und wir sind so gute Freunde geworden... es ist nicht so, dass ich heiraten möchte, aber ich habe noch nie einen Gentleman getroffen, den ich eher... Aber ich habe nicht an Ihre Gefühle gedacht, außer dass es Sie zum Besitzer von Ashcroft gemacht hätte und ich weiß, wie sehr Sie das Anwesen lieben. Daher dachte ich, es würde Ihnen nichts ausmachen, dafür zu heiraten. Aber ich hätte es wissen sollen...""

Mit einer Hand griff Mr. Elfoy nach Clarissas Händen (mit denen sie ein Rosenblatt zerriss, während sie ihre beschämte Entschuldigung stammelte) und mit der anderen drehte er ihr Gesicht zu ihm. Sie senkte ihren Blick, aber plötzlich traf sie auf seine klaren grünen Augen, während er über ihr Kinn strich.

„Wenn ich Ihnen helfen könnte, indem..." Clarissa hob beschämt die Hand, um ihn zu unterbrechen, „... aber ich kann nicht. Ich wünschte... es ist... es ist unmöglich..."

Clarissas Augen füllten sich mit Tränen, als sie seinen ernsten Blick sah, aber sie war zu gebannt, um den Blick abzuwenden.

„Es würde nicht funktionieren, Clarissa", sagte er und sprach sie unbewusst mit dem Vornamen an. „Eine Hochzeit mit so jemandem wie mir ist etwas, das Ihr Bruder ablehnen würde, und so eine Ehe könnte er gewiss auflösen lassen. Ich fühle mich geehrt, dass Sie sagen, dass Sie noch nie einen anderen Gentleman getroffen haben, den Sie eher heiraten würden...", sagte er sanft, während sie errötete und etwas Unverständliches murmelte: „...aber Ihr Bekanntenkreis ist auch nicht groß. Bald werden Sie viele Gentlemen treffen und Sie werden jemanden lieben lernen, der in einer Ihnen angemessenen Position steht. Sprechen wir nicht mehr darüber. Das haben wir beide nicht verdient."

„Ja, das war wirklich schrecklich von mir. Bitte lassen Sie uns das vergessen", murmelte Clarissa, die langsam wieder zur Ruhe fand. Sie reichte ihm ihre Hand als Zeichen des Abschieds und als er sie hielt und sich darüber verbeugte, blickte sie ihn schüchtern an und versuchte, wieder Fassung zu erlangen. Aber ihre Hand zitterte angesichts seiner Berührung. Er errötete und bewegte sich eilig fort.

Clarissa saß nun strahlend und voller Leben an der Stelle, wo sie vor kurzem noch bedrückt verweilt hatte. Auch er hatte gezittert, allerdings nicht in der gewöhnlichen Art eines schüchternen jungen Mannes. Sie wagte es kaum an den Grund dafür zu denken oder daran, warum ihr eigenes Herz so laut schlug. Gewiss war die Nähe zu einem jungen Gentleman wie Mr. Elfoy genug, um jede junge Frau in Aufregung zu versetzen, die bislang so unerfahren im Umgang mit Männern war wie sie. Aber es wurde ihr auch bewusst, dass sie ihn gerührt hatte.

„Für jemanden, dessen Heiratsantrag gerade abgelehnt wurde, bist du ziemlich gut gelaunt, Clarissa“, sagte sie zu sich selbst. Dann brach sie in schallendes Gelächter aus, woraufhin Miss Appleby zu ihr geeilt kam.

„Mein Kind, ich habe überall versucht, Sie zu finden. Was ist denn nur so lustig?”

„Nichts, Appleby, nur dass gerade mein Heiratsantrag abgelehnt wurde.“ Dann wurde sie von ihrer Freundin fortgeführt und konnte unerklärlicherweise nicht mehr aufhören zu lächeln.

Zwischenzeitlich ritt Tristam Elfoy davon, in einem Aufruhr von Gefühlen, einem Zustand, der ihm bisher fremd war. Er war der einzige Sohn einer liebenden Mutter, die ihn dazu erzogen hatte, sein adeliges Erbe (sein Onkel war ein Baronet) zu ehren und seine gesellschaftliche Position zu akzeptieren. Er hatte seinen Cousin auf eine Reise nach Europa begleitet (bedauerlicherweise gestört von den Unruhen am Kontinent) und schätzte sich glücklich mit seiner Familie. Die fehlenden Mittel bekümmerten ihn dabei keineswegs. Er hatte die Stelle als Gutsverwalter in der Absicht angenommen, besser für seine Mutter sorgen zu können. Tatsächlich ermöglichte es ihm sein jährliches Gehalt, seinem respektablen Zuhause in einem Cottage weitere Annehmlichkeiten hinzuzufügen. Er war ein guter Sohn, ein harter Arbeiter und ein maßvoller Gentleman. Er genoss sein Leben und begegnete den Herausforderungen des Alltages mit Freude, Bestimmtheit und einem scharfen Geist. Doch selbst wenn er es sich wünschte, er hatte kein Recht darauf, von der Herrin von Ashcroft zu träumen. Sein Herz wehrte sich gegen solch eine ungleiche Verbindung, denn er wollte für seine Frau sorgen und sich nicht von ihr aushalten lassen. Und doch brannte sich das Bild von Clarissas Lippen in seine Seele und das Feuer seiner Liebe jagte durch seine Blutbahnen, sodass sein Kopf zu explodieren drohte.

Was an ihr zog mich nur so magisch an, fragte er sich selbst. Ihr Gesicht und ihre Art, so lausbubenhaft und impulsiv, so anders als seine eigene Ruhe. Ihr sanftes Gemüt in allem was sie tat, vor allem im Umgang mit den Menschen um sie herum. Ihre Intelligenz, die sich mit seiner maß. All das war der Grund, weshalb sie ihn in seinen Träumen verfolgte.

„Ach, Clarissa“, rief er in den Wind, während er durch den Ashcroft Park galoppierte. Er spürte den festen Griff der Leidenschaft, die sich wie Feuer in sein Herz brannte und die er so schnell wie möglich ablegen musste. „Ich darf nicht an sie denken.“

Abgelenkt wie er war, bemerkte er nicht die Kutsche, die durch das Tor in den Park gefahren kam, bevor er begrüßt wurde.

„Mr. Elfoy, was für ein glücklicher Zufall“, rief der Ehrenwerte Charles Booth. „Halten Sie doch bitte an.“

Tristam straffte die Zügel und führte seine Hand respektvoll an die Hutkrempe. „Gentlemen, wie kann ich Ihnen helfen?“ Er hoffte, dass sein errötetes Gesicht und sein wild schlagendes Herz Mr. Booth und seinem noblen Gefährten, Lord Grandiston, nicht auffallen würden.

„Sie meinten, es gäbe ausreichend Ställe für die Kutsch- und Reitpferde. Könnten Sie meinem Mann hier den Weg erklären?“

„Gewiss, Sir. Ich habe das Haus bereits für Sie vorbereiten lassen. Ich nehme an, Ihr Kammerdiener hat sich bereits um alles gekümmert, Mylord. Er ist gestern Abend angekommen.”

Grandiston strich sich mit nachlässiger Hand über den Ärmel und sagte: „Ich weiß. Ich musste mich heute Morgen selbst ankleiden. Ich frage mich, ob ich seinem prüfenden Auge standhalten werde können.“

Mr. Elfoy lächelte aufmunternd, als sein Blick auf Grandistons makellose Erscheinung traf. „Ich denke, das werden Sie, Sir.“

„Das würde ich wohl sagen“, sagte sein Begleiter. „Elegant wie ein Schönling von der Bond Street.“

„Denken Sie das wirklich, Charles?“, fragte Lord Grandiston hoffnungsvoll. „Das ist nämlich mein Anspruch. Ich bin sicher, wir alle unterliegen Ihrem Urteil. Und doch...“ Dann hob er sein Monokel, um Booths Weste einem kritischen Blick zu unterziehen. Auf die unausgesprochenen Einwände seines Freundes hin, wandte sich Grandiston mit einem freundlichen Lächeln an Mr. Elfoy. „Sie müssen meinen jungen Freund hier ignorieren, Sir. Er leidet an bekleidungstechnischem Größenwahn. Wir werden Sie gewiss im Park sehen."

Mr. Elfoy zeigte dem Pferdeknecht die Richtung und ritt dann seines Weges. Beim Gedanken an die neuen Bewohner des Dower House lachte er leise in sich hinein. Mr. Booth schien ihm ein angenehmer Zeitgenosse zu sein (auch wenn er ein paar Jahre jünger war als er), aber mit Grandiston war es schwieriger. Er strahlte Langeweile und Lethargie aus, aber Elfoy sah die Standhaftigkeit und Energie hinter seiner Haltung. Seine Lordschaft war kein Mann, mit dem man sich anlegen sollte, hatte aber warme, humorvolle Augen und zeigte keine Zeichen von Arroganz. Ein Mann, der geboren war, um Befehle zu erteilen, aber auch einer, der mit lockeren Zügeln führte.

„Ein ausgezeichneter Mann, dieser Elfoy, was denken Sie, Hugo? Ich wünschte der Verwalter meines Vaters wäre so effizient. Er ist ein alter Tattergreis und schon seit Ewigkeiten bei uns, daher können wir ihn nicht einfach so loswerden."

„Wird es nicht langsam Zeit, dass Sie Fenway selbst führen?"

Charles errötete, sammelte sich jedoch schnell. „Mein Vater denkt, es gezieme sich nicht, die Hilfe von Nichtsnutzen aus der Bond Street anzunehmen. Das schließt mich mit ein, mein Freund, und so bleibe ich fern, außer wenn meine Mutter und meine Schwestern zugegen sind."

Seine Lordschaft legte einen Arm um die Schultern des jungen Mannes. „Ihr Vater sagt viel mehr als er meint, Charles. Ein Freigeist, ja, aber noch kein Nichtsnutz."

Mr. Booth lachte auf. „Nun, wenn Sie mich schon einen Freigeist nennen, dann sollte ich mich wohl am besten ins Zeug legen. Ich hoffe, das Haus hat einen angemessenen Keller."

Die Kutsche erreichte ihr Ziel. McIntosh, der Kammerdiener seiner Lordschaft erwartete die Gentlemen an den Stufen der Vordertür.

Seine Augen wanderten über Grandistons Erscheinung, allerdings erschauderte er nicht, ein gutes Zeichen.

„Mr. Booth erkundigt sich nach dem Rotwein, McIntosh. Ist er genießbar?", fragte er affektiert, während er schwerfällig die Stufen hinaufstieg.

„Unglücklicherweise, Sir, war die Dame, die hier für viele Jahre residierte, bescheidener Natur. Sie ließ alles mit Ausnahme des Ratafia aus den Kellern entfernen, Sir."

Der Ehrenwerte Charles blieb wie angewurzelt stehen. „Ratafia? Guter Gott, Grandiston. Warum haben Sie mich an so einen trostlosen Ort gebracht?", rief er entsetzt.

McIntoshs mürrische schottische Züge erhellten sich leicht. „Ich habe bereits mit einigen Unstimmigkeiten in den Kellern gerechnet, Mylord, und habe mir daher erlaubt, eine separate Kutsche mit Wein herzuschicken. Ich nehme an, Sie heißen die zusätzlichen Aufwendungen gut, Sir...?", fragte er seinen Arbeitgeber.

Charles unterbrach ihn: „Nein, nein, McIntosh", sagte er. „Alles in bester Ordnung."

Alte Freunde

Die Damen fanden sich nach dem Frühstück im Gesellschaftszimmer ein. Clarissa hatte geschlafen wie ein Baby und versuchte, ein überschwängliches Glücksgefühl zu unterdrücken, etwas das sie nur selten erlebt hatte. Nicht einmal die rationale Betrachtung der Schwierigkeiten, die ihr nun bevorstanden, konnte ihre Hoffnung, die jeder logischen Grundlage entbehrte, trüben. Alles war möglich, alles. Keiner der Einwände ihrer ernsthafteren Gefährtinnen konnte ihr die Freude an einer Sache nehmen. Mr. Elfoy hatte gezittert.

Von Clarissas absurdem Verhalten vom Vortag wurde nicht mehr gesprochen - ein Anflug von Überspanntheit, dachte Miss Appleby. Das arme Mädchen hatte so viel durchgemacht. Sie blickte sie an diesem Morgen skeptisch an. Ihr Haar war heute auf eine ganz andere Art zurechtgemacht und sie trug den taubenblauen Musselin sehr stilvoll, durch das feine weiße Halstuch verfeinert, das in der tiefgeschnittenen Korsage steckte und von der Perlenkette ihrer Mutter festgehalten wurde. Ihre Augen funkelten und ihre Locken glänzten, als hätte sich ihre Farbe von mausbraun in einen schimmernden Fluss aus blond und Kastanie verwandelt. Wären ihr die Umstände nicht bekannt, hätte sie annehmen müssen, Clarissa sähe rundum glücklich aus. Sie kam nicht umhin, es zu bemerken: „Aber meine liebe Clarissa, Sie strahlen ja heute geradezu. Ich dachte, der Brief Ihres Bruders würde Sie mehr belasten."

Clarissa blickte einen Moment lang ernst drein, aber dann kehrte ihr sonniges Lächeln zurück. „Ich weiß noch nicht wie, aber ich bin mir sicher, dass mir noch etwas einfällt, wie wir ihn abwimmeln können. Wir haben jedenfalls noch Zeit und wir haben viel zu tun. Ich denke, wir sollten mit unserer Arbeit fortfahren, bis wir einen Rat von Mr. Micklethwaite erhalten. Vielleicht ist es gar nicht so schlimm."

Miss Micklethwaite blickte zu Oriana und die beiden schienen zu verstehen, was der Grund für Clarissas plötzlichen Optimismus war. Sie würden Acht geben müssen, um ein bevorstehendes Desaster zu verhindern, aber für den Moment, so versicherten sie sich mit ihren Blicken, würden sie ihre Beobachtungen für sich behalten.

„Also“, sagte Miss Micklethwaite und stand auf. „Dann sehe ich jetzt am besten nach der Küche. Die Speisekammer muss dringend umgeräumt werden."

Clarissas Stimme hielt sie zurück. „Nein Waity, warten Sie. Ich habe vergessen, Ihnen beim Frühstück zu berichten, dass Sullivan eine Nachricht von Mr. Elfoy überbracht hat. Sie ist von den Pächtern aus dem Dower House. Er wird sie heute Morgen herbringen und uns vorstellen."

Mit erstaunten Ausrufen erkundigten sich die Damen nach Einzelheiten, aber noch während Clarissa ihre Fragen beantwortete, wurde die Tür zum Gesellschaftsraum geöffnet und Sullivan kündigte an: „Seine Lordschaft, der Earl of Grandiston, der Ehrenwerte Mr. Charles Booth und Mr. Elfoy, Miss.“

Die Gentlemen standen an der Türschwelle. Miss Petersham drehte sich zu ihnen und stieß dann einen kleinen Schrei aus: „Grandiston!“ Sie eilte durch den Raum auf ihn zu und streckte ihm ihre Hände entgegen, um die seinen zu erfassen. „Oh, Grandiston!“

Grandiston ergriff ihre Hände und blickte in ihre Augen, die eine Wärme ausstrahlten, die er an ihr meist nur dann gesehen hatte, wenn sie ihren Vater anblickte. Sie sah wunderschön aus, auch wenn sie ihr Haar etwas streng frisiert trug. Sie sah aus wie ein Engel und da er auf diese Situation unvorbereitet war, erwiderte Grandiston ihren Blick und für einen Moment fiel seine Maske und er zeigte sein wahres Gesicht. Die Damen bekamen ihn daher von seiner besten Seite zu sehen: Sein harscher Blick entspannte sich und seine Augen wirkten humorvoll und warm. Von seiner stattlichen Höhe aus beugte er sich hinunter zu Oriana.

„Oh, Grandiston“, sagte sie wieder, „Sie können sich nicht vorstellen, wie sehr ich mich danach gesehnt habe, Sie wiederzusehen. Sie sind mir der am nächsten stehende Mensch, der mir nach meinem Vater noch geblieben ist.“

Miss Micklethwaite beobachtete mit Interesse das Zusammentreffen und glaubte zu erkennen, dass der große Mann sich daraufhin etwas zurückzog. Er beugte sich über ihre Hände, küsste sie und sagte: „Miss Petersham, Oriana, wie kommt es, dass ich Sie hier antreffe?“

Oriana zog ihre Hand zurück und errötete leicht. „Sie haben es nicht gewusst?“

„Nein, das habe ich nicht“, sagte Grandiston. „Ich verweile zufällig bei meinem Freund hier, der das Dower House gepachtet hat. Sie kennen Mr. Booth, nehme ich an?”

Oriana blickte verwirrt an ihm vorbei zu seinem Begleiter. Der gut aussehende, fröhliche junge Mann weckte die Erinnerungen an ihre schreckliche Saison in London. Sie wusste nicht, warum ihre Laune plötzlich sank, außer dass sie gedacht hatte, dass... ja was? Dass ihr Vater plötzlich hinter ihm auftauchen würde, ihm auf die Schultern klopfte und nach einem langen Ausritt nach einem Frühstück verlangte? Dass Grandiston sie in eine Zeit zurückführen konnte, in der sie glücklich und behütet war, bevor sie sich darüber sorgen musste, ob Fitzroy oder Clarissas Bruder über ihr Leben bestimmen konnten? Dass er sie weiterhin so neckisch ansehen würde, wie er es immer getan hatte...

„Mr. Booth. Wir haben uns natürlich in London kennengelernt“, sagte sie und streckte ihre Hand aus. Er beugte sich darüber und vollführte einen Kratzfuß nach der vornehmen Art der galanten Gentlemen einer vergangenen Generationen: „Ihr ergebenster Diener, Ma'am.“

Clarissa kicherte. Dies führte dazu, dass sie die Blicke der Gentlemen auf sich zog. Booth sah sie etwas verwirrt an.

„Ach herrje. Entschuldigen Sie mich bitte“, sagte Clarissa, während sie noch immer lächelte.

„Meine Damen“, sagte Oriana ruhig, „darf ich Ihnen Lord Grandiston vorstellen, einen alten und lieben Freund meines Vaters, sowie seinen Freund, den Ehrenwerten Charles Booth. Das ist Miss Clarissa Thorne, unsere Hausherrin, und das sind Miss Appleby und Miss Micklethwaite, die ihr, so wie ich, Gesellschaft hier in Ashcroft leisten.”

Seine Lordschaft hielt der jungen Dame seine Hand hin, die kaum alt genug war, um irgendjemandes Hausherrin zu sein. Dann beugte er sich über die Hand eines Persönchens, die in ihrer mit Bändern geschmückten Montur erschauderte. Seine galante Art versetzte Miss Appleby in Aufregung und sie ließ ein verlegenes kleines Lachen hören, während sie mit ihrem seidenen Taschentuch Luft an ihre erröteten Wangen fächerte. Clarissa kicherte und fing Grandistons ironischen Blick auf, als er sie beobachtete. Sie hatte sich gerade wieder beruhigt, als Mr. Booth an der Reihe war, Miss Appleby zu begrüßen, und schon kicherte diese wieder los. Lord Grandiston zog eine Augenbraue nach oben und Clarissa gab sich hilflos ihrem Gekicher hin. Seine Lordschaft hatte sich unter Kontrolle, bis er sich zu Miss Micklethwaite drehte.

„Dummkopf“, bemerkte die Dame. „Das wird Euch jungen Männern eine Lehre sein. Das nächste Mal beschränken Sie sich bitte auf ein Nicken oder Louisas Torheit wird uns noch alle nach Bedlam bringen.”

Als er zu Oriana blickte, fielen die letzten Hemmungen und schon bald brachen alle fünf in schallendes Gelächter aus, auch wenn Miss Appleby sich nicht sicher war, was genau der Witz gewesen war. Nur Miss Micklethwaite bewahrte einen gefassten Ausdruck.

Als die Erfrischungen serviert wurden, nahm die Gesellschaft wieder etwas Haltung an, aber mit den Formalitäten war es vorbei und anstatt Mr. Booths überschwängliche Komplimente wie sonst zu ignorieren, beschränkte sich Oriana lediglich darauf, zu lächeln oder zu seufzen, je nach Aufdringlichkeit. Sie hielt ihn für einen dummen Jungen und sie war abwechselnd damit beschäftigt, ihn auf Abstand zu halten und sich mit den anderen zu unterhalten. Sie konnte es nicht vermeiden, dass ihr Blick immer wieder an Grandiston hängen blieb und seine Anwesenheit brachte ihr ein wenig des Zaubers ihrer Vergangenheit zurück, als sie die Lieblingstochter eines großen Mannes gewesen war, der ein großes Anwesen führte. Grandiston, bemerkte sie, wurde von Clarissa bestens unterhalten, die - so dachte Oriana - heute besonders lebhaft und schön aussah. Es versetzte ihr einen eigenartigen Stich. Vielleicht möchte ich meinen alten Freund ganz für mich alleine haben, dachte sie, einfach nur, um der alten Zeiten willen. Mr. Elfoy hatte sie gerade etwas gefragt und sie musste ihn bitten, die Frage zu wiederholen.

Elfoy genoss die Kameradschaft, die sich so schnell gebildet hatte, und lächelte angesichts der unbekümmerten Versuche Booths, Miss Petersham zu verzaubern, während er selbst Qualen litt, wenn er Clarissa über eine von Grandistons trockenen Bemerkungen lachen hörte. Natürlich hatte er erwartet, dass sie einen Bewunderer finden würde, aber doch nicht so unglaublich schnell. Er sah, wie Grandiston das Amulett auf ihrer Brust bewunderte und wie sie eine über ihre Schulter fallende Locke wegschob, damit er es besser sehen konnte. Er brannte vor Eifersucht.

Clarissa fühlte sich immer wohler. Sie erkannte nicht, dass sie mit Grandiston flirtete, denn diese Welt war ihr bislang fremd gewesen. Der gestrige Tag hatte ihr so viel Selbstbewusstsein verliehen, dass sie vor Freude strahlte und schön wie nie zu vor aussah. Sie war in der besten Gesellschaft: Sie hielt Grandiston für verteufelt gutaussehend sowie bezaubernd und Booth für einen umwerfenden jungen Mann. Noch nie zuvor war sie in einer solchen männlichen Gesellschaft gewesen und sie genoss es. Männer, die - so wie ihr Vater - genauso angenehm wie Frauen waren. Aber obwohl sie nur selten zu ihm blickte, war es

Elfoy, für den ihr Herz schlug und als er für ein Gespräch zu Miss Appleby beugte, dachte sie nur: *Tristam*.

Waity beobachtete die Situation, während sie beiläufig auf Bemerkungen antwortete, die an sie gerichtet waren. Als sie dem Ehrenwerten Charles sagte (nachdem sie seine wohlklingenden Komplimente an Oriana vernommen hatte), dass wenn seine Mutter denn nicht wüsste, wie sie ein solches Verhalten unterbinden würde, dann würde sie es tun, stieß dieser ein Lachen aus und ergab sich ihr. „Als Sie bei unserer ersten Begegnung meinen Hut in den Schlamm geworfen haben, war ich bereits vor Angst erstarrt."

„In dieser Gaststätte. Sie waren das also. Ich wusste damals schon, dass sie ein Schlingel sind, und ich habe meine Meinung nicht geändert."

Aber sie mochte ihn, auch wenn sie nicht bereit war, das offen zuzugeben. Booth war hinter Oriana her, doch sie könnte schwören, dass diese Grandiston verfallen ist. Jetzt, wo er allerdings hemmungslos mit Clarissa flirtete und Elfoy und Oriana aussahen, als ob... naja... was? Sie würden sich noch in die Bredouille bringen. Sie blickte zu Grandiston. Von einem Mann mit einem solchen Kinn könnte ich glauben, dass er imstande ist, mich aus jeder Bedrängnis zu befreien, aber auch in Herzensangelegenheiten? Nun ja, ich würde einspringen, wenn es notwendig wäre. Ach, wenn sie doch nur Clarissas grässlichen Bruder irgendwie loswerden könnten. Sie blickte zu Miss Appleby, die ihre Wimpern und ihr Taschentuch gleichzeitig flattern ließ. Ach, Louisa, sie bemerkte gar nicht mehr, was um sie herum geschah.

„Warum haben Sie sich im Dower House niedergelassen, Mr. Booth?", fragte Clarissa.

Grandiston setzte ein interessiertes Gesicht auf. „Ja, warum ist das so, Charles?"

Mr. Booth ignorierte ihn. „Meine Liebe zum Landleben, Miss Thorne", sagte er jovial, aber wahrheitswidrig. Nachdem sogar sein Wildledermantel und seine Stulpenstiefel von den besten Schneidern der Stadt zu stammen schienen, nicht zu sprechen von der gewagt eleganten Weste, die er heute trug, waren die Damen etwas überrascht.

„Wenn ich mich recht entsinne, dann besitzt Ihre Familie ein großes Anwesen in Yorkshire, Sir", bemerkte Oriana.

„Nun ja, Ma'am, das stimmt, aber... naja, das ist etwas weit von der Stadt entfernt. Ich kann von hier aus in einem Tag nach London reisen, wenn die Geschäfte es erforderlich machen."

„Ah", bemerkte Clarissa, die noch immer nicht mehr wusste, „Ich verstehe. Nun, ich hoffe, es wird Ihnen hier gefallen."

Daran sollte es keinen Zweifel geben. Als die Gentlemen sie verließen, waren sie eine ganze Stunde länger geblieben als die 20 Minuten, die für einen höflichen Vormittagsbesuch angemessen waren, und sie hatten Clarissas Einladung zum Abendessen angenommen. Als Miss Appleby beiläufig erwähnte, dass die jungen Damen nach ihrem leichten Mittagessen für gewöhnlich einen Spaziergang machten, boten sich die Herren an, später vorbeizukommen und sie zu begleiten.

Oriana musste drei Stunden warten, bis sie endlich die Gelegenheit bekam, mit Grandiston zu sprechen. Sie ließ ihren Schal fallen und er hob ihn für sie auf, sodass sie ein wenig hinter den anderen zurückfielen. Sie war etwas steif, auch wenn sie nicht wusste weshalb, bis Grandiston sanft zu ihr sagte: „Sie müssen mich vorher falsch verstanden haben. Als ich vom Kontinent zurückkehrte und die Nachricht von Ihrem Vater vernahm, wollte ich Sie umgehend aufsuchen. Ihr Bruder wollte mir jedoch Ihren Aufenthaltsort nicht nennen."

Sie drehte sich zu ihm und ihre Augen leuchteten. „Ich wusste, dass ich mich in Ihnen nicht geirrt haben konnte", sagte sie impulsiv. „Er wollte nicht, dass seine Bekannten davon erfuhren, dass ich in einer Schule unterrichtete." Sie bemerkte, dass er seine Augenbrauen angesichts dieser Information nach oben zog und sie neckend ansah. „Ich versichere Ihnen, dass ich *sehr* gut und geduldig war. Meine bescheidene Lage hielt meinen rebellischen Geist zurück und so habe ich in all der Zeit, in der ich in der Schule von Clarissas Mutter tätig war, *keine einzige* unserer jungen Damen umgebracht."

„Nun, das überrascht mich doch, wenn ich mich an Ihr sprunghaftes Temperament erinnere“, stichelte er zurück. Seine Stimme wurde ernster. „Es muss schwierig für Sie gewesen sein, Ihr Leben so radikal zu ändern“, sagte Grandiston sanft. Beinahe ohne darüber nachzudenken, führte Oriana ihren Arm unter den seinen, so wie sie es früher getan hatte.

„Viel einfacher als zuhause zu bleiben.“ Obwohl sie versuchte, entspannt zu klingen, brach ihre Stimme und sie wusste, sie würde es nicht ertragen können, sich zu verraten.

„Ich verstehe. Ihr Bruder ist nicht sympathischer geworden“, sagte er so beiläufig, dass sie nicht anders konnte, als zu lachen und dadurch ihre Fassung wieder zu erlangen.

„Ein schrecklicher Kerl. Ich denke, es war Vaters Schuld. Fitz wusste immer, dass Papa ihn verachtete. Wenn er sich mehr Mühe mit ihm gegeben hätte, vielleicht. Aber er war so ein störrischer Junge, Papa konnte ihn nicht ertragen. Ich gebe ihm keine Schuld daran, aber ich kann einfach nicht mit ihm leben.“

Grandiston spielte für einen Moment mit dem Monokel, das aus seiner Weste hing. „Man hört, Sie hatten für eine gewisse Zeit ein neues Zuhause an der Küste gefunden. Wollten Sie dann nicht mehr heiraten?“

Er blickte sie herausfordernd an, während er sprach, und ihr Stolz war verletzt. Glaubte er wirklich, dass sie eine so lächerliche Verbindung eingegangen wäre? Der Zorn flackerte in ihren Augen auf und sie schenkte ihm einen eisigen Blick. „Wir fanden nicht, dass wir gut zusammenpassten“, sagte sie unverblümt. „Sollen wir etwas schneller gehen, um zu den anderen aufzuschließen?“

Grandiston wünschte, sie würde sich ihm anvertrauen, aber Oriana war immer schon stolz und impulsiv gewesen. Gewiss hätte es ihr ihr Geist unmöglich gemacht, zuhause zu leben oder auch nur einen der

Anträge anzunehmen, die sie zweifelslos während ihrer Saison in London erhalten haben musste. War dieses Verhalten eigensinnig und unbedacht oder der wahre Ausdruck von Stolz und Unabhängigkeit? Er hielt sie nicht für fähig, eine Verlobung einfach aus einer Laune heraus aufzulösen, und so musste sie einen Grund dafür gehabt haben. Aber vielleicht hatte er die verzogene Tochter eines liebenden Vaters auch einfach nicht so gut kennengelernt, wie er dachte. Vielleicht war auch er, so wie ihre anderen Verehrer, nur von ihrer Schönheit geblendet.

Sie schlossen sich den anderen an und er begann Clarissa mit Geschichten aus Orianas Kindheit zu unterhalten: ihre Wut über ihr erstes Pony, als dieses sie abgeworfen hatte, und dann den Ärger ihres Vaters angesichts ihres Verhaltens. Auch wenn Oriana zunächst reserviert blieb, musste sie schlussendlich doch lachen und drohte damit, noch viel schlimmere Geschichten über ihn zu erzählen.

Die Damen erreichten das Haus um einiges später, als sie es gewöhnlich taten, und konnten nur wenig erledigen, bevor sie zum Abendessen wieder auf ihre Freunde trafen.

„Das kann so nicht weitergehen", sagte Clarissa glücklich. „Wir müssen die Gentlemen davon abhalten, uns morgen beim Spaziergang zu begleiten, sonst bringen wir auf dem Anwesen gar nichts voran."

„In der Tat", neckte sie Oriana, „wir dürfen Mr. Elfoy nicht vernachlässigen."

Clarissa errötete und lief die Treppe hinauf, um sich umzuziehen.

Intrigen und Geheimnisse

Die Damen gaben sich heute Abend für ihre Toilette besonders viel Mühe. Oriana wollte an diesem Abend eines der Kleider tragen, die ihr alter Butler ihr von zuhause geschickt hatte, ein hellblaues Seidenkleid, mit einem tief ausgeschnittenen Miederteil über einem Unterkleid aus Musselin und bestickt mit winzigen weißen Röschen. Sie frisierte ihr Haar so, dass einige ihrer hübschen Löckchen ihr schönes, aristokratisches Gesicht umrahmten. Grandiston sollte zumindest sehen, dass sie noch immer die Tochter ihres Vaters war.

Clarissa trat ein, während Oriana einen weichen Schal über ihre Schultern legte, und hielt den Atem an.

„Meine liebe Oriana, du siehst wunderschön aus", rief sie. Sie sagte es so aufrichtig, dass Oriana lächeln musste.

„Vielleicht muss ich nicht länger eine Lehrerin sein, zumindest solange nicht, bis dein Bruder kommt." Sie bereute ihre Worte, als sie sah, dass Clarissas Freude etwas verflog. „Vergiss, was ich gesagt habe. Heute Abend ist keine von uns eine Lehrerin, denke ich."

Ihr schwarzes Seidenkleid, geschmückt mit der feinen Spitze ihrer Mutter, stand ihr so gut, dass Clarissa wusste, dass sie sich heute absolut gutaussehend fühlte. Die Trauerperiode für ihre Mutter näherte sich dem Ende, aber es würde sich für einige weitere Monate geziemen. nur wenig Farbe zu tragen, in Gedenken an ihren ihr unbekannten Cousin, dessen Anwesen sie geerbt hatte.

Die Damen verließen das Zimmer gut gelaunt und fanden die drei (denn auch Mr. Elfoy war eingeladen worden), die sich ausgezeichnet mit den Damen unterhielten. Miss Micklethwaite hatte anlässlich des Abendessens ihren feinsten Paisley-Schal umgelegt (ein Geschenk ihres wohlhabenden Bruders). Miss Applebys war hingegen mit einer Unmenge an Tüchern und Stoffen drapiert und, wie Clarissa etwas boshaft bemerkte, begleitet von jedem einzelnen Schmuckstück, das sie besaß.

Das Erscheinen der jungen Damen erzielte mehr als die erhoffte Wirkung. Mr. Booth zuckte und rief: „Himmel!“ Er griff nach Orianas Hand und überschüttete sie mit so vielen unerhörten Komplimenten, dass sie nicht anders konnte, als zu lachen.

„Miss Petersham, Sie sind heute.... Sie haben noch nie besser ausgesehen, also ich meine, Ihr Kleid... Ihre Haare...“

„Ihre Ansprache, Charles, ist wirklich bezaubernd“, unterbrach ihn Grandiston gelassen, „aber ich bitte Sie, geben Sie die Hand der Dame frei.“ Er griff selbst nach ihr, beugte sich darüber und murmelte: „Charles nimmt mir die Worte aus dem Mund.“ Als er sie berührte, errötete Miss Petersham leicht und ihre Augen strahlten, ganz untypisch für sie. Er ging jedoch eilig zu Miss Thorne über und bevor Mr. Booth sie wieder in Beschlag nahm, bemerkte sie freudig, dass er etwas zu ihrer Freundin sagte, das sie zum Lachen brachte. Sie war auf alle Fälle froh darüber, dass sich zwei ihrer engsten Freunde so gut miteinander verstanden, aber sie hoffte doch (für sich selbst), dass Clarissa den Flirt nicht weiter vertiefen würde.

Mr. Elfoy begrüßte die Damen in gewohnt wohlerzogener Art. Er kam nicht umhin, die Veränderung an Miss Petersham zu bemerken und machte ihr ein Kompliment zu ihrem Aussehen, aber sein Verhalten gegenüber Miss Thorne war etwas reserviert, fand Oriana.

Innerlich brodelte es in ihm. Würde Clarissa jemals aufhören, noch schöner zu werden, jedes Mal wenn er sie sah? Was dachte sie sich nur dabei? Sie war viel zu freundlich, um ihn absichtlich zu verletzen, aber warum lächelte sie Grandiston nur so an? Es schien, als zeigte seine Lordschaft immer deutlichere Absichten und Tristam dachte, er sollte sich besser für Clarissa freuen, dass sie einen so passenden Verehrer gefunden hatte. Er war froh... oder würde es mit der Zeit schon noch werden.

Hätte eine der jungen Damen Absichten gezeigt, einen sozialen Aufstieg zu schaffen, dann hätten ihre Gefährtinnen sie wohl in die Schranken gewiesen. Aber so erfreuten sie sich an Miss Applebys faszinierenden Versuchen, mit dem Earl und seinem Begleiter zu flirten. Mr. Elfoy hatte hingegen nicht das städtische Flair, um sie vor Aufregung flattern und erröten zu lassen. Die jungen Damen und Herren beobachteten fasziniert, wie Miss Appleby mit dem Fächer wedelte, dabei mit den Wimpern klimperte und ihnen dabei eine Vorstellung bot, wie man Generationen zuvor um die Gunst seines Gegenübers geworben hatte. Sie war abwechselnd schelmisch und verspielt, sodass Miss Micklethwaite sogar einschreiten musste, als sie dem Ehrenwerten Charles auf die Fingerknöchel schlug, nachdem er sie völlig unschuldig nach dem Salz gebeten hatte.

„Louisa, versuchen Sie doch, keine absolute Närrin aus Ihnen zu machen."

Zu Grandistons Enttäuschung (denn er hatte das Spektakel genossen), sackte Miss Appleby sofort in sich zusammen wie ein angestochener Luftballon. Als die Gespräche wieder an Fahrt gewannen, erholte sie sich durch die zuvorkommende, unaufdringliche Art von Mr. Elfoy.

Es war ungewöhnlich, erschien jedoch ganz natürlich, dass das Thema von Mr. Thornes bevorstehender Ankunft angesprochen und offen mit den Herren diskutiert wurde. Mr. Booth zeigte sich betroffen und traurig darüber, wie die Welt funktionierte. Grandiston bat hingegen darum, mehr über den Gentleman zu erfahren.

Clarissa tat ihm den Gefallen. „Da gibt es nicht viel zu erzählen. Er hat das Haus vor zehn Jahren verlassen und zu diesem Zeitpunkt seinen Erbanteil von meinem Vater erhalten. Ich habe ihn seitdem nur selten gesehen", sagte sie und errötete leicht. „Er hat meine Mutter nicht gebilligt, wissen Sie. Für ihn war sie zu frei in ihren Gedanken und Taten. Sein Verhalten gegenüber ihr und Papa wurde übertrieben respektvoll. Wie ich annehme, hat er das so von seiner Mutter gelernt.

Er war nicht damit einverstanden, wie die beiden mich erzogen. Er merkte meinem Vater gegenüber oft an, dass ich für mein Geschlecht unangemessen gebildet sei." Sie unterbrach sich und wurde etwas verlegen.

Charles warf aufmunternd ein: „Überhaupt nicht. Sie wirken keineswegs lebensfern auf mich. Nicht wie all diese schrecklichen Frauen mit ihren literarischen Mittagessen, die meine Mutter regelmäßig gibt. In die man plötzlich hineingezogen und gefragt wird, ob Sophokles Recht hatte. Da weiß man doch glatt nicht, was darauf zu antworten ist."

„So unterhaltsam Ihre Anekdoten auch sind, Charles, so sind sie doch nicht immer passend", unterbrach ihn Grandiston. „Möchten Sie nicht fortfahren, Miss Thorne?"

Clarissa lächelte und errötete. „Ich befürchte, Mr. Booth, dass wir Damen hier alle ganz fürchterliche Bücherwürmer sind und auch dafür bekannt, beim Mittagessen über Sophokles zu sprechen." - Mr. Booth sah sie schockiert an - „Aber wir tun das nicht im Gegenwart junger Herren, die eine solche Unterhaltung vielleicht nicht anregend finden."

„Dann ist ja gut", antwortete Mr. Booth erleichtert.

„Charles!", fuhr ihn Grandiston verzweifelt an.

Clarissa fuhr fort: „Ich denke doch, dass mein Bruder, auch wenn er mir nicht besonders wohl gesonnen ist, mir dennoch ein Zuhause bieten möchte. Er denkt, dass ich nicht alleine leben sollte, auch wenn ich von Anstandsdamen begleitet werde."

Miss Appleby unterbrach sie und griff nach Grandistons Arm. „Ich komme jedoch nicht umhin zu vermuten, dass ihn vor allem finanzielle Motive bewegen. Denn als ihre geliebte Mutter verstorben ist, wollte er sein Angebot nie so vehement durchsetzen. Erst als ihr Vetter verstarb und ihr das Anwesen vermachte..."

Miss Micklethwaite pragmatischer Tonfall unterbrach sie. „Natürlich, als ignoranter Vertreter des männlichen Geschlechts der gewöhnlichen Sorte" - an dieser Stelle blickte sie die anwesenden Herren herausfordernd an, sollte jemand protestieren wollen, niemand tat es - „hält er Frauen für unfähig, sich um ihre eigenen Angelegenheiten zu kümmern. Trotz ihrer hervorragenden Ausbildung wäre ich angesichts Clarissas zarten Alters geneigt, ihm in diesem Fall zuzustimmen. Allerdings wird dieses entsetzliche Frauenzimmer, mit dem er verheiratet ist, ihr das Leben unerträglich machen und sie wird einen Weg finden sich selbst dabei zu bereichern."

Mr. Booth spürte, dass dieser außerordentlich gewagten Bemerkung doch wenigstens etwas Zurückweisung entgegengebracht werden sollte. Er gab einen erstickten Grunzlaut von sich. Dennoch war er froh, als Miss Micklethwaite fortfuhr.

„Sie sind gesellschaftliche Emporkömmlinge, beide, und ich kann Menschen nicht ausstehen, die nach mehr streben, als ihnen zusteht. Das ist natürlich auch der Grund dafür, warum der junge John die liebe Mrs. Thorne nicht ausstehen konnte. Sie war die Tochter eines Viscounts, in diesem Haus hier aufgewachsen und musste sich niemals über ihr Erscheinungsbild oder ihre Respektabilität sorgen. Sie war eine große Dame und das sah man ihr an, sogar in einem Schulhaus." Ihre Augen wurden langsam feucht, aber sie schüttelte die Schwäche ab, die sie so sehr verachtete, und fuhr fort: „Wenn es für Clarissa das Beste wäre, zu ihrem Bruder zu ziehen, dann kann ich im Namen von uns allen sprechen, wir würden es gutheißen. Wir sind bereit abzureisen, sobald es notwendig ist. Aber, Mylord, sollten Sie irgendeinen Vorschlag haben, wie wir diese Situation abwenden können, so bitte ich Sie, teilen Sie ihn uns mit."

Jede der Damen war erstaunt darüber, dass Miss Micklethwaite einen Vertreter des anderen Geschlechts um seine Meinung gefragt hatte. Ihr Vertrauen in Grandiston kam aus dem Nichts und sie musste von ihrem Instinkt dazu bewogen worden sein, einem tiefgehenden Eindruck, den sie nach so kurzer Bekanntschaft gewonnen hatte. Miss Appleby war überzeugt, dass so ein großgewachsener Mann alle Antworten kennen musste, Miss Petersham hatte Grund zu dieser Annahme und vertraute ihm und Miss Thorne teilte dieselben Instinkte und so blickten sie ihn vertrauensvoll an und warteten auf seine Antwort.

Falls sich Grandiston der Ironie seiner Situation bewusst war, dachte Mr. Elfoy, dann zeigte er es nicht. Er war es gewohnt, Befehle zu erteilen, und Elfoy selbst wartete hoffnungsvoll auf seine Worte.

In der Zwischenzeit hatten sie sich in das Wohnzimmer zurückgezogen und Grandiston stand am Feuer. Eine Hand auf den Kaminsims gelegt, fühlte er sich sichtlich wohl.

„Ich denke, Sie sollten schleunigst beginnen, Bekanntschaften in Ihrer Nachbarschaft zu schließen. Vielleicht können Sie sich hier in der Gesellschaft ein wenig etablieren, dann wird es schwieriger, Sie von hier wegzubringen. Wenn er spürt, dass der örtliche Landadel Sie in Ihrer Position hier akzeptiert, würde er diese Leute nicht verärgern wollen und seine Pläne verschieben."

„Ich wünsche es mir schon lange, jene Nachbarn einzuladen, die bereits vorstellig geworden sind, aber Sullivan hat uns davon abgeraten dies zu tun, solange wir das Haus und den Garten nicht ein wenig in Ordnung gebracht haben", sagte Miss Appleby.

„Sie haben hervorragende Arbeit geleistet und nun ist es an der Zeit, Ihren Platz in der Gesellschaft einzunehmen."

„Ja", sagte Oriana, „aber wird es genügen, Mylord? Mr. Thorne braucht sich nicht um die Meinung der Menschen in dieser restringierten Nachbarschaft kümmern, denn er lebt weit entfernt."

Grandiston lächelte. „In der Tat. Aber ist sie denn so restringiert? Der Sohn eines Baronets hat gerade Ihr Dower House gepachtet..."

„Und ein Earl logiert gerade bei ihm", beendete Mr. Booth den Satz. „Wirklich übel von Ihnen, Ihre Anwesenheit zu aufzublähen, Hugo."

„Aber ist es denn nicht genau das? Ich habe den Eindruck, je mehr wir unsere Anwesenheit aufblähen, desto besser wird es wirken. Wenn er dadurch einen Weg sieht, bessere Bekanntschaften zu schließen, vielleicht..."

„Schenken Sie hierbei Sullivan Ihr Vertrauen", unterbrach Miss Micklethwaite.

„Ach wie schrecklich vulgär das alles doch ist", seufzte Clarissa. „Aber ich befürchte Sie haben Recht, Sir. Er ist ein furchtbarer Snob. Er war so entzückt, als ich mich mit Juliana Sowersby angefreundet habe, als ich letztes Jahr bei ihm zu Besuch war. Sie ist die Tochter der nobelsten Familie in seinem Dorf und ein reizendes Mädchen. Cornelia war erzürnt, weil man sie noch nie in deren Manor eingeladen hatte."

„Sowersby? Die Erbin des alten Jonas Sowersby? Ich habe sie nie kennengelernt", sagte Charles.

„Ich schon", sagte Grandiston unerwartet. „Sie war während der Saison einige Male bei Almack's. Ein reizendes Mädchen."

„Das erklärt alles. Dorthin gehe ich niemals, ein schrecklich langweiliger Ort. Ich musste meine Schwestern hinbegleiten, bis sie verlobt waren. Es ist mir egal, was sie alles auf dem Kontinent geleistet haben, Hugo, aber eine Nacht mit meiner Mutter und meinen Schwestern bei Almack's durchzustehen und dann noch gezwungen zu werden, mit den Freundinnen meiner Mutter zu tanzen, dafür sollte *ich* einen Orden erhalten."

„Durchaus, Charles. Aber im Moment versuchen wir, Miss Thorne bestmöglich zu helfen. Warum laden Sie Miss Sowersby nicht hierher ein? Die Saison neigt sich dem Ende zu und womöglich hat sie Zeit, Sie auf dem Weg hinauf in den Norden zu besuchen, was denken Sie?"

„Was für eine gute Idee. Wenn Juliana hier wäre, wenn John hier ankommt, dann müsste er zumindest darauf achten, wie er mit mir spräche. Er könnte mir niemals befehlen, meine Taschen umgehend zu packen. Denn ich fürchte, genau das wird er tun. Aber würde Sie überhaupt kommen?"

„Noch eine andere Sache, Mylord", unterbrach Mr. Elfoy. „Wenn Sullivan damit beginnt, Besucher vorzulassen, dann werden zweifellos Lord und Lady Staines hier auftauchen. Das kann nicht zu Miss Thornes Vorteil sein, denn Lord Staines hat die Absicht, das Anwesen zu erwerben und bereits einige Formalitäten mit Mr. Thorne besprochen."

„Davon haben Sie mir nichts erzählt, Sir", rief Clarissa. „So eine Frechheit. Dieses Haus gehört meinem Bruder nicht."

„Ich denke, dass Charles und ich durchaus in der Lage sind, Lord Staines zu versöhnen und ihm die Notwendigkeit von Miss Thornes Anwesenheit zu vermitteln."

Elfoy sah ihn skeptisch, Booth erstaunt an, aber dann sah er Grandistons vielsagenden Blick und sagte: „Selbstverständlich."

Erst einige Zeit später auf dem Weg nach Hause konnte Charles seinem Ärger Luft machen: „Wie in aller Welt können wir Staines dazu bewegen, Miss Thornes Aufenthalt hier gutzuheißen? Er will das Anwesen seit Jahren. Es passt nicht zu Ihnen, den Damen falsche Hoffnungen zu machen, Hugo. Wenn ich so darüber nachdenke, bin ich mir gar nicht so sicher, ob Ihre Listen Thorne wirklich abhalten werden. Wenn er hofft, aus dem Erbe seiner Schwester Profit zu schlagen, dann wird ihm ein wenig Missbilligung der örtlichen Bevölkerung nichts ausmachen."

„Die Damen benötigen unsere ritterlichen Dienste, Charles. Sie sind vollkommen von uns abhängig. Ich bin mir sicher, dass es funktioniert. Der Trick dabei ist, jedem das zu geben, was er will."

Der Ehrenwerte Charles setzte einen verärgerten Gesichtsausdruck auf. „Natürlich will ich den Mädchen helfen, ich meine natürlich allen Damen, aber ich verstehe noch immer nicht, wie..."

Grandiston legte ihm versöhnlich die Hand auf die Schulter. „Was wäre im Moment für Staines der größte Nachteil am Erwerb von Ashcroft?"

Charles sah ihn fragend an und meinte dann: „Die Kosten, nehme ich an. Ein Anwesen dieser Größe, wenn auch heruntergekommen, kostet gewiss..."

„Ganz genau, Charles. Sie sind nicht so begriffsstutzig, wie ich befürchtet hatte." Er ignorierte den Protest des jungen Mannes und fuhr fort: „Jetzt nehmen wir doch einmal an, wir könnten Lord Staines einen Weg aufzeigen, das Anwesen ohne Kosten zu erwerben." Er unterbrach und sah seinen Begleiter erwartungsvoll an.

„Er könnte es durch eine Heirat erhalten!", schrie Charles plötzlich auf. Grandiston klopfte ihm auf die Schulter. „Aber, Hugo, wir können doch nicht ernsthaft von Miss Thorne erwarten, diesen Kerl zu heiraten. Erst als wir bei ihm gewohnt haben, habe ich bemerkt, wie schrecklich langweilig er ist. Ich würde ihn doch nie einem so netten Mädchen aufbürden. Es ist schon eigenartig, da trifft man jemanden im Club oder beim Rennen und dort wirkt er ganz in Ordnung. Dann stattet man ihm einen Besuch ab und entdeckt, dass er Vogeleier oder so etwas sammelt. Man weiß es einfach nie."

Grandiston grinste. „Ich erwarte natürlich nicht, dass Miss Thorne ihn heiratet, Charles. Aber wir könnten doch Staines zumindest dazu bringen, es *zu denken*." Charles blickte ihn skeptisch an. „Seine Eitelkeit spielt uns in die Karten. Er wird selbstverständlich davon ausgehen, dass Miss Thorne von seiner charmanten Art verzaubert sein muss. Und genau diesen Gedanken werden wir in seinen Kopf bringen. Das ist eine Verzögerungstaktik. Je länger die Damen in Ashcroft verweilen, desto schwieriger wird es für ihren Bruder zu behaupten, er handle in ihrem besten Interesse, indem er sie ausziehen lässt. Die ganze Nachbarschaft kann den Wandel zum Besseren am Anwesen erkennen. Wirklich eine bemerkenswerte Ansammlung von Frauenzimmern. Ich habe da übrigens noch eine Aufgabe für Sie, mein lieber Junge."

Charles blickte ihn misstrauisch an. „Ja?"

„Es wird Zeit, die Nachbarschaft um weitere illustre Gäste anzureichern. Wenn Sie doch bitte in die Stadt fahren könnten, Charles, und einigen Ihrer Bekannten den Aufenthaltsort von Miss Petersham verraten würden..."

Nachbarschaftsbesuche

Mr. Booth verweilte nicht lange in der Stadt, aber die Damen waren in der Zwischenzeit damit beschäftigt, jenen Nachbarn Besuche abzustatten, die bereits bei ihnen vorgesprochen hatten und von Sullivan abgewiesen worden waren. Während sich Miss Micklethwaite um das Haus und das Anwesen kümmerte, besuchten die anderen drei im Landauer des verstorbenen Viscounts das Dorf und machten sich bekannt.

Ihr erster Besuch galt Lord Staines und dessen Mutter. Lord Grandiston war zufällig anwesend, als die Damen angekündigt wurden und bemerkte, dass alles in die richtige Richtung verlaufen zu schien. Als seine Lordschaft sich erhob, um Miss Thorne zu begrüßen, bemerkte der Earl freudig, dass dessen Augen beim Anblick einer so schönen Erbin zu leuchten begannen. Seine tiefe Verbeugung über Clarissas ausgestreckter Hand war das untrügliche Zeichen für einen beginnenden Flirt und Grandiston war zufrieden, dass sein Plan so ausgezeichnet funktionierte. Allerdings hielt die Freude nicht lange an. Als sich Staines erhob, wandte er seinen Blick ihren Gesellschafterinnen zu und seine Kinnlade kippte nach unten, was Clarissa mit Amusement beobachtete.

Oriana, die es seit der Ankunft ihres alten Freundes aufgegeben hatte, sich wie eine Lehrerin herzurichten, sah in ihrem blassblauen Samtpelisse und ihrer breitkrempigen Haube einfach hinreißend aus. Die Pfauenfeder, die sanft über den Rand der Krempe wippte, hatte das tiefe Grün ihrer Augen, während ihre goldenen Locken das Gesicht so wunderschön umrahmten, dass es ihrem Gastgeber kurzfristig die Sprache verschlug. Also gut, dachte Grandiston - der aus jeder Situation das Beste machen konnte - auch damit ließ sich arbeiten.

Lady Staines (in schlüsselblumengelb mit rosarotem Schal) verstand die Situation sofort und trat nach vorne, um die Damen zu begrüßen und sie aufzufordern, sich zu setzen. „Wer ist das Mädchen?“, dachte sie. „Warum kann ich mich nicht an ihren Namen erinnern?“ Wie auch immer, Clarissa stellte sie und diese dumme Appleby noch einmal vor und ihre Ladyschaft lächelte, während sie innerlich brodelte. Sie hatte eine natürliche Abneigung gegen junge Frauen, die dieselbe Haarfarbe trugen, die sie mit größtem Aufwand versuchte zu erzielen, und noch vielmehr gegen solche, die ihren Sohn wie einen Hampelmann aussehen ließen. Als sie jedoch ihren Namen hörte, erinnerte sie sich an die Geschichte von Sir Fitzroy Petershams Schwester, die als die Schönheit der Saison gegolten hatte, in einem Jahr, in dem sie aus gesundheitlichen Gründen selbst die Stadt nicht besuchen hatte können. Also eine gute Abstammung, aber hatte sie auch Geld? Sie würde noch heute einen Brief nach London schicken.

Lord Staines hatte sich wieder gefangen und richtete sein Wort an Oriana.

„Ich bin mit Ihrem Bruder bekannt, Miss Petersham“, sagte er freundlich.

Orianas Augen waren eiskalt und sie erwiderte ungerührt: „Ach, ist das so?“

Grandiston war amüsiert. Der arme Staines. Er hätte mit seinen galanten Avancen auf kein undankbareres Objektstoßen können.

Clarissa warf etwas ein und lenkte somit Staines’ Augen für einen Moment weg von der eisigen, aber wunderschönen Miss Petersham.

„Ich nehme an, Sie sind auch mit meinem Bruder bekannt, nicht wahr, Sir?“

Der Earl mochte die junge Dame immer mehr. Das würde den armen Staines in arge Bedrängnis bringen, denn das einzige Mal, als er ihren Bruder getroffen hatte, war in der Hoffnung gewesen, Ashcroft ohne ihre Zustimmung zu erwerben. Aber seine Lordschaft fing sich schnell. „Ja, ich hatte das Vergnügen, als er in der Gegend war, um einige Geschäfte für Sie abzuwickeln, nehme ich an."

Clarissa konnte nicht anders als zu erwidern: „Keine Geschäfte für mich, das kann ich Ihnen versichern, Mylord."

Es entstand eine kurze Pause, bis Lady Staines herausfordernd fragte: „Und was halten Sie von den neuen Pächtern im Dower House, meine Liebe. Sehen Sie Mr. Booth oft?"

Die beiden Damen warteten ungewöhnlich lange mit ihrer Antwort, denn sie bemerkten, dass ihr Pächter und sein Besuch weit mehr Zeit mit ihnen verbrachten, als es üblich war. Unerwartet kam ihnen Miss Appleby zu Hilfe. „In der Tat, das tun wir. Wir Damen erfreuen uns sehr der gelegentlichen Besuche der Gentlemen, denn...", sie lehnte sich vertrauensvoll in Richtung ihrer Ladyschaft, „Lord Grandiston war der engste Freund von Sir Ralph und ein alter Freund von Miss Petershams Familie. Ist das nicht eine glückliche Fügung? Aber selbstverständlich werden die lieben Herrschaften uns schon etwas leid. Ein Haushalt voller Frauen ist wirklich keine gute Gesellschaft für Männer aus *London*." An dieser Stelle lächelte sie Lord Grandiston verschmitzt an und er war sich nicht sicher, ob ihr bewusst war, wie respektabel sie im Stande gewesen war, die Besuche der Gentlemen bei den Damen zu erklären.

Anschließend versuchte Lord Staines erfolglos, bei Miss Petersham das Eis zu brechen. Nur für einen kurzen Moment hatte sie es genossen, als schön betrachtet zu werden, als sie nach London gegangen war. Ohne die Hilfe ihres Bruders war sie der überschwänglichen Komplimente und der ihr entgegengebrachten Aufmerksamkeiten schnell müde geworden. Sogar die intelligentesten ihrer Bewunderer wollten mehr über ihre Schönheit als über ihr wahres Ich sprechen und so hatte sie sich nicht nur gelangweilt, sondern hatte sich auch erdrückt gefühlt. Ein weiterer Verehrer passte ihr gar nicht - und obendrein wenn der noch ein Freund ihres verhassten Bruders war.

Die Damen verabschiedeten sich und Grandiston begleitete sie zu ihrer Kutsche. Als er Oriana hineinhalf, lächelte er sie an. „Vielleicht möchten Sie etwas auftauen, eisige Maid. Ein wenig Zuwendung Ihrerseits könnte Lord Staines etwas weniger interessiert an den Geschäften mit Mr. Thorne werden lassen."

Sie sah ihn angewidert an. „Grandiston, keineswegs könnte ich nett zu dieser Kröte sein."

Sie sah ihrem sechzehnjährigen Ich so ähnlich, dass er lachen musste. „Oriana, meine Liebe, denken Sie doch an Clarissa", sagte er liebevoll.

Als sie die Stufen hinaufgestiegen war, funkelte ihn Oriana an, die Damen fuhren davon und der Earl lachte ihnen hinterher.

In den nächsten Tagen besuchten Sie den alten Sir Montague Holmes, den ältesten und freundlichsten Adeligen aus der Nachbarschaft, dessen Sinn für Humor alle entzückte. Aus gesundheitlichen Gründen konnte er derzeit leider sein Haus nicht verlassen, aber er hatte die Damen eingeladen, ihn bald wieder zu besuchen. Er zeigte starkes Interesse an Miss Appleby, die überraschend ruhig und schüchtern wirkte und nicht so leichtfertig, wie in der Anwesenheit von Booth und Grandiston. Nun erinnerte sie sich an ein altes Familienrezept für ein Heilmittel, mit dem sie hoffte, die schlimmsten Spasmen von Sir Montague lindern zu können. Sie bot ihm an, es zuzubereiten und aus Ashcroft zu schicken. Sir Montague dankte ihr, fixierte sie aber mit seinen recht verschlafenen Augen und schlug vor: „Warum bringen Sie es nicht selbst vorbei, meine Liebe? Ich würde doch sagen, dass ich Erläuterungen zur richtigen Einnahme benötige." Miss Appleby errötete und versprach nichts.

Der Vikar und seine Frau sowie deren hübsche Töchter, Charlotte und Annabel, begrüßten sie als nächstes und sie wurden den wichtigsten Damen im Ort vorgestellt. Miss Petersham wurde von den jungen Damen als die hübscheste angesehen, aber aus einem gewissen Lokalpatriotismus heraus waren die Damen vor allem erfreut, Clarissas Schönheit zu bemerken, die dem *alten* Viscount wie aus dem Gesicht geschnitten schien.

Der wichtigste Besuch, in Clarissas Augen, galt Mr. Elfoys Mutter.

Die Dame lebte am Rande des Dorfes in einem bescheidenen, aber soliden, steinernen Cottage, mit einem der gepflegtesten Gärten, den sie jemals gesehen hatte. Das dicke Strohdach und die blankgeputzten, durch Kreuze unterteilten Fensterscheiben verhießen Gutes und die Dame, die sie empfing, war eine wahre Überraschung. Ihr Haar war komplett weiß, aber das würdevoll schöne Gesicht schien das vor der Zeit weiß gewordene Haar Lügen zu strafen. Sie lächelte aufrichtig, aber Clarissa bemerkte eine gewisse Reserviertheit, die dahin schmolz, als sie herausfand, dass die jungen Damen keine bestimmte Absicht hatten und noch weiter, als die beiden sich ausführlich über die Qualitäten ihres geliebten Sohnes ausließen.

Oriana war amüsiert und gleichzeitig etwas beunruhigt über das gesteigerte Interesse, das ihre Freundin und Mrs. Elfoy aneinander hatten. Offensichtlich ahnte die Dame von den Gefühlen ihres Sohnes und war um ihn besorgt. Dennoch konnte sie nicht anders, als die strahlende Clarissa zu mögen sowie deren Interesse daran, die Nachbarn und das örtliche Leben kennenzulernen.

Einige Tage später trafen der gerade zurückgekehrte Mr. Booth und sein Gefährte die Damen im Wohnzimmer an, die gerade Lord und Lady Staines verabschiedet hatten.

„Miss Thorne, meine Damen. Ich bin froh, Sie anzutreffen. Ich komme gerade aus der Stadt und wollte Ihnen umgehend die Ehre erweisen", sagte der Ehrenwerte Charles freundlich.

Clarissa begrüßte ihn auf die gleiche Art. „Sie sind bereits unsere dritten Besucher an diesem Morgen, Gentlemen, wundern Sie sich daher bitte nicht, wenn unser Repertoire an leichter Konversation ausgeschöpft ist. Wer hat gesagt, dass es am Land langweilig ist? Bitte, setzen Sie sich doch."

„Ah“, meinte Charles, „aber natürlich erregen Sie die Neugier der Menschen. Aber machen Sie sich nicht viel daraus, in ein paar Wochen wird das Interesse wieder abgeklungen sein.“

„Siehst du, Clarissa“, lachte Oriana, „du erzeugst praktisch dasselbe Interesse wie der prämierte Stier von Farmer Skipton. Jetzt verstehen wir endlich die Aufmerksamkeit der Nachbarn.“ Clarissa stieß ein Lachen aus, als sie in Charles betroffenes Gesicht blickte, und Miss Micklethwaite schritt ein.

„Genug davon. Nun, Eure Lordschaft, Sie sehen, die Dorfgemeinschaft beginnt, Clarissa als eine der Ihren zu akzeptieren. Kann dies unserem Anliegen nützen?“ Sie wandte sich an den Earl, der es sich auf einem Sessel gemütlich gemacht hatte und mit seinem Monokel spielte, während er das Schauspiel mit einem Lächeln verfolgte.

„Ja“, fragte Oriana enthusiastisch, „Und was haben Sie damit gemeint, als Sie sagten, ich sollte netter zu diesem fürchterlichen Staines sein? Ich musste gerade ganze 20 Minuten seiner Anwesenheit erdulden und er schenkte dabei den anderen Damen kaum Beachtung.“

„Ganz recht, meine Liebe“, meinte Miss Appleby, die von ihrer Stickarbeit aufblickte. „Er hatte kaum ein Wort für uns übrig, nicht einmal, als seine Mutter ihn darauf aufmerksam machte. Ich denke nicht, dass es ihr besonders gut gefiel, dass er Ihnen gegenüber so zuvorkommend war. Sie hat mich sogar zur Seite genommen und mich über Sir Fitzroys Vermögen befragt und das Ihre und so weiter... selbstverständlich so diskret wie nur möglich.“

„Was für eine dumme Frau“, sagte Miss Micklethwaite. „Wie in aller Welt kann man in diesem Alter auch nur daran denken, solche Rosatöne zu tragen. Wenn wir schon alle nach Ihrer Pfeife tanzen müssen, Grandiston, dann lassen Sie uns wenigstens an Ihren Gedanken teilhaben.”

„Meine Gedanken richten sich danach, wie ich Miss Thorne dabei helfen kann, ihr Erbe zu behalten.“

„Nun, das können Sie wohl auch, ohne Miss Petersham zu bitten, einem schrecklich dümmlichen Zeitgenossen Hoffnungen zu machen", sagte Booth, der erst jetzt zu realisieren begann, dass er die letzten beiden Tage in der Stadt damit verbracht hatte, seine Zahl der Rivalen um die schöne Miss Petersham zu erhöhen. Er hatte es getan, weil Grandiston es von ihm verlangt hatte und auch weil er wusste, dass es Sir Fitzroy überhaupt nicht gefallen würde, wenn die halbe Stadt davon wüsste, wo seine Schwester sich aufhielt.

„Sie haben wie immer Recht, Charles. Miss Petershams frostiges Verhalten wird Staines' Ergebenheit keinen Riegel vorschieben. Es wird sie nur noch mehr erhöhen. Er ist viel zu eingebildet, als dass er eine Niederlage akzeptieren könnte."

„Also bitte", rief Oriana beschämt auf.

Grandistons Augen glänzten. „Sie möchten also wissen, welche Strategie ich verfolge? Es ist ganz einfach. Ich dachte, anstatt das Anwesen zu erwerben, wäre Staines vielleicht daran interessiert, es durch eine Heirat zu erlangen." Miss Appleby stieß einen erschrockenen Seufzer angesichts dieser klaren Worte aus, aber Clarissa wirkte nur interessiert.

„Sie werden gewiss davon ausgehen, dass ich kein Interesse an einer Hochzeit habe, Mylord."

„Gewiss, das tue ich. Das ist lediglich eine Verzögerungstaktik. Wenn Staines kein großes Interesse daran hat, dass die Damen die Gegend verlassen, dann wird er den Kauf mit Ihrem Bruder vorerst nicht abwickeln wollen. Leider hat mein Plan nicht funktioniert, aber sein Interesse an Oriana hilft der Sache genauso. Sie fügen sich durch Ihre Besuche in die Dorfgemeinschaft ein und schließen stärkere Verbindungen. Dadurch entkräften Sie das Argument, dass Sie einen brüderlichen Beistand an Ihrer Seite bräuchten. Alles was Sie bislang auf dem Anwesen erreicht haben, so bewundernswert das auch ist, wird hingegen seinen Ärger nur noch mehr steigern, da Sie ohne seinen Rat gehandelt haben."

„Aber mit ihm hat das doch gar nichts zu tun... und außerdem weiß er genauso wenig wie ich darüber, wie ein solches Anwesen zu führen ist“, rief Clarissa laut aus.

„Gewiss, aber Sie können kaum erwarten, dass auch er das so sieht. Gentlemen gehen immer davon aus, dass sie klüger als junge Damen sind. Unterbrechen Sie mich nicht.“ Clarissa verstummte verlegen. „Wir müssen ihm Gründe dafür liefern, sie *nicht* von hier wegzuholen. Zum einen haben wir hier nun den Skandal, den er hervorrufen würde, wenn er den besten Gutsbesitzer von hier wegholt, den es auf dem Anwesen seit Ihrem Großvater je gegeben hat.”

Clarissa errötete, aber Miss Micklethwaite murmelte nur finster: „Das sagt doch wirklich nicht viel aus.“ Ein eisiger Blick von Grandiston brachte sie umgehend zum Schweigen.

„Zweitens nehmen wir ihm die Aussicht auf einen schnellen Verkauf oder verzögern diesen zumindest. Und drittens, nun das wird etwas delikat...“

„Bevor Sie uns Punkt Nummer Drei schildern, Grandiston“, unterbrach Clarissa, die unbewusst die vertraute Ansprache wählte, „Nummer Eins. Warum sollte es meinen Bruder kümmern, was die Nachbarschaft über ihn denkt. Er lebt doch weit entfernt von hier.”

„In der Tat, das ist wahr. Dennoch reist er doch auch nach Bath und London, oder etwa nicht? Seine Frau ist doch daran interessiert, sich der besseren Gesellschaft anzuschließen. Nun, wenn ich richtig informiert bin, dann wird sich die Nachbarschaft in Kürze um einige illustre Gäste aus London anreichen, die möglicherweise etwas dagegen haben, dass Sie das Anwesen verlassen.“

„Oh“, meinte Miss Appleby interessiert, „gibt es eine sportliche Veranstaltung hier in der Nähe.“

„So etwas in der Art“, sagte Grandiston ironisch. „Es wird nun Zeit, Ihnen davon zu berichten, was Charles in der Stadt zu erledigen hatte. Charles?“ Er hob seine Augenbraue fragend in die Richtung seines Freundes.

Mr. Booth zog etwas betreten an seinem Halstuch, sah die Damen einzeln an, dann schluckte er schwer, als sein Blick auf Oriana traf. „Ich habe das ausschließlich auf die Bitte von Grandiston hin gemacht, denken Sie daran“, sagte er entschuldigend. „Nun, ich habe ein paar bestimmte Bekannte darüber informiert, wo sich Miss Petersham derzeit aufhält“, sagte er hastig.

Nachdem sie Booth einen verächtlichen Blick zugeworfen hatte, richtete Oriana ihren scharfen grünäugigen Blick auf den wahren Schuldigen. „Grandiston, Sie Schuft!“, rief sie wütend. „Eine Horde wilder Männer wird über diesen Ort herfallen.“ Sie hielt inne und errötete, als sie bemerkte, dass sie sich gerade zu einer ganz und gar nicht damenhaften Aussage hatte hinreißen lassen.

Grandistons Augen funkelten. „Nun, meine Liebe, ich freue mich zu sehen, dass Sie keine übertrieben bescheidene Vorstellung über Ihr Aussehen haben.“

„Ich für meinen Teil habe nie daran gezweifelt, dass deine Saison noch erfolgreicher war, als wir uns gedacht hätten“, kam Clarissa ihrer Freundin zu Hilfe.

„Nicht mein Aussehen, wie Grandiston bemerkt, sondern mein Erbe“, entgegnete Oriana verächtlich.

Die Damen wechselten erstaunte Blicke. Die kleine Miss Appleby sah den Earl hilfesuchend an. „Aber die liebe Oriana ist doch genau wie wir mittellos. Warum hätte sie sonst bei uns in der Akademie eine Anstellung gesucht?“

Oriana konnte sich nur schwer beherrschen und verkrampfte ihre Finger, um sich im Zaum zu halten. „In der Stadt ist es allgemein bekannt, dass ich den Erbanteil meiner Mutter erhalte, der beträchtlich ist, sobald ich 25 Jahre alt werde. Mein Vater war der Testamentsvollstrecker meiner Mutter und als er starb, fiel diese Aufgabe meinem Bruder zu. Das Wissen um mein Vermögen führte dazu, dass besonders viele Junggesellen Interesse an mir zeigten, das können Sie mir glauben.“

Charles wollte protestieren. „Ich denke nicht, dass Sie irgendein Vermögen brauchen, damit Ihnen Aufmerksamkeit zuteil wird", sagte er ehrlich heraus. „Mit so einer Fig..." er unterbrach betroffen, „Also, ich meine..."

„Ja, Mr. Booth", sagte Clarissa belustigt. „Eine wirklich herrliche Figur und das schönste Gesicht, das ich je gesehen habe. Warum denkst du nur, dass sie alle hinter deinem Geld her sind?"

Oriana wandte sich zu ihr und erschauderte deutlich sichtbar. „Wenn du nur einige der Männer sehen hättest können, die mein Bruder als meine möglichen Verlobten ausgewählt hat. Ich musste Vormittagsbesuche der schrecklichsten..." Sie senkte ihren Blick und Grandiston begann zu begreifen, wie ihr Leben in London gewesen sein musste. Gefangen in der gesellschaftlichen Konvention, zu jedem freundlich sein zu müssen, den ihr Bruder guthieß. Seine Augen wurden schmal und sein Blick verhieß nichts Gutes für den nicht anwesenden Baronet.

„Nun da das Thema schon auf dem Tisch ist, meine liebe Oriana. Ich habe nie verstanden, warum dein Vater - er schien doch ein großer Mann zu sein - es zu Lebzeiten nicht geschafft hat, für dich zu sorgen", sagte die schüchterne kleine Dame und zeigte dabei einen untypischen Anflug von Direktheit.

„Er hatte nicht erwartet, von diesem Pferd zu stürzen", erwiderte Oriana.

„Sehr unglücklich." „Unvorsichtig." „Männer", riefen Grandiston, Booth und Miss Micklethwaite gleichzeitig.

Die Runde verfiel wieder in Heiterkeit und Oriana fand ihre gute Laune wieder. Mr. Booth war noch immer neugierig zu erfahren, wie eine reiche Erbin als Lehrerin an einer Schule hatte enden können

Grandiston lehnte gelassen am Kaminsims. „Oh, wir versuchen, es zu erraten. Miss Petersham wird erst in vier Jahren erben. Bis dahin muss sie nach der Pfeife ihres Bruders tanzen oder sich in eine schützende Ehe flüchten. Nachdem sie beinahe die zweite Option gewählte hätte..." Oriana japste nach Luft und wollte aufschreien, hielt sich dann jedoch zurück und setzte eine versteinerte Miene auf, „erkannte sie, dass sie diesen Weg nicht gehen konnte. Da sie es gewohnt war, das Anwesen für ihren Vater zu verwalten, fürchte ich, dass die Aufgabe, einem Bruder wie Sir Fitzroy zu gehorchen, eine schier unbewältigbare Herausforderung für sie war."

„Ich kann es ihr nicht verdenken", sagte Charles. Er sah Oriana beschämt an. „Ich möchte Sie nicht beleidigen, Miss Petersham, aber ihr Bruder ist ein verfluchter...verfluchter... ach, es sind Damen anwesend."

„Sehr richtig, ein schrecklicher Mensch", pflichtete ihm Clarissa bei. „Ich denke, wir sind alle Freunde und können offen über unsere Eindrücke von anderen Personen sprechen. Aber Lord Grandiston, ich denke, Sie liegen falsch..." fuhr sie mit ihrer natürlichen Ungestümtheit fort, brach aber ab, als sie von Oriana den flehentlichen Blick zugeworfen bekam, nicht weiter zu sprechen, „...wenn sie glauben, dass sie ein ungehorsames Wesen hat", sagte sie schließlich resignierend. Warum sollte Oriana nur wollen, dass der Earl weiterhin dachte, dass sie ihre Zustimmung zu einer solch schrecklichen Verlobung gegeben hatte? Und doch schien genau dies ihre Absicht zu sein.

„Wenn ich gehorsam sein soll, dann lass mich wissen, was ich damit Gutes anstellen kann, Clarissa", entgegnete Oriana zornig und wandte sich an Grandiston.

Er lachte. „Nun, es wird auf jeden Fall den adeligen Anteil in der Nachbarschaft erhöhen. Somit wird es für Ihren Bruder schwieriger, über Sie zu bestimmen, vor allem wenn er daran interessiert ist, seine Bekanntschaften auszuweiten und in den sozialen Kreisen aufzusteigen." Er trat nach vor und hob Orianas Kinn mit seinen Fingern an. „Was ist los Pigeon, wird Ihre Freundschaft so schnell auf die Probe gestellt?" Er blickte sie herausfordernd an.

Seine Hand auf ihr, ganz wie zu früheren Zeiten, jagte Flammen durch ihren Körper und brachte ihr Herz zum Rasen. Er hatte den

Kosenamen ihrer Kindheit benutzt und aus irgendeinem Grund, den sie noch nicht verstand, machte es sie unendlich traurig. Das führte dazu, dass sie sich von ihm zurückzog und mit belegter Stimme sagte: „Ich habe dich wirklich sehr gern, Clarissa, aber warum muss gerade ich zuerst Staines ertragen und dann noch die Aufmerksamkeiten von wem auch immer?"

Grandiston drehte sich sanft zur Seite und lehnte sich dann wenig elegant wieder an den Kaminsims. „Genau hier liegen Sie falsch, meine Liebe. Auch Clarissa wird einige Aufmerksamkeit erdulden müssen, damit unser Plan funktioniert."

„Das wird nicht funktionieren", sagte Clarissa gerade heraus. „Staines ist ihr bereits verfallen. Ich wage zu behaupten, dass ich seine Aufmerksamkeit nicht einmal erlangen könnte, wenn ich mir einen der schrecklichen Hüte seiner Mutter ausliehe."

„Meine Lieben, diese Konversation nimmt eine Richtung ein, die ganz und gar nicht angemessen ist. Ich muss...", sagte Miss Appleby und protestierte mit ihrem flatternden Taschentuch.

„Später, Louisa", unterbrach sie Miss Micklethwaite. Sie wandte sich an Grandiston. „Ich nehme an, Sie meinen nicht Staines, Sir?"

Grandiston beugte sich zu ihr und seine Augen funkelten noch immer. „Ihre Intelligenz enttäuscht mich nie, Ma'am. Nachdem ihr Bruder auf gesellschaftliche Ränge bedacht ist, denke ich doch, dass das Interesse eines, sagen wir, Earls, an seiner Schwester ihn doch beeindrucken könnte, meinen Sie nicht?"

Charles brach in heiteres Gelächter aus und Clarissa ließ sich auf das Sofa fallen, ihre Hand vor Schock auf die Brust gelegt.

Grandiston beugte sich neckend zu ihr und sagte: „Was sagen Sie dazu, Clarissa?"

In koketter Manier, die auch von Miss Appleby stammen könnte, streckte Clarissa ihre Hand vor und drehte ihren Kopf weg. „Was kann ich dazu sagen, Mylord", alberte sie, „außer dass... es so plötzlich geschieht."

Miss Appleby blickte sich verwirrt um, aber die anderen lachten und die Szenerie war so lächerlich, dass auch Oriana in das Gelächter einfiel. Warum nur spürte sie aber so einen Stich in ihrem Herzen? Grandiston beugte sich imposant über ihre Hand und das Bild, auch wenn es offensichtlich nur gestellt war, fesselte sie. Ihre junge Freundin hatte sich in diesen Tagen so gewandelt, sie könnte sein Herz tatsächlich für sich gewonnen haben. Warum machte ihr das nur so viel aus?

Sullivan trat ein und murmelte: „Mr. Elfoy und Miss Sowersby, Ma'am."

Grandiston ließ Clarissas Hand los, aber nicht bevor Mr. Elfoy das Bild mit Schrecken beobachtet hatte. Er geriet kurz aus dem Gleichgewicht und Grandiston, der sich zur Tür drehte, war erheitert, aber nicht überrascht, als er einen Blick von Mr. Elfoy einfing, der, wenn Blicke tödlich wären, ihn mit Gewissheit umgebracht hätte.

Clarissa, die von all dem nichts bemerkte, rannte an ihm vorbei und umarmte seine Begleiterin, eine bezaubernde junge Dame, die einen türkisen Pelisse über ihrem Reisekleid trug und einen Hut, den sie nur aus London haben konnte und der mit Bändern in denselben Farben geschmückt war.

„Juliana!" rief Clarissa und umarmte sie herzlich.

Juliana trifft ein

Juliana Sowersby umarmte ihre Freundin herzlich, dann blickte sie schüchtern in die Runde. Sie war ein schlankes Mädchen mit hellblondem Haar und einem sanften Gesicht, das hübsch gewesen wäre, ohne den erschrockenen Ausdruck, der sich beim Anblick des Earl of Grandiston auf ihre Züge legte.

Ihre Mutter hatte entschieden, dass Juliana eine glänzende Partie machen sollte und sie dem dazu geeigneten Earl bei einem Ball und einer weiteren Dinnerparty in London buchstäblich an den Hals geworfen. Juliana war von der Anwesenheit eines Mannes von so hohem Ansehen überwältigt gewesen, sodass sie neben ihm sehr einsilbig geblieben war. Seine hochnäsige, herablassende Art hatte ihr Selbstbewusstsein um einiges schrumpfen lassen.

Clarissa stellte sie allen vor und sie schüttelte die Hände so aufmerksam sie konnte, aber sie fühlte sich etwas erschöpft von der Reise und der erdrückenden Anwesenheit des Earl, den sie dennoch auf ihre schüchterne, wohlerzogene Art begrüßte. Sie fühlte sich ein wenig schwindlig, als sie dankbar die forsche und direkte Dame, eine Miss Mickle-irgendwas, zu Clarissa sagen hörte: „Ich denke Ihre Freundin sollte sich nach der Reise ausruhen, Clarissa. Warum begleiten Sie sie nicht nach oben?"

„Natürlich", sagte ihre Freundin schuldbewusst. „Komm mit mir. Ich begleite dich auf dein Zimmer. Ich hätte nie gedacht, dass du so schnell kommen könntest. Vielen Dank, Mr. Elfoy, dass Sie sie hierher begleitet haben. Hätten Sie etwas dagegen, noch eine Stunde zu warten, bevor wir die Bauarbeiten besprechen? Oder zum Abendessen zu bleiben..." Sie legte eine Hand auf seinen Arm, als sie an ihm vorbei ging, und wartete auf sein kurzes zustimmendes Nicken. Sein Arm brannte ihm unter der Jacke und er fürchtete, jedes kleinste Erröten könnte den Anwesenden seine wahren Gefühle verraten. Er wusste nicht, dass mit Ausnahme von Mr. Booth und Miss Appleby jeder bereits davon Kenntnis genommen hatte.

Miss Appleby führte die Gentlemen hinaus und sagte: „Aber natürlich, Sie müssen alle zum Abendessen kommen, um unseren Gast zu begrüßen. Was für ein Glück, dass wir für heute Abend das Lamm bestellt haben. Ich muss hinunter gehen und der Köchin Bescheid geben, dass wir heute vier Personen mehr sein werden."

Miss Micklethwaite setzte sich mit ihrer Handarbeit und seufzte erleichtert. Doch jetzt in diesem Moment der Ruhe kam ihr plötzlich ein Gedanke, der sie aufspringen und die alte Glocke über dem Kaminsims betätigen ließ. Der Butler betrat würdevoll das Zimmer.

„Sullivan, es könnte sein, dass uns heute Nachmittag einige junge Herren einen Besuch abstatten wollen."

„Jawohl, Miss. Ihre Namen?"

„Herrje, wie soll ich das wissen? Es sind Bekannte von Miss Petersham aus *London*", sagte sie und sprach das letzte Wort verächtlich aus. „Bitte verleugnen Sie unsere Anwesenheit bis morgen."

„Gewiss, Ma'am", antwortete er mit stoischer Ruhe und schloss die Tür sanft hinter sich.

Miss Micklethwaite erlaubte sich einen Moment der Entspannung und sie seufzte noch einmal, ehe sie wieder ihre Haltung einnahm und ihre Arbeit fortsetzte.

In der Zwischenzeit hatte Juliana ihre Pelisse und den Hut abgelegt und Clarissa hatte beide Stücke ausgiebig bewundert. Nun saß sie mit ihrer Freundin auf dem Bett und erzählte ihr alles über ihre Saison in London. Sie sprach von den Bällen, den Festen und den vielen Menschen auf der Straße, all den neuen Eindrücken und wie nett alle zu ihr gewesen waren. Clarissa erkannte jedoch auch den müden Ausdruck in ihren Augen und fragte: „Aber es hat dir nicht gefallen, oder, meine liebe Juliana?"

Juliana vertraute sich anderen niemals leichtfertig an, aber sie war so erschöpft, dass sie bei den Worten in Tränen ausbrach und sich an Clarissas Busen fallen ließ. In gebrochenen und unzusammenhängenden Sätzen erzählte sie die ganze Geschichte. Auch wenn sie ihre erste Saison in London genossen hatte, so hatte sie doch auch Angst davor, so viele neue und illustre Menschen kennenzulernen. Sie hätte es ertragen können, wäre es nicht der größte Wunsch ihrer Mutter gewesen, sie am Ende der Saison verlobt zu sehen. Ihre Mutter liebte sie, aber sie war genauso unnachgiebig wie Juliana sensibel war. Sie war beim Schmieden neuer Allianzen nicht besonders subtil gewesen und ihre offene Art machte Juliana schwer zu schaffen. Ihre Mutter hatte sie sanft darauf hingewiesen, dass sie etwas mehr Enthusiasmus bei ihrem Vorhaben zeigen sollte und sie fühlte sich zunehmend unwohl. Als sie Clarissas Brief erreichte, war es ihr geliebter Vater gewesen, der ihr Gesicht mit beiden Händen genommen und sie beschworen hatte, zu ihrer Freundin zu reisen, bis sich ihre Mutter wieder etwas beruhigt hatte.

„Es tut mir leid, dass ich ungehorsam war, aber ich habe einfach niemanden getroffen, bei dem ich mich auch nur annähernd wohlfühlte“, sagte sie schließlich.

„Ich bin sicher, deine Mutter möchte nicht, dass du unglücklich bist, Juliana“, tröstete sie Clarissa.

Juliana wischte sich die Tränen weg und lächelte. „Das weiß ich doch. Das war furchtbar dumm von mir, aber jetzt fühle ich mich besser. Aber erzähl mir von dir. Dein Haar sieht so anders aus und du wirkst glücklich, Clarissa. Erzähl mir alles.“

„Ja, ja, das werde ich“, sagte Clarissa. „Aber zunächst musst du wissen, dass ich dich eingeladen habe, um ein Komplott zu schmieden.“ Dann gestand sie ihr die ganze Geschichte von der bevorstehenden Ankunft ihres Bruders und den Maßnahmen, die sie in die Wege geleitet hatten, um es für ihn schwierig zu machen, sie nach Hause zu beordern. Sie erkannte, dass Juliana eher amüsiert als betroffen von ihrem

Verhalten war, aber sie erwähnte noch nichts von Grandistons Plan, ihr den Hof zu machen. Sie hielt es für schwierig, ihrer wohlerzogenen Freundin von diesem Vorhaben zu erzählen.

Juliana hörte ihrer Freundin mit größter Bewunderung zu. Wie konnte Clarissa nur so mutig sein und all das auf sich nehmen? Sie bewunderte ihre Entschlossenheit und ihren Willen. Wenn doch auch nur sie diesen Mut hätte, aber obwohl sie Clarissa kannte, fürchtete sie, dass sie sich wohl für den einfacheren Weg entschieden hätte. Das gestand sie ihrer Freundin, wobei Clarissa herzlich lachte und ihre Augen spitzbübisch funkelten. „Du bist zu hart zu dir, liebe Juliana. Wenn dem so wäre, wärst du schon mit einem der Verehrer verlobt, die deine Mutter für dich ausgesucht hat."

Juliana war überrascht. „Da hast du wohl recht", sagte sie erstaunt. „Oh, ich bin so froh, dass ich zu dir gekommen bin, Clarissa. Du schaffst es einfach immer, dass ich mich besser fühle."

Und so kam es, dass Juliana beim Abendessen nicht mehr so sehr von der Anwesenheit des Earls überfordert war, wie sie es selbst angenommen hatte. Er schien den ganzen Abend gut gelaunt zu sein und zeigte nicht so schroffe Manieren wie in London. Oriana, Clarissa und Mr. Elfoy redeten lebhaft über die Renovierung des Anwesens und den Fruchtwechsel auf den Feldern. Mr. Booth flirtete belustigt mit Miss Appleby und neckte Miss Micklethwaite, die ihn wie einen verzogenen Schuljungen behandelte. Juliana verfiel in Schüchternheit in Anbetracht der intimen Runde, erkannte jedoch, dass von ihr wenig erwartet wurde. Ihr Schal rutschte von ihren Schultern und Mr. Booth hob ihn mit einem freundlichen Lachen auf. Wie nett er doch war und auch so gutaussehend. Und doch schien er sie nicht so einzuschüchtern wie all die anderen jungen Männer es getan hatten.

Der Ehrenwerte Charles fühlte in der Zwischenzeit mit der jungen Dame mit. Die anderen waren so beschäftigt, dass sie ihre Schüchternheit nicht bemerkten, und so beschloss er, ihr mehr Aufmerksamkeit zu widmen. Was für ein freundliches Lächeln sie ihm doch geschenkt hatte, als er ihr einen Teller gereicht hatte. Sie schien ihre Zeit in London nicht besonders genossen zu haben, dachte er, als sie auf Miss Micklethwaites diesbezügliche Fragen antwortete. Er hatte den Eindruck, als hätten sich ihre Eltern nicht besonders gut um sie gekümmert. Natürlich brauchte ein so schüchternes junges Mädchen Unterstützung, damit sie sich wohler fühlen konnte. Sie war außerdem bezaubernd, dachte Charles, nicht so eine Schönheit wie die göttliche Miss Petersham oder so lebhaft wie Miss Thorne, aber er mochte ihre sanften Züge.

Er hatte beabsichtigt, nach dem Abendessen Oriana offensichtlichere Avancen zu machen. Doch stattdessen bot er dem neuen Gast einen Sessel nahe dem Feuer an, legte ihren Schal für sie zur Seite und bot sich an, die Seiten für sie umzublättern, als sie zustimmte, einige Stücke auf dem Pianoforte zu spielen. Dadurch wurde das Eis zwischen ihr und der Gesellschaft endgültig gebrochen, denn in all den Renovierungsarbeiten war ganz auf das Stimmen des Pianos verzichtet worden. Als sie nervös ihre Nocturne anstimmte, musste sie doch bald in das schallende Gelächter einfallen, das angesichts ihrer schiefen Töne ausbrach. Sie brach ab, aber Clarissa rief: „Nein, spiel weiter. Ich habe mich seit Jahren nicht mehr so gut unterhalten." Sie spielte fröhlich weiter und als sie fertig war, sagte sie: „Ich wünschte, ich könnte dein Instrument ausleihen, Clarissa Ich weiß nicht, wann es mir das letzte Mal so viel Freude bereitet hat zu spielen."

Gerade in diesem Moment führte der Butler einen Besucher herein.

„Mr. Thorne, Ma'am."

Clarissa hörte auf zu lachen, stand auf und die Farbe wich aus ihrem Gesicht. Oriana stellte sich an ihre Seite und hielt ihre Hand umklammert.

John Thorne trat ein, er war noch immer in seinem Reisemantel gehüllt mit dem Cape über den Schultern und in Wildlederstiefeln. Er war überrascht, so viele Menschen im Raum anzutreffen, vor allem

Herren, und sein Zorn wuchs noch weiter. Er war bereits angefacht worden, als er all die Veränderungen im Garten und am Haus auf der Fahrt herauf bemerkt hatte. Ihm war kalt und er fühlte sich miserabel, aber dennoch war er bereit, seiner Schwester zu vergeben, die, wie er angenommen hatte, ihr Benehmen schrecklich bereuen musste. Nun fand er sie vor, wie sie mitten im Raum stand, hübscher als je zu vor, mit Locken, die ihr über das Gesicht hingen. Ihr Kleid war schwarz, so wie es für ihre Trauer angemessen war, aber von einem Schnitt und einer Qualität, wie er es noch nie an ihr gesehen hatte. Für den Abend hatte sie ihr Schultertuch abgelegt und ihr Kleid zeigte die deutlichen Formen ihrer Figur. Warum ihn das so verärgerte, verstand er nicht ganz, aber er murmelte zornig: „Clarissa."

Miss Micklethwaites ruhiger, unverblümter Tonfall unterbrach ihn. „Guten Abend, John", sagte sie. „Ich will doch hoffen, dass Sie Ihre Stiefel poliert haben. Der Teppich ist aus China, wissen Sie."

Erschrocken, als er die autoritäre Stimme aus seiner Kindheit hörte, blickte Mr. Thorne auf seine Füße, nur einen Moment bevor er seine Würde wiederfand und sagte: „Guten Abend, Miss Micklethwaite. Miss Appleby", sagte er höflich und wandte sich dann an seine Schwester. „Ich hatte nicht erwartet, dass du eine Party gibst, Clarissa. Das ist nicht rechtens."

Mr. Elfoy spürte wie sich seine Nackenhaare aufstellten. Das Feuer, das in ihm loderte, wollte diesen unfreundlichen Ton gegenüber Clarissa sofort rächen. Er vergaß sich sogar soweit, dass er einen Schritt nach vorne trat, dann aber von einer starken Hand zurückgehalten wurde. Grandiston beobachtete wie Clarissa, zuerst erschrocken von der Ankunft ihres Bruders, sich zusammennahm und mutig aufrichtete. Was für ein Mädchen! Die gesamte Runde wusste, dass dieser Lump von einem Bruder sie in der nächsten Sekunde nach Hause beordern konnte und dass es wenig gab, was sie dagegen ausrichten konnten. Dennoch hielt sie ihren Kopf aufrecht und hielt sich an den Plan. Sie trat nach vorne und streckte ihre Hände aus.

„John!“, rief sie. „Wie schön, dich zu sehen.“ Er war gezwungen, ihre Hände zu nehmen und ihr ins Zimmer zu folgen, während sie fröhlich weiterplauderte. „Doch keine Party, John. Ich bin doch noch immer in Trauer um meinen Vetter, den Viscount, das siehst du doch.”

„Was ich sehe, Clarissa“, zischte er vor sich hin, „entbehrt jeder...“

„Lass mich dich mit allen bekannt machen“, fuhr seine Schwester beherzt fort. „Du erinnerst dich von deinem Besuch hier sicherlich noch an Mr. Elfoy?“

Johns Haltung versteifte sich vor lauter Höflichkeit, soweit seine etwas korpulente Statur das zuließ, und er verbeugte sich leicht. Mr. Elfoy, der Clarissas Beispiel folgte, verbeugte sich ebenfalls freundlich und ließ sich nicht anmerken, dass er seine Faust am liebsten in Mr. Thornes Gesicht platziert hätte. „Mr. Elfoy war so freundlich, uns heute Abend mit seiner Anwesenheit zu beehren, um geschäftliche Angelegenheiten zu besprechen.“

Das durfte John sich nicht bieten lassen.

„Ich würde doch wohl annehmen, Clarissa, dass du diese Art von Geschäften besser Gentlemen überlässt.“

„Du hast gewiss Recht, John“, log sie und sprach weiter. „Miss Petersham kennst du natürlich.“ John starrte Oriana ungläubig an, denn als er sie zuletzt gesehen hatte, war sie in einem Klassenzimmer gestanden und hatte braunen Kattun getragen. Heute fand er sie in einem cremefarbenen Seidenkleid und einem mit Pailletten geschmückten Schal vor, der ihren Vater bestimmt 100 Guineas in Paris gekostet haben musste. Er nickte verwirrt. „Und ich habe eine Überraschung für dich John, eine alte Freundin.“

Juliana, die hinter dem Piano gesessen hatte, erhob sich. „Mr. Thorne, schön Sie wiederzusehen. Ich hoffe, der lieben Mrs. Thorne und den Kindern geht es gut?”

„Miss Sowersby!“, rief er. „Sie hier?“ John glaubte zu träumen. Er hatte mit all dem nicht gerechnet und schon gar nicht damit, dass er die Tochter der respektabelsten Familie seiner Nachbarschaft hier in entspannter Atmosphäre im Salon vorfinden würde. Sie zu verärgern, war das letzte, was er sich erlauben durfte.

Von Juliana war nicht mehr erwartet worden, als einfach anwesend zu sein, aber John Thornes Ton gegenüber Clarissa hatte auch sie beleidigt und nun nutzte sie seine Verwirrung zu ihrem Vorteil.

„Ich hoffe doch, Sie missverstehen unsere kleine Zusammenkunft nicht. Ich bin gerade erst für einen längeren Aufenthalt bei meiner liebsten Miss Thorne eingetroffen und zu meiner Freude durfte ich feststellen, dass die Pächter des Dower House doch tatsächlich... alte Freunde von mir aus London sind. Wie freundlich von Ihrer Schwester, sie alle anlässlich meines Besuches zum Abendessen einzuladen."

Mr. Booth lachte auf, was er gerade noch hinter einem Husten verstecken konnte. Er warf Juliana einen bewundernden Blick zu, der sie erröten ließ, dann streckte er Mr. Thorne seine Hand entgegen. „Booth mein Name." John schüttelte seine Hand, während er Clarissa ansah und fragte: „Pächter?"

„Ach, wie ungeschickt von mir", fuhr Clarissa fort, die sich wieder zunehmend wohler fühlte. „Der Ehrenwerte Charles Booth, mein Pächter, und sein Besuch, der Earl of Grandiston."

Miss Appleby schüttelte den Kopf. Ach, wann würde Clarissa endlich lernen, dass die Etikette vorsah, dass Grandiston zuerst vorgestellt werden musste. Sie beobachtete schweigend die Vorstellungsrunde und verstand dabei kaum eine der subtilen Anspielungen und die Reaktionen darauf.

Mr. Thorne war vollkommen eingeschüchtert von der eleganten Gestalt des Earls und verbeugte sich tief. Grandiston sah ihn gelangweilt an und verfiel - wie Juliana bemerkte - wieder in dieses ausdruckslose Desinteresse, das sie in London so gefürchtet hatte. Als John etwas davon murmelte, wie geehrt er sich fühle, seine Bekanntschaft zu machen, traf Grandistons Blick auf den von Juliana und sie glaubte, ein Zwinkern in seinen Augen zu erkennen, woraufhin sie sich ein wenig entspannte.

Miss Micklethwaite erhob sich etwas schwerfällig aus ihrem Sessel und trat nach vorne. „Die Gentlemen waren gerade dabei zu gehen, John. Ich bin sicher, Sie werden Ihre Bekanntschaft morgen vertiefen können."

Mr. Thorne war verwirrt und trat zurück, als sich der Earl vor den Damen verbeugte. Als er vor Clarissa stehen blieb, nahm er ihre Hand und verbeugte sich tief. Clarissa unterdrückte ein Kichern, aber ihr Bruder bemerkte es nicht, da Grandiston sie fest kniff. Thornes Augen weiteten sich, als er das Lächeln vernahm, das der Earl Clarissa schenkte. Da kam ihm ein Gedanke: Konnte der Earl etwa an seiner Schwester interessiert sein? Ein Earl in der Familie. Nicht nur ein Vertreter der Aristokratie, nein, sogar einer der hochrangigsten Adeligen des Landes. Und einer der wohlhabendsten.

Mr. Thornes Absichten

Es schien, als würde Mr. Thorne heute Abend nicht mehr mit seiner Schwester sprechen können. Juliana gab vor, unter Kopfschmerzen zu leiden, und Clarissa führte sie aus dem Zimmer, was Miss Appleby die Aufgabe zuteil werden ließ, sich um ihn zu kümmern. Sie erledigte dies in ihrer gewohnt geschwätzigen Art.

„Mein lieber Junge, Sie müssen erschöpft sein. Was für eine lange Reise. Ich weiß, Sie wünschen mit Clarissa zu sprechen, aber sie kann doch schlecht ihren Gast alleine lassen. Sie möchten doch nicht, dass diese ihrer Mutter erzählt, wie schlecht sie hier behandelt wurde, oder? Der Zustand des Hauses hat sich seit unserer Ankunft erheblich verbessert, nicht wahr? Die Treppe war doch wirklich sehr schmutzig, sie muss jahrelang nicht gereinigt worden sein. Sie werden sehr stolz darauf sein, was Ihre Schwester hier vollbracht hat. Ach, ich vergaß, Sie haben das Anwesen bereits vor uns besucht, nicht wahr? Dann werden Sie sicherlich bemerkt haben, dass die Bäume entlang der Auffahrt geschnitten wurden? Nein? Nun, ich nehme an, es war bereits zu dunkel. Ich habe nach einem heißen Stein für Sie klingeln lassen, aber vielleicht möchten Sie auch noch eine Tasse Schokolade vor dem Zubettgehen? Ich erinnere mich, dass Sie die gerne mochten, als sie noch jünger waren..."

Mr. Thorne hatte es sich schließlich im Chinesischen Schlafzimmer bequem gemacht und versicherte ihr, dass er alles hatte, was er brauchte. Das Zimmer war nicht nur komfortabel, es war luxuriös. Das Bett war mit feinstem Leinen bezogen und die seidene Tagesdecke passte zur Farbe des Himmels über dem Bett. Er musste sich geradezu in Erinnerung rufen, dass er sich im Haus seiner Schwester befand. Als er das letzte Mal hier gewesen war, hatte er die Schönheit des Hauses erkannt, aber durch die jahrelange Vernachlässigung hatte es abschreckend gewirkt. Nun glänzten die Böden und das Mobiliar strahlte in altem Glanz. Er bevorzugte sein eigenes komfortables Schlafgemach, das er mit Cornelia teilte, dennoch er war beeindruckt. Aber wie auch immer, das alles ging entschieden zu weit. Clarissa musste umgehend wieder auf den Boden der Tatsachen zurückgebracht werden. Je schneller das Haus verkauft wurde, desto besser. Pächter im Dower House. Das könnte die Angelegenheit verzögern. Er musste mit Mr. Elfoy prüfen, wie lange der Vertrag lief. Und noch dazu ein Earl. Wenn doch nur Cornelia hier wäre. Sie wäre entzückt, der ganzen Nachbarschaft von ihrem Treffen mit einem Mitglied der obersten Gesellschaftskreise erzählen zu können.

Er war wieder aufgestanden und setzte einen Brief an seine Frau auf, dabei verwendete er das Briefpapier, auf dem immer noch das Wappen des verstorbenen Viscounts aufgedruckt war.

Als er am nächsten Tag den Frühstücksraum betrat, fand er dort glücklicherweise seine Schwester alleine vor.

„Nun, Clarissa. Die Dinge haben sich hier wirklich verändert. Ich nehme an, du bist sehr zufrieden mit dir."

Clarissa lagen sofort ein paar spitze Bemerkungen auf der Zunge, aber sie schluckte sie mit heißer Schokolade hinunter, bevor sie eine etwas diplomatischere Antwort formulierte: „Ich habe das Glück, dass Mr. Elfoy sich sehr gut um das Anwesen kümmert", sagte sie demutsvoll.

John suchte in ihrem Gesicht nach Anzeichen von Ironie. Dieser Tonfall war ungewöhnlich für Clarissa. Sie schenkte ihm jedoch einen ehrlichen Blick und fügte hinzu: „Der Rest ist nur gute Haushaltsführung... und Waity kommandiert uns herum wie Wellington persönlich."

John lachte auf. „Das kann ich mir vorstellen." Er stolzierte durch das Zimmer wie ein Admiral auf Inspektion und nickte anerkennend beim Anblick der polierten Anrichten und silbernen Kerzenhalter.

„Schön, schön. Du hast das alte Anwesen ganz ordentlich auf Vordermann gebracht. Dadurch sollten wir einen noch besseren Preis erzielen können."

Clarissa ließ ihren Löffel in die Untertasse fallen, aber sie hielt ihren Blick gesenkt und ihre Hände zitterten, als sie die Tasse erneut zu ihrem Mund führte. Sie wagte es nicht zu sprechen.

„Es war höchst unerfreulich zu erfahren, dass du die Schule verlassen hast. Ich nehme an, es war dir nicht bewusst, aber ich hatte bereits begonnen, mich für dich um die Angelegenheiten deiner Erbschaft zu kümmern. Es ist mir ein Anliegen, dir ein Zuhause zu bereiten und ich soll dir von Cornelia ausrichten, wie sehr sie sich auf deine Ankunft freut."

„Wie freundlich von Cornelia", sagte Clarissa freudig, während sie sich gleichzeitig daran erinnerte, wie sehr man bei ihrem letzten Besuch dafür gesorgt hatte, dass sie sich im Haus ihres Bruders ‚willkommen' fühlte. „Allerdings würde ich es für den Moment bevorzugen hierzubleiben."

Johns Stimme wurde eisig. „Was du bevorzugst, Clarissa, ist nicht relevant. Du kannst hier nicht alleine bleiben und auch wenn du es geschafft hast, Ashcroft wieder mehr zu seinem alten Glanz zu verhelfen, hast du doch keine Ahnung davon, wie man ein solches Anwesen führt. Du hast weder das Geld noch die Erfahrung, so etwas zu bewerkstelligen. Innerhalb eines Jahres wärst du ruiniert." Clarissa umklammerte ihre Stoffserviette noch fester, als wäre sie ihr letzter Halt. „Ich wollte dich eigentlich mit dieser Reise nach Hause holen, aber dein voreiliger Entschluss, dass Dower House zu verpachten, bringt mich in eine schwierige Lage. Ich werde noch ein wenig bleiben müssen, um zu sehen, wie wir uns mit den Pächtern arrangieren können. Ich werde noch heute mit Elfoy sprechen."

Die Anmaßung dieser Rechte war für Clarissa nur schwer zu ertragen, trotz ihres Versprechens an Waity und Oriana, nichts zu tun, was ihren Bruder verärgern könnte. Das Eintreten der anderen Damen rettete sie vor einem Ausbruch, aber der Blick, den sie Miss Micklethwaite zuwarf, reichte aus, um diese ins Bild zu setzen.

„Sitzen Sie gerade, John", fuhr sie ihn an, nachdem Morgengrüße ausgetauscht waren. „Ständig lassen Sie Ihre Schultern hängen." Clarissa warf ihr einen weiteren Blick zu, dieses Mal aus tiefster Dankbarkeit, als sie sah, wie John in nur einer Sekunde von einem hochnäsigen älteren Bruder in die Rolle eines dümmlichen Schuljungen verfiel.

Bald konnte sie mit Juliana und Oriana entfliehen, um sich für den morgendlichen Ausritt im Park zurechtzumachen, während Miss Micklethwaite und Miss Appleby John damit beschäftigten, ihn über Neuigkeiten aus seiner Familie auszufragen. Als die Damen mit Mr. Elfoy losreiten wollten, wurde der Gentleman von Mr. Thorne aufgehalten.

„Ich würde Sie gerne sprechen, Sir."

„Gewiss", antwortete Tristam freundlich. Falls sein respektvoller Tonfall ironisch war, so bemerkte es Mr. Thorne nicht.

„Es geht um die Verpachtung des Dower House."

Mr. Elfoy bestieg sein Pferd und sagte: „Dann muss diese Sache besser bis später warten, Sir. Sie müssen wissen, ich sehe mich außer Stande, Angelegenheiten, die das Anwesen betreffen, ohne die Erlaubnis meiner Arbeitgeberin zu besprechen." Er berührte zum Gruß seine Hutkrempe und trieb sein Pferd an, um zu den Damen aufzuschließen. Mr. Thorne blieb wutentbrannt auf den Stufen zurück.

Über den Pfad, der vom Dower House nach oben führte, kamen der Earl of Grandiston und der Ehrenwerte Charles Booth auf ihn zugeritten. Thorne richtete sich auf und setzte ein freundliches Gesicht auf.

„Mylord, Mr. Booth, guten Morgen."

„Mr. Thorne, erfreut, Sie auch heute anzutreffen. Ist Miss Thorne bereit für ihren morgendlichen Ausritt? Wir wollten sie heute Morgen begleiten", sagte der Earl freundlich.

„Mylord, es tut mir leid“, sagte er unterwürfig. „Die Damen sind gerade davon geritten. Darf ich Sie hereinbitten, um... um...“, sein Einfallsreichtum ließ ihn im Stich, „...sich auszuruhen?“

„Nein, vielen Dank, Sir“, sagte Charles, „Wir werden sie noch einholen...“ Er brach ab, als sich Grandistons Gerte seinem Knie näherte.

„Wie freundlich, Mr. Thorne“ sagte der Earl. „Es wäre uns eine große Freude, nicht wahr, Charles?“ Er war bereits abgestiegen und legte einen Arm um Johns Schulter. „Nennen Sie mich doch Grandiston.“

Clarissa genoss es zwischenzeitlich, ihrem Ärger Luft zu machen, als sie Mr. Elfoy und ihren Freundinnen von der Niedertracht ihres Bruders erzählte. Juliana war überrascht, dass auch Mr. Elfoy in ihre Geheimnisse eingeweiht war, aber sie ließ nun die Überraschungen einfach auf sie zukommen. Noch niemals zuvor war sie Teil eines solchen Netzes von Bekanntschaften gewesen und sie begann, sich daran zu gewöhnen.

„Dann sagte er, was ich bevorzugen würde, wäre nicht relevant“, berichtete Clarissa und ihr Gesicht wurde rot vor Entrüstung. „Ich wage zu behaupten, er ist ein Tyrann wie... wie... Napoleon. Er kommt einfach hierher und versucht, mir mein Territorium zu entreißen. Das darf nicht passieren. Ich verstehe immer noch nicht, was mich davon abgehalten hat, die Marmelade nach ihm zu werfen.“

Juliana kicherte. „Du bist so mutig. Ich halte es nicht aus, wenn Gentlemen laut werden.“

„Dich zusammen zu reißen ist alles, was du im Moment tun kannst, meine Liebe. Jetzt hängt alles von Grandiston ab. Er wird wissen, was zu tun ist, und auch wenn ich das ungern zugebe, er ist der geschickteste...“, sagte Oriana und griff über ihren Sattel, um die Hand ihrer Freundin zu nehmen.

Mr. Elfoy hustete und zog eine Augenbraue amüsiert nach oben. „Nun ja. Ich komme nicht umhin zu bemerken, wie beeindruckt Ihr Bruder von Ihrer Gesellschaft war.

„Ja, und obwohl er wütend darüber ist, dass ich das Dower House verpachtet habe, hat er unsere Abreise dennoch verzögert, vermutlich um die Bekanntschaft mit Grandiston zu vertiefen", kicherte sie. „Wenn ich nur daran denke, dass Cornelia den Besuch eines richtigen Earls verpasst hat. Das wird sie ihm niemals verzeihen."

„Oh, das ist wohl wahr", sagte Juliana. „Aber Mr. Elfoy, Mr. Thorne kann doch Clarissa nicht dazu zwingen zu verkaufen, oder?"

Tristam sah die Damen wehmütig an. „Nun, das kann er natürlich nicht. Allerdings ist sie jung genug, dass er als ihr Vormund angesehen werden kann, und er kann sie zwingen, bei ihm zu leben." Seine Miene verdüsterte sich. „Es wäre das Schlimmste für alle Pächter, sollte es soweit kommen. Er könnte die Korrespondenz unterbinden und dann würde das Anwesen wieder in den Zustand verfallen, in dem Sie es vorgefunden haben, oder schlimmer."

Clarissa sah betroffen aus. „Ich wäre gezwungen zu verkaufen."

„Clarissa!", rief Oriana.

„Jeder Besitzer ist doch besser als einer, der das Anwesen nicht verwalten kann. Wir müssen doch auch an die Pächter denken", antwortete sie bedrückt.

Oriana hob den Kopf und das Feuer in ihren grünen Augen flammte auf.

„Wir werden Grandiston vertrauen." Dann veränderte sich ihre Stimme, als sie rief: „Oh Gott, Nein!"

Clarissa bemerkte belustigt, was sie zu diesem Aufschrei bewegt hatte. Auf der langen Gerade kamen ihnen drei junge Männer entgegen geritten, deren exquisite Kleidung darauf schließen ließ, dass diese von einem Londoner Schneider in London stammen musste. Einer trug eine gestreifte Weste und ein gepunktetes Halstuch, das Miss Petersham und Miss Sowersby unweigerlich an den Four Horse Club in London erinnerte, aber Clarissa und Tristam, die mit der exzentrischen Kleidung der jungen Herren nichts anfangen konnten, zu einem breiten Grinsen veranlasste. Der zweite Gentleman trug einen schneidigen, wenn auch eher unpraktischen hohen Hut, dessen Glanz neben dem seiner mit goldenen Fransen geschmückten Stiefel beinahe verblasste. Der dritte Mann war etwas unauffälliger gekleidet, stand in Eleganz seinen Begleitern jedoch in nichts nach. Er war wohl der bestaussehendste Mann, denn Clarissa jemals gesehen hatte (mit einer Ausnahme vielleicht), mit dunklem gewellten Haar, das ihm salopp ins Gesicht hing. Er schenkte Oriana ein umwerfendes Lächeln, als die anderen sie aufhielten.

„Miss Petersham“, begann der erste. „Was für eine Freude.“

Clarissa lächelte, als sie die Linie zwischen den Augenbrauen ihrer Freundin erkannte, die darauf schließen ließ, dass diese eine solche Freude ganz und gar nicht teilte. Aber sie senkte ihren Kopf höflich und zwang sich zu einem Lächeln. „Sir Piers, wie geht es Ihnen? Was bringt Sie nach Ashcroft?“

„Einzig und allein die Information, Sie hier antreffen zu können, Miss Petersham“, sagte Sir Piers Loxley frei heraus.

„Und Lord Russel?“ Der zweite Gentleman nahm seinen Hut (sehr zum Nachteil seiner sorgfältig gekämmten Haarpracht), als er auf dem Pferd eine Verbeugung andeutete. „Miss Petersham“, hauchte er, „die Abwesenheit der Aphrodite von London hat uns alle schwer getroffen.“ Clarissa konnte nicht anders als zu lächeln, als Orianas Ekel angesichts dieses Kompliments sich in ihrem Gesichtsausdruck widerspiegelte, und sie berührte nur kurz die dargebotene Hand.

„Monsieur le Duc de Montaigne.“ Ihre Stimme wurde kühler und sie nickte dem dritten Gentleman nur leicht zu.

„Mademoiselle. Erfreut wie eh wie und je“, murmelte der Duc mit einem Hauch französischen Akzents.

Sie stellte ihre Begleiterinnen vor, wie es die Etikette verlangte, hatte jedoch nicht vor, die Besucher noch länger aufzuhalten. Clarissa, die sich an Grandistons Anweisungen erinnerte und Orianas Seufzer ignorierte, lud die Gentlemen zu Erfrischungen ins Haus ein, bevor sie wieder zurück ins Dorf ritten.

Dies war nur der erste Besuch, den die Damen empfangen würden. Während all dieser Zeit zeigte Oriana vollendete Geringschätzung, während eine Vielzahl von Gentlemen sich darum bemühte, sie in Konversationen zu verwickeln. Clarissa fand, dass Oriana mit mehr Freundlichkeit diese Herren weitaus weniger fasziniert hätte, aber sie fand keinen Weg, dies ihrer Freundin mitzuteilen. Sie war ein schönes Mysterium, eine Herausforderung, und ihr Verhalten machte sie nur noch unerreichbarer und somit noch begehrenswerter.

Obwohl Sullivan die Besuche der jungen Gentlemen streng rationierte, schien das ganze Haus plötzlich voller Leute zu sein.

Die Pächter des Dower House waren durch die französischen Fenstertüren eingetreten, ohne dass Mr. Thorne sie dazu ermutigt hatte. Doch fühlte er sich mittlerweile, als wäre er ein intimes Mitglied der Aristokratie. Er war verblüfft, als er auf Orianas andere Verehrer traf und auch wenn ein verarmter Graf aus Frankreich es nicht mit einem englischen Earl aufnehmen konnte, so beeindruckte ihn der gepflegte Charme des Ausländers dennoch. Ein Baronet wie Sir Piers (unter anderen Umständen hätte er sich geehrt gefühlt, seine Bekanntschaft zu machen) verblasste beinahe neben dieser illustren Gesellschaft, bis ihm Charles ins Ohr flüsterte, dass er reich wie Krösus war - 30.000 Pfund pro Jahr. John verstand die Welt nicht mehr. Sein Hinweis darauf, dass Grandiston Interesse an Clarissa zeigen könnte, erstickte jedes Jammern von Cornelia über seinen verlängerten Aufenthalt. In Wirklichkeit hielt sie nur ein Besuch ihrer Mutter davon ab, selbst nach Ashcroft zu reisen. Hätte Clarissa davon gewusst, wäre sie dieser Mutter sehr dankbar gewesen.

Auch ihr wurde eifrig der Hof gemacht und sie fühlte sich köstlich unterhalten. Sir Piers schien schlussendlich ihre Lebhaftigkeit der Kühle ihrer Freundin vorzuziehen und überschüttete sie mit Komplimenten. Ihr war noch nie solche Aufmerksamkeit zuteil geworden und sie hatte sich noch nie selbst als hübsch bezeichnet. Vielleicht war es das Erbe, dachte sie, aber es hatte keinen Sinn sich vorzumachen, dass der Besuch der gutgelaunten jungen Herren ihre Laune nicht besserte und sie ihre Sorgen vergessen ließ.

In der Tat strahlte sie einen solchen Liebreiz und eine Lebhaftigkeit aus, dass selbst Orianas Schönlinge (auch wenn ihr die meisten treu ergeben blieben) davon gefesselt waren. Sir Piers' Verhalten ließ vermuten, dass er sich nun bemühte, um Clarissa zu werben. Für Mr. Thorne war dies nun die exzellente Gelegenheit zu sehen, wie gut seine Schwester von ihren Anstandsdamen vor zu viel Aufmerksamkeit beschützt wurde.

Mr. Elfoy hatte sie mehr als einmal beim Ausreiten im Park getroffen, einmal als Sir Piers Clarissas Hände an den Zügeln hielt, um ihr beizubringen, wie sie ein Gefühl für ein schwieriges Pferd bekommen konnte. Clarissa hatte ihm zugelächelt und Tristam war im Galopp in die entgegengesetzte Richtung davongeritten. Es war ihm noch dazu unmöglich, den Baronet nicht zu mögen, denn er war wirklich ein netter Kerl. Es sollte ihm ein Trost sein, Clarissa von einem solchen Gentleman umworben zu sehen, der ihr Schutz vor ihrem Bruder bieten konnte.

Die glühend schwarzen Augen von Monsieur Le Ducs hingen weiterhin an Oriana.

Juliana war noch immer etwas eingeschüchtert, sie fühlte sich jedoch wohler als in London. Niemand erwartete von ihr, dass sie in Konversationen glänzte und es gab keine unpassenden Bemerkungen ihrer kuppelnden (wenn auch liebenden) Mutter, die sie erröten ließen. Wann immer sie im Geplänkel etwas außen vor gelassen wurde, fand sie bald Mr. Booth an ihrer Seite. Er führte angenehme Gespräche mit ihr, holte ihren Schal, wenn sie fröstelte, und hörte ihr zu, wenn sie von ihren Eltern und ihrem geliebten Zuhause erzählte (auch wenn ihn das gewiss schrecklich langweilen musste).

So ging es gut zwei Wochen weiter, bis Grandiston, Booth und Thorne die Damen wie immer auf ihrem üblichen Spaziergang nach dem Mittagessen begleiteten. Juliana fiel etwas zurück, als sie anhalten musste, um einen Stein aus ihrem Schuh zu entfernen. Sie saß auf einem Baumstumpf, um ihn wieder anzuziehen, als Charles zu ihr zurückkam.

„Geht es Ihnen gut, Miss Sowersby", sagte Charles in seiner freundlichen Art. „Kann ich Ihnen helfen?"

Juliana errötete und bedeckte eilig ihre Knöchel. „Nein, vielen Dank, Sir", sagte sie. „Nur ein kleiner Kieselstein. Ich bin schon wieder bereit weiterzugehen."

Die anderen gingen weit vor ihnen, waren jedoch in Sichtweite. Mr. Thorne langweilte Oriana, während Grandiston Clarissa unterhielt. Sie beeilten sich nicht aufzuschließen, sondern spazierten freundschaftlich nebeneinander. Charles sah etwas besorgt aus und als Juliana ihn darauf ansprach, erzählte er ihr vom Brief seines Vaters, in der er ihm sarkastisch zu seinem gemütlichen Landleben gratulierte, ihn aber daran erinnerte, dass er der Erbe eines Anwesens war, das genauso ländlich gelegen war wie seine derzeitige Adresse. Schon nach kurzer Zeit hatte er ihr sein Herz ausgeschüttet und ihr vom Groll und Schuldbewusstsein erzählt, durch welche die Beziehung der beiden schon lange geprägt war. Schließlich gab er zu: „Er denkt natürlich, dass ich ein Dummkopf bin. Und wie sollte er das auch nicht? Ich habe mich oft genug wie einer verhalten. Ich bin nicht der Sohn, den er sich gewünscht hat."

Er sah so sehr aus wie ein kleiner hilfloser Junge, dem sein Haar zerzaust über das gesenkte Gesicht hing, dass Juliana seinen Arm berührte. „Ach nein", sagte sie sanft. „Das kann doch nicht sein." Ich denke, Sie sind sich sehr ähnlich und er liebt Sie gewiss so sehr, wie ich denke, dass Sie ihn lieben.

Charles sah hinunter in ihre sanften grauen Augen, während sie mit ihm sprach, und schien darin zu versinken. Sie war so anders, als all die anderen Mädchen, die er kennengelernt hatte. Ihre Schüchternheit versteckte nicht Dummheit, wie es bei vielen der Fall war, nur eine sanfte, ergebene Persönlichkeit. Das hatte er immer und immer wieder bemerkt. Zuerst waren es nur Beschützerinstinkte gewesen, die sie in ihm weckte. Sie war hübsch, aber auf eine subtilere Art und Weise als Orianas Schönheit oder Clarissa ausdrucksvolles Gesicht, aber wenn sie lächelte, so wie sie es jetzt tat, setzte sein Herz aus.

„Oh, Juliana", murmelte er und zog sie in seine Arme. Sie ließ sich fallen und ihre Lippen berührten sich mit dem zarten Versprechen des Feuers, das zwischen ihnen begonnen hatte zu lodern.

Als sie sich aus der Umarmung löste, murmelte Juliana: „Oriana. Liebst du sie denn nicht?"

Charles lachte leise, sein Arm lag noch immer um ihre Taille. „Offensichtlich nicht", sagte er. „Wie jeder andere Mann aus London hatte ich es nur angenommen. Die liebe Miss Petersham hat sich nie für mich interessiert. Und eigentlich ich auch nicht für sie, jetzt wo ich weiß, was Liebe ist. Es ist so... behaglich, nicht wahr?" Für einen Moment war sein Blick schwer, als er nicht wusste, ob sie wirklich verstanden hatte, aber sie nickte und ihre Augen leuchteten. „Wann kann ich mit deinem Vater sprechen, meine Liebe."

Juliana kam wieder zu Sinnen. „Lassen Sie mich gehen, Mr. Booth... Charles... wir müssen die anderen einholen."

Beschwingt nahmen sie ihren Spaziergang wieder auf. Was immer Juliana Gegenteiliges sagen wollte, Charles war entschlossen, noch heute seine Reise zu ihren Eltern vorzubereiten, um ihren Vater um die Hand seiner Tochter zu bitten. „Ich hätte dich nicht küssen sollen, bevor dies geklärt ist. Deshalb werde ich so schnell wie möglich abreisen und alles erledigen."

Juliana war etwas besorgt, dass Mr. Booth, auch wenn er ein tadelloses Anwesen führte und einen respektablen Titel trug, nicht der Kandidat war, den ihre Mutter für sie im Auge gehabt hatte. Aber wenn sie Charles ansah, war sie viel zu verliebt, als dass sie annehmen konnte, dass sie seinem Charme nicht erliegen würde.

Die gute Laune der beiden blieb bei den anderen, mit Ausnahme des egozentrischen Mr. Thorne, nicht unbemerkt. Später, in Julianas

Schlafzimmer, berichtete sie, begleitet von freudigen Ausrufen der jungen Damen, jedes herzerwärmende Detail.

„Sieh an“, sagte Clarissa schließlich. „Während Oriana und ich die ganzen Konversationen im Wohnzimmer bestreiten mussten, hast du dir einfach ihren Kerl geschnappt. Wie gerissen.“

Juliana warf ein Kissen nach ihr.

Oriana in Schwierigkeiten

Clarissa und Oriana freuten sich unheimlich über die guten Nachrichten ihrer Freundin, aber die beiden mussten sich auch ihren eigenen Problemen stellen.

Clarissa wurde mehr und mehr von der Anwesenheit ihres Bruders erdrückt und sie begann, einen unsichtbaren Vorhang zwischen sich und Miss Petersham zu spüren.

Orianas Laune verschlechterte sich zunehmend angesichts der wiederholten Besuche ihrer Verehrer. Noch mehr Glücksritter aus London kamen herbei, nur um dann von der gefürchteten Miss Micklethwaite oder ihrem Handlanger, Sullivan, abgewiesen zu werden. Dennoch kamen immer mehr und sie mussten schließlich aus Höflichkeit hereingebeten werden. Viele waren Bekannte aus London oder selbsternannte Freunde ihres Vaters. Die subtilen Komplimente (nichts allzu Offensichtliches durfte vor den Anstandsdamen ausgesprochen werden) waren bereits schlimm genug, aber gelegentlich musste sie dies auch noch unter dem gehässigen Blick von Grandiston ertragen. Er kam regelmäßig, um Clarissa in aller Form den Hof zu machen, ganz unter dem strahlenden Blick von Mr. Thorne, und auch wenn Oriana sein Spiel kannte, setzte es ihr doch zu, dass ihre beiden Freunde ihre gegenseitige Gesellschaft so genossen. Was immer sie taten, Oriana konnte sehen, dass seine Augen aufleuchteten, wenn Clarissa ihn zum Lachen brachte, genauso wie es früher bei ihr gewesen war.

Sie konnte ihn nicht von sich aus ansprechen, denn sie war noch immer wütend auf ihn. Wie hatte er nur annehmen können, sie hätte sich einfach in eine so schreckliche Verlobung gestürzt und sich dann aber nicht in der Lage gesehen, die Sache durchzuziehen? Wenn er so von ihr dachte, dann kannte er sie kein bisschen. Und so lächelte sie und war freundlich zu ihm, aber sie hielt sich von ihm fern, auch wenn sie sich danach sehnte, mit ihm auszureiten, zu albern und zu streiten, so wie sie es früher getan hatten.

Nach einer Reihe schrecklicher Vormittagsbesuche am vorhergehenden Tag, als Staines seinen Sessel aufdringlich nahe an sie gerückt hatte, um sie in ein Gespräch über ihren verhassten Bruder zu verwickeln, während Grandiston sie mit einem Blick anlächelte, der sie nur noch wütender machte, beschloss sie, heute keine Besuche anzunehmen. Daher schlich sie sich in Reitkleidern aus dem Haus und schickte einen Jungen los, um ihr Pferd zum Seiteneingang zu bringen.

Wie es der Zufall so wollte, kam Monsieur le Duc de Montaigne gerade aus dieser Richtung geritten und konnte sie dort in ihrem hellblauen Samtkleid stehen sehen, während ihr Pferd gebracht wurde. Sie bestieg gerade das Pferd, als er angeritten kam.

„Ah, Mademoiselle, ich freue mich, Sie bei Ihrem Ausritt anzutreffen. Dürfte ich Sie begleiten?"

Oriana war genervt, aber sie sah keine andere Möglichkeit als zuzustimmen. Sie traute dem Duc nicht, aber er hatte mehr Klasse als seine Begleiter und gestaltete seine Jagd auf sie nicht ganz so aufdringlich. Als sie nebeneinander ritten, begann er auf so ungewöhnliche Weise von ihrer Bekanntschaft in London zu sprechen, dass sie sich zusehends entspannte. Ihre strapazierten Nerven beruhigten sich und sie lachte sogar, als er von Lord Sutcliffes krachendem Korsett bei der letzten Soiree bei Almack's erzählte.

„Ah, Sie sind wunderschön, wenn Sie lächeln", sagte er mit breiterem Akzent und noch glänzenderen Augen.

Das war ein Fehler. Oriana verlor ihr Lächeln und war froh, dass sie noch nicht weit vom Haus entfernt waren.

„Ich denke, ich werde noch einen leichten Galopp einlegen, bevor ich nach Hause zurückkehre. Ich bin recht erschöpft."

Er beschleunigte ebenfalls, dann stieß er jedoch einen Schrei aus und ohne Vorwarnung stürmte sein Pferd los in Richtung der Wälder. Der Duc sah aus, als würde er jeden Moment vom Pferd fallen.

Oriana wendete scharf und war perplex. Sie hatte immer angenommen, dass der Franzose fest im Sattel saß, aber sie hatte keine Zeit darüber nachzudenken und raste hinein in den Wald so schnell sie konnte. Ihr Pferd war eines der besten Jagdpferde des verstorbenen Viscounts und sie hatte das geliehene Pferd des Ducs schnell eingeholt. Sie griff nach vorne und schnappte nach dessen Zügel. Das Pferd hielt an, der Duc schien seinen Halt nun endgültig zu verlieren und er stürzte zu Boden. Einen Moment lang konnte Oriana nichts weiter tun, als sich um die Pferde zu kümmern, aber als sie nach unten blickte, lag der Duc noch immer am Boden.

Sie sprang in gänzlich undamenhafter Manier von ihrem Pferd, befestigte beide Tiere und rannte dann hinüber zu ihm. Sie kniete sich hin, führte ihre Hand zu seiner Stirn und erschrak, als sie plötzlich seine Finger fest um ihre Handgelenke spürte.

„Miss Petersham", murmelte er mit belegter Stimme. *„Ma belle. Mon ange."* Plötzlich stand er auf den Beinen und zog sie zu sich. Sie stieß einen Schrei aus, bevor sich seine Lippen auf die ihren pressten und er sie fest in seinen Armen hielt.

Ihre Gedanken überschlugen sich. Niemand würde sie hier hören können. Zweifellos hatte er damit gerechnet. Vermutlich nahm er an, dass seine Küsse sie hinreißen würden. Oder noch eher, dass sie sich aus Scham fügen würde. Sie wehrte sich, dann ließ sie kurz locker. Seine Arme entspannten sich etwas und er nahm seine Lippen von ihr, um zu murmeln: „Darling."

Das gab ihr die Gelegenheit, die Hand mit ihrer Gerte zu befreien. Sie schlug sie ihm mit aller Kraft ins Gesicht. Es floss zwar kein Blut, aber er sprang zurück und stieß eine Reihe französischer Flüche aus, die Oriana zum Glück nicht verstand.

Als er sich mit einem völlig veränderten Gesichtsausdruck auf sie werfen wollte, sprang ein großes Pferd durch das Gestrüpp und veranlasste die beiden, sich umzudrehen. Grandiston, der gerade zum Haupthaus ritt, hatte den Vorfall aus der Ferne beobachtet und war ihnen, angeleitet von Orianas Schrei, in den Wald gefolgt.

Die Farbe wich aus dem Gesicht des schönen Franzosen, während Grandiston, der den Streifen auf seiner Wange erblickte, sich vor ihm aufbäumte. Er stieg nicht ab, aber ritt nach vorne und fügte seinem Gesicht noch einen zweiten Streifen hinzu. Dieser blutete und der Franzose heulte auf.

„Verschwinden Sie!", befahl der Earl. „Und sollte ich jemals hören, dass Sie den Namen dieser Dame in den Mund nehmen, wird Ihr Aufenthalt in England im Nu zu Ende sein."

Monsieur le Duc hob seinen Hut auf und bestieg sein Pferd. Er sprühte vor Zorn, aber er wusste, dass er sich besser ruhig verhielt. Grandiston war ein Freund des Monarchen und eine Rückkehr nach Frankreich war in diesen Zeiten nicht sicher für ihn. Ohne ein weiteres Wort ritt er davon.

Grandiston stieg ab. Oriana, die wortlos die Szene beobachtet hatte, begann nun wie aus dem Nichts zu zittern. Sie wandte ihm ihren Blick zu und vergaß dabei vollkommen, dass sie Distanz zu ihm wahren sollte.

„Es ist so dumm", sagte sie und sah ihn an. „Ich kann einfach nicht aufhören."

Er hob sie in seine Arme.

„Aber..." protestierte sie schwach.

Als er bemerkte, wie sehr sie zitterte, gab sein Herz nach und er drückte sie noch fester an sich. „Meine kleine Pigeon."

„Nein", sagte sie und blickte zu ihm auf. „Nennen Sie mich nicht so." Ihre Augen füllten sich mit Tränen und sie spürte, wie ihre Abwehr begann zu bröckeln, als er ihren alten Spitznamen verwendete, und ihr Herz sich nach ihm sehnte.

Dann setzte er sie neben sich auf sein Pferd.

„Aber Beauty...", protestierte sie.

„...wird hier in Ruhe weiter grasen, bis der Stalljunge ihn holt. Jetzt bringen wir Sie nach Hause."

Sie hatte keinen Protest mehr übrig. Sie hatte gedacht, sie wäre in der Lage, selbst zu reiten, aber das eigenartige Zittern hatte noch nicht nachgelassen und es war einfacher, sich an Grandistons breite Brust zu lehnen und die Frage zu ignorieren, die sie sich immer wieder stellte, und das Gefühl, das sich in ihrer Brust ausbreitete. Sie war in Sicherheit. Grandiston war hier. Sie schloss die Augen.

Er ritt langsam zum Haus und spürte das Gewicht ihres Kopfes auf seiner Brust, die zarte Hand, die sich an seinem Hemd festklammerte. Das Verlangen, sie zu küssen, wurde übermannt von dem Verlangen, sie zu beschützen und den Duc de Montaigne umzubringen. Seine Gefühle überraschten ihn und verursachten ein Ziehen in seiner Brust. Sie zitterte noch immer von dem Schock und obwohl ihr Körper schwer auf ihm lastete, hätte er nicht für eine Sekunde daran gedacht, sich zu bewegen und sie in eine unbequemere Position zu bringen.

Er ritt an die Rückseite des Hauses, um jegliche Aufruhr zu vermeiden. Als er die Küche betrat, begann er in bellendem Tonfall Befehle zu erteilen, während die Bediensteten sich daran machten, diese im Laufschritt auszuführen.

Nur einige Momente später beugte sich Sullivan zu Miss Micklethwaite hinunter und flüsterte ihr etwas zu. Die Dame entschuldigte sich bei ihrer Begleitung, Lady Staines und ihrem Sohn, Mr. Thorne, Sir Piers sowie den anderen Damen.

Grandiston übertrug ihr die Obsorge für Oriana und sagte nur: „Miss Petersham hat einen schweren Schock erlitten."

Er hatte sie auf ihre rosafarbene Tagesdecke gelegt und sie griff nach seiner Hand, als er gehen wollte. „Danke", murmelte sie.

Er berührte sie kurz und sagte: „Bleiben Sie liegen. Es ist vorbei." Mit einem Lächeln war er verschwunden.

Miss Micklethwaite beobachtete Orianas Augen, die ihm folgten, und dann den verängstigten Blick, als er gegangen war. Sie setzte sich auf das Bett und bevor sie etwas sagen konnte, richtete sich Oriana auf und warf sich an den üppigen Busen ihrer Freundin und schluchzte hemmungslos. Sie weinte wegen ihrer Angst, ihrer Schwäche und dem Einriss der Mauer, die sie seit dem Tod ihres Vaters um sich herum aufgebaut hatte. Sie weinte wegen ihrer Liebe zu Grandiston (warum hatte sie es nicht schon früher bemerkt?) und weil sie nicht wusste, was sie nun tun sollte.

Die ältere Dame war weise und sagte nichts, sondern blieb einfach nur sitzen, während Orianas unzählige Sorgen und Ängste, die sie so lange für sich behalten hatte, plötzlich aus ihr herausbrachen.

Schließlich legte sie sie in ihr Bett und ließ sie in den ohnmächtigen Schlaf einer emotional erschöpften Frau sinken.

Die vormittäglichen Besucher, enttäuscht durch die Abwesenheit von Miss Petersham, verabschiedeten sich und es fiel Mr. Thorne zu, die Damen zu unterhalten. Miss Micklethwaite trat unbemerkt ins Zimmer, als er sich gerade vor dem Feuer postierte und an sein Rervers fasste, was erahnen ließ, dass er im Begriff war, eine Ansprache zu halten.

„Ich muss sagen Clarissa, obwohl es mir nicht zusagte, dass du dich hier niederlässt und es wirklich dumm ist anzunehmen, eine junge Dame könne ein so großes Anwesen führen, so bietet der Aufenthalt hier dennoch einige Vorzüge."

Clarissa, die bei diesem Einstieg bereits rot angelaufen war, öffnete ihren Mund, um zu antworten, als Miss Applebys sanfte Stimme sie unterbrach: „Ach herrje, wie dumm von mir. Clarissa, meine Liebe, könnten Sie mir bitte den blauen Seidenfaden reichen, der mir gerade vor Ihre Füße gerutscht ist?" Als sie ihn der Dame reichte, die so friedlich über ihrer Stickerei saß, überraschte diese sie, in dem sie leicht den Finger zu den Lippen führte. Sie erinnerte sich an ihr Versprechen an Grandiston und zwang sich ihren Bruder anzulächeln.

„In der Tat, mein liebes Mädchen. Die Gesellschaft, die hier verweilt ist wirklich, nun ja, erhaben, wenn ich das so sagen darf. Das habe ich auch kürzlich meiner lieben Cornelia geschrieben und ich habe heute Morgen einen Brief von ihr erhalten." Er blickte seine Schwester an, als wollte er ihr eine große Überraschung bereiten. „Sie stimmt mir zu, dass es derzeit unmöglich ist, den Vertrag mit dem Dower House aufzulösen. Sie selbst wird uns in den nächsten zwei Wochen einen Besuch hier in Ashcroft abstatten. Nun, wie findest du das, meine liebe Schwester?"

„Ach du meine Güte", dachte Clarissa, aber sie antwortete nur Freundliches.

„Sie werden sich sicher freuen, eine alte Freundin hier zu haben, nicht wahr, meine liebe Miss Sowersby", fügte er hinzu und wandte sich an Juliana.

Sie war niemals eine enge Freundin von Mrs. Thorne gewesen und hatte sie eher für eine aufdringliche Person gehalten, aber Juliana blieb nicht viel anderes übrig, als zu antworten: „Wundervoll."

„Es war, denke ich, unser Lord Grandiston, der den Wunsch geäußert hat, meine Frau kennenzulernen", fuhr Mr. Thorne fort. „Er wird sehr erfreut angesichts dieser Nachricht sein."

„Das wird er...", sagte Clarissa trocken.

Miss Micklethwaite warf ihr einen warnenden Blick zu. „Nun, John, Sie sollten ihr einen Brief schreiben und ihr Clarissas Freude über die Nachricht so schnell wie möglich ausdrücken. Es gibt keinen Grund, dies zu verzögern", sagte sie bekräftigend.

„In der Tat", sagte Mr. Thorne und verließ strahlend den Raum.

Als er gegangen war, wandte sich Clarissa an Miss Appleby. „Ich danke Ihnen vielmals, meine Liebe. Ich hätte fast etwas gesagt, aber das darf ich nicht. Aber John macht mich so wütend. Er hat Mr. Elfoy gesagt, dass er mich nicht mehr zu treffen braucht, da er sich nun um alle geschäftlichen Angelegenheiten kümmern werde. Ist das denn zu fassen?"

„Nun, meine Liebe“, begann Miss Appleby, „Ich wusste, dass Sie sich in eine hitzige Diskussion drängen lassen würden. Ich war einmal ein ähnlich hitzköpfiges Mädchen wie Sie...“ Clarissa blickte die kleine Dame erstaunt an. „Aber ich habe gelernt, dass es nichts bringt. Ich habe meinem lieben Papa solchen Kummer bereitet, mit meiner spitzen Zunge...“

„Wie haben Sie...“, fragte Clarissa mit ehrlichem Interesse.

„Das ist nun nicht von Belang“, sagte Miss Micklethwaite gereizt. „Oriana ist im Bett. Clarissa, ich denke, Sie sollten zu ihr gehen.“

Als die beiden Damen erstaunt aufriefen, erklärte sie nur sehr wenig und drängte Clarissa aus dem Zimmer.

Es zeigte das Ausmaß von Orianas Veränderung, dass sie innerhalb von nur fünf Minuten die gesamten Erlebnisse des heutigen Vormittags ihrer Freundin berichtete.

„Wie konnte ich nur darauf hineinfallen?“ sagte sie mit wässrigen Augen und ihre Wangen waren gerötet. „Ich bin schon mehrere Male mit ihm ausgeritten, ich hätte wissen müssen, was er vorhat. Aber sein Verhalten vor dem Zwischenfall war keineswegs aufdringlich...“ Sie hielt sich die Hand vor die Augen.

Clarissa zog sie ihr weg. „Es war sein Verhalten, das unangemessen war, nicht deines. Niemand von uns hätte etwas von seinen Absichten geahnt. Er dachte, er hätte es mit einer willensschwächeren Frau zu tun, als du es bist, Oriana. Er wird sich mit diesen Malen an der Wange mindestens eine Woche lang nicht in der Stadt zeigen können.“ Sie blickte ihre aufgelöste Freundin mit einer Mischung aus Sympathie und unsagbarer Wut darüber an, dass Männer sich nur so schändlich verhalten konnten. Petersham, Thorne, du Montaigne, dachte sie, alles die gleichen. Sie benutzen ihre Machtposition, um ihre Ziele zu erreichen und denken dabei keineswegs an uns.

„Es passt gar nicht zu dir, dass du dir die Schuld daran gibst“, sagte Clarissa. „Sei auf Monsieur le Duc wütend, nicht dich selbst.“

Orianas liebenswürdiges Gesicht war voller Emotionen. „Oh, aber das weiß ich doch“, sagte sie mit gebrochener Stimme, „Es ist nur so… Grandiston muss gedacht haben…“

Clarissa war verblüfft. „Grandiston hat gezeigt, dass er viel zu sehr unser Freund ist, als dass er schlecht von dir denken könnte… er hat gesehen, wie du den Duc angegriffen hast… er war für lange Zeit dein Freund…“ Als sie sah, wie ihre Freundin sich die Tränen mit einem Stofftaschentuch trocknete, brach sie plötzlich ab. „Oriana, warum lässt du Grandiston eigentlich weiterhin in dem Glauben, du hättest deine Einwilligung zu dieser unsäglichen Verlobung gegeben?“

Oriana blickte Clarissa tief in die Augen, dann senkte sie ihre Augenlider. Sie schniefte. „Er hätte es wissen müssen…“ heulte sie und versuchte, weder in Wut, noch in Verzweiflung auszubrechen.

Clarissa ergriff ihre Hände. „Oh meine Liebe, du liebst ihn wirklich sehr, nicht wahr?“, sagte sie sanft.

„Das tue ich nicht.“

In ihrem zweiten Gefühlsausbruch an diesem Tag warf sich Oriana in Clarissas Arme und schluchzte bitterlich.

Ein Abendessen für Freunde

In den nächsten paar Tagen normalisierte sich das Leben im Haus wieder. Mr. Thornes Laune sich erfreute am Gedanken der bevorstehenden Ankunft seiner Gattin, während Clarissa und Oriana eine neue Wärme in ihrer Freundschaft fanden, an der sie auch Juliana mit Freude teilhaben ließen.

Gnädig wurde Oriana die Notwendigkeit abgenommen, den Earl zu treffen, da sie fürchtete, ihre Gefühle könnten sie verraten. Wie war es nur möglich gewesen, dass sie in all der Zeit nicht bemerkt hatte, dass sie in ihn verliebt war. Grandiston kam immer wieder zu Besuch, allerdings vor allem, um Mr. Thorne auf einen Ausritt oder zum Mittagessen einzuladen, wobei er angab, die Anwesenheit seines Freundes Booth zu vermissen. Die Damen spürten die Erleichterung, sahen aber auch seine wahren Absichten.

Clarissa war deshalb in der Lage, Mr. Elfoy in der Bibliothek zu treffen, als sie Sullivan instruierte, alle heutigen Besucher zu vertrösten. Sie begegnete ihm mit ihrer üblichen Freundlichkeit und einem verschwörerischen Lächeln.

„Wir haben vielleicht nicht viel Zeit, Sir", sagte sie eilig. „Ich bitte Sie daher, sehen Sie sich das an."

Es war ein Plan für die Schließung des Westflügels, der ihr, auf ihre Aufforderung hin, vom Architekten (der zum Glück noch lebte) zugeschickt worden war. Ihr Onkel hatte ihn seinerzeit für eine eventuelle Renovierung des beschädigten Gebäudeteils in Auftrag gegeben.

Elfoy war aufgeregt, als er sich mit ihr über den Schreibtisch beugte.

„Es sieht einfach zu bewerkstelligen aus, nur drei Gänge müssten abgebaut werden. Es ist eine Schande, dass wir nicht sofort damit beginnen können, aber ich fürchte, Ihr Bruder..."

„Aber wir können", unterbrach sie ihn aufgeregt. Sie drehte sich impulsiv zu ihm. „Mir ist etwas eingefallen. Wenn wir nicht bald mit den Arbeiten beginnen, können wir sie nicht mehr vor dem Wintereinbruch beenden. Wenn wir mit den Arbeiten hinter dem Haus beginnen, dann gibt es keinen Grund, warum John es herausfinden sollte."

„Ja, das könnte funktionieren", sagte er nachdenklich. „Wir brauchen schließlich nur einen kleinen Teil der Steine und des Schiefers. Aber auch wenn Mr. Thorne keine Entscheidungsbefugnis über das Anwesen hat, wenn er herausfindet, was Sie vorhaben - verzeihen Sie mir -- könnte er sie einfach von hier fortschicken. Wenn es doch nur eine Möglichkeit gäbe, wie ich ihn aufhalten könnte." Diese letzten Worte sagte er beinahe zu sich selbst, er zog seine Augenbrauen zusammen und ballte seine Faust.

Clarissa war amüsiert. „Aber wir haben doch schon besprochen, dass Sie das nicht können", sagte sie sanft und spielte dabei auf die merkwürdige Situation an, die sie beide vergessen wollten. Als er sie ansah, wirkte es, als wollte er sie anspringen und sie lachte noch lauter auf. „Aber Mr. Elfoy, Tristam, Sie sehen so entschlossen aus."

Er senkte seinen Blick für einen Moment, denn sonst hätte er seine wahren Gefühle verraten. „Ich bitte um Verzeihung, es ist nur die Art, wie er mit mir über Sie spricht, so als ob Sie nicht viel mehr als ein Dorftrottel wären. *Kennt* er Sie denn überhaupt nicht? Und sagen Sie mir nicht, dass er über alle Frauen so spricht, denn über seine Gattin lässt er kein böses Wort kommen. Ich habe sie noch nicht kennengelernt, aber es ist nicht schwer zu erahnen, wer der Herr im Hause ist." Er lief im Zimmer auf und ab, während Clarissa ihn beobachtete, die Hand an ihrer Brust, als er plötzlich unterbrach. „Ich bitte Sie um Verzeihung, Miss Thorne. Das war absolut..."

„...richtig beobachtet“, beendete Clarissa den Satz. Sie war ein wenig erschrocken, aber nun lachte sie und legte ihm beruhigend eine Hand auf den Arm. „Kein Grund für Entschuldigungen zwischen Freunden wie uns. Bitte nennen Sie mich Clarissa und lassen Sie mich Sie mit Ihrem Namen ansprechen. Wir sind viel zu sehr Verbündete, als uns mit Förmlichkeiten aufzuhalten.“ Er ergriff ihre Hände und seine Augen strahlten vor Dankbarkeit.

„Aber das wäre nicht angemessen“, sagte er dann entschlossen.

„Was das betrifft, vielleicht nicht in Gesellschaft. Aber zwischen uns und den Damen sehe ich darin nichts Schlimmes. Nun, verraten Sie mir Ihren Plan, wie wir umgehend beginnen können, ohne dass John davon Wind bekommt.“

Eine Stunde später ging sie mit strahlenden Augen nach oben, zufrieden mit ihrem geheimen Vorhaben und den Kleinigkeiten, die sie aus dem Gespräch erfahren hatte.

Miss Appleby kam die Treppe hinunter, gekleidet in Haube und Pelisse. „Meine liebe Appleby, Sie gehen wieder aus?“

Miss Appleby errötete leicht. „Wenn Sie mich nicht brauchen, meine Liebe. Wir haben keine Besucher bis zum Abendessen. Ich möchte Sir Mortimer einige Kräutertees meiner Mutter vorbeibringen. Sie sind besonders effektiv gegen Gicht.“

„Richten Sie ihm meine Grüße aus und sagen Sie ihm, ich würde ihn gerne nächste Woche besuchen, wenn ihm das gelegen ist.“

„Oh, ja, meine Liebe“, sagte sie etwas zögerlich. „Einen guten Tag.“

Sie fand ihre beiden Freundinnen in ihrem Zimmer auf dem Bett liegend, wo sie einige Nummern des Journals *La Belle Assemblée* durchgingen, die ihnen fürsorglicherweise von Lady Staines zugeschickt worden waren.

Juliana sah auf und blickte sie spitzbübisch an. „Meine Liebe, Oriana und ich haben ausgerechnet, dass es Zeit für dich wird, wieder Farbe zu tragen. Wir haben in diesen Journalen geblättert und haben genau die richtigen Kleider für dich gefunden.”

Clarissa setzte sich bereitwillig zu ihnen, musste aber sofort loslachen, als sie eine der Illustrationen sah. „Ich werde mich nicht mit einer orientalischen Haube sehen lassen. Lady Staines sah schon eigenartig genug aus, als sie uns letztens *à la Turque* begrüßte. Ich habe nicht vor, es ihr gleichzutun."

Juliana blickte sie ernst an. „Oh, ja, aber ich habe tatsächlich schon Damen gesehen, denen der orientalische Stil unvergleichlich gut stand. Es ist nur so, dass ihrer Ladyschafts Gefühl für Farben etwas... Aber es ist nicht dieses Kleid, sondern das nächste. Diese einfachen Linien und in blau, das ist eine wunderbare Farbe für dich." Ihre sanfte Stimme und ihr kunstsinniger Blick brachten Clarissa erneut zum Lachen.

„Das ist alles schön und gut, aber wie soll ich das anstellen? Oriana weiß, wie viel Arbeit es war, meine Trauerkleidung herzustellen. Eine weitere Kollektion an Kleidern kostet mehr, als ich dafür einberechnet habe. Warum habe ich nur nicht früher daran gedacht? Wir haben nicht die Zeit, uns über die Schätze herzumachen, die noch in der Truhe meiner Mutter liegen."

Juliana sah sie etwas verlegen an. „Also, was das betrifft... Ich habe noch zwei Kleider mit, die mir nicht wirklich stehen. Ich weiß, dass du und ich nicht dieselben Farben tragen können, aber ich war impulsiv und habe meine Kleidermacherin beauftragt, für mich aus einem himmlisch blauen Musselin ein Kleid im französischen Stil zu fertigen und noch ein weiteres Abendkleid in Weiß. Und ich kann kein Weiß tragen, auch wenn meine Mutter sagt, dass es modern ist. Ich sehe darin einfach nur kränklich aus."

Sie holte die Kleider hervor und Clarissa rang nach Luft. Das Himmelblau war umwerfend und das feine Musselin-Überkleid mit einem seidenen Unterkleid, war über und über mit Blumen bestickt. Das klassisch geschnittene, weiße Satinabendkleid war mit weißem Sarsenett und mit Silberfäden durchzogen.

„Aber ich kann doch nicht...!", stieß sie hervor.

Oriana begann zu sprechen, aber Juliana hielt sich das Kleid einfach nur unter das Kinn. „Wollt ihr wirklich, dass ich das anziehe?“, sagte sie mit hochgezogenen Augenbrauen. Die anderen seufzten. Es schien als wäre das warme Leuchten aus Julianas Teint gewichen, stattdessen nahm sie den blaustichigen Ton einer Schwindsüchtigen an.

Oriana kicherte. „Hab doch etwas Mitleid, Clarissa“, sagte sie.

„Das blaue ist noch schlimmer“, seufzte Juliana und schon bald lachten die drei und Clarissa erklärte sich einverstanden, die Kleider zu nehmen. Im Anschluss war es nicht mehr schwer, auch noch einige Fehlkäufe ihrer schönen Freundin Oriana anzunehmen. Ein narzissenfarbenes Tageskleid aus feinem Batist und ein Musselinkleid, geblümt mit rosafarbenen Pfingstrosen. Dazu noch einige Schals und ein blauer Samtspenzer, Stücke, die wunderbar zu den Kleidern passten und an kühlen Tagen getragen werden konnten. „Was für ein Glück, dass ich nicht blond bin“, sagte sie.

Oriana empfahl ihr des Weiteren, die Truhe noch einmal durchzugehen. Dieses Mal würden sie den Inhalt jedoch zusammen mit einigen der Illustrationen zur Kleidermacherin im Dorf bringen, die die hilfreiche Lady Staines empfohlen hatte. Es schien zudem, dass es nicht außerhalb ihrer finanziellen Möglichkeiten lag (nun, da sie Einkünfte aus der Verpachtung des Dower House bezog), noch einige Bahnen Musselin und vielleicht etwas Seide zu kaufen, um daraus noch mehr Kleider zu fertigen, die für die *oberste Dame des County* mehr als angebracht waren, wie Juliana immer wieder bemerkte.

Das erinnerte Oriana daran, dass ihre Kleider bereits über eine Saison alt waren und eine Auffrischung benötigten. Die nächsten paar Stunden verbrachten die Freundinnen daher damit zu überlegen, welche Bänder, Zierleisten, Retiküle, Kragen und Schuhe gefärbt, gekauft oder untereinander ausgetauscht werden konnten, damit die Damen angemessen gekleidet waren.

Das Abendessen an diesem Tag war eine informelle Angelegenheit, mit dem Vikar, Dr. Challoner und seiner zauberhaften Frau sowie deren Töchtern, Grandiston, Mr. Thorne, den Damen und (auf Miss Micklethwaites Einladung hin) Mr. Elfoy und seiner Mutter. Mr. Thorne war nicht besonders erpicht auf diese letzte Einladung, zumal seine Zusammentreffen mit Mr. Elfoy ihn an den guten Manieren des jungen Mannes zweifeln ließen. Der Gutsverwalter hatte höflich auf Mr. Thornes Anliegen und Fragen reagiert, aber weder zugestimmt, gehandelt noch geantwortet. Als John der Geduldsfaden riss und darauf hinwies, dass Elfoy sich noch anders verhalten hatte, als sie sich zum ersten Mal getroffen hatten, antwortete der junge Mann kühl: „Als Sie als Vertreter von Miss Thorne agierten, habe ich selbstverständlich alle Anweisungen ausgeführt. Aber nun, da Miss Thorne meine Arbeitgeberin ist, steht es mir nicht zu, ihre Geschäfte zu diskutieren."

Diese Antwort wäre zwar höflich und geschäftlich und in sanftem Ton ausgesprochen worden, aber es war der scharfe Blick in Elfoys Augen, den Mr. Thorne von niemandem akzeptieren konnte, der unter ihm stand. Es ließ ihn jedoch abwarten und er erwähnte es Clarissa gegenüber nicht, wie er es eigentlich vorgehabt hatte. Wäre Elfoy kein Gentleman gewesen, hätte er ihn einfach nieder geschmettert, aber so hielt er sich zurück.

„Warum haben Sie Elfoy eingeladen, Ma'am?", sagte er gereizt zu Miss Micklethwaite, als sie auf die Gäste warteten.

Miss Micklethwaite warf ihm den missbilligenden Blick zu, den sie seit seiner Jugend für ihn reserviert hatte, und sagte: „Ich wünsche mit Mrs. Elfoy über Angelegenheiten des Haushalts zu sprechen und da ich annehme, dass er und seine Mutter mit Dr. und Mrs. Challoner befreundet sind, erschien es mir nur natürlich, die beiden einzuladen. Aus Ihrem Tonfall entnehme ich, dass Sie damit nicht einverstanden sind. Immer heraus damit, wenn Sie wünschen."

„Nun, es scheint nur so, als würde dieser Kerl ständig hier sein..." Er nahm ihren Blick wahr. „Keine Einwände, überhaupt keine", beendete er schließlich den Satz dürftig.

Miss Micklethwaite wandte sich gnädigerweise wieder ihrer Stickarbeit zu.

Clarissa trat ein. Sie trug ihr blaues Kleid, ihr Haar war mit einem hübsch gestreiften Band in griechischem Stil zurecht gemacht. Zusammen mit Oriana in fließendem Meergrün und Juliana in rosafarbener Seide, bildeten sie ein Gesamtkunstwerk.

John räusperte sich, um zu einer Bemerkung anzusetzen, seine Augenbrauen waren angesichts ihrer Erscheinung zusammengezogen, aber bevor er etwas sagen konnte, wurden die Gäste angekündigt.

Schließlich saß er neben Grandiston und warf Clarissa über den Tisch hinweg zornige Blicke zu. Er konnte sich nicht erklären, wie ein unscheinbarer, junger Blaustrumpf sich in eine immer schöner werdende junge Dame verwandeln konnte. Ihr selbstbewusster Charme gegenüber ihren Gästen, ohne dabei aufdringlich zu werden, beunruhigte ihn zusehends. Die Dinge entglitten mehr und mehr seiner Kontrolle, auch wenn er natürlich wusste, dass sie das nicht konnten. Clarissa hatte ihm nie Beachtung geschenkt, doch hatte er angenommen, dass er mit dem Tod seiner Stiefmutter endlich die Oberhand gewonnen hätte. Er wusste, dass es so war, aber als er dort saß und beobachtete, wie Clarissa Dorftratsch mit Mrs. Challoner austauschte oder ein Kompliment über das Abendessen an Miss Micklethwaite aussprach, spürte er diese Kontrolle nicht.

Clarissas Kleid an diesem Abend (zweifelsohne furchtbar teuer) musste mit dem Geld gekauft worden sein, das am besten er verwalten sollte. Die jungen Challoner-Töchter sprachen ihr Komplimente aus, während sie selbst einfache Kleider aus Musselin trugen. Viel passender, nach Mr. Thornes Meinung. Das kam davon, wenn junge Damen selbst ihre Finanzen verwalteten. Alles wurde für Firlefanz ausgegeben. Er blickte wieder auf den feinen Musselin und fragte sich, ob seine geliebte Ehefrau einen besaß, der nur halb so wertvoll war.

Grandiston lehnte sich zu ihm hinüber und murmelte: „Ihre Schwester hat ihre Trauerphase nun endlich beendet. Bezaubernd."

Mr. Thorne blühte wieder etwas auf. Vielleicht würden sich die unerklärlichen Gefühle des Earls gegenüber Clarissa vertiefen.

Es kam zu einer kurzen Gesprächspause am Tisch, als Mr. Challoner fragte: „Beabsichtigen Sie für die nächste Saison nach London gehen, Miss Thorne? Unsere kleinen gesellschaftlichen Zusammenkünfte sind sicherlich nicht unterhaltsam genug für die Jugend, fürchte ich."

Clarissa wollte gerade antworten, als Mr. Thorne sich räusperte. „Ach, ich denke, die Pläne meiner Schwester, sämtliche Pläne, sind ungewiss."

Mr. Challoner, der den Tadel wahrnahm, hustete diskret.

Grandiston hingegen preschte in die Offensive. „Sie müssen uns wirklich mit Ihrer Anwesenheit in der Stadt beehren, Miss Thorne. Die Saison wäre ohne sie nicht komplett."

„Es ist sehr freundlich, von Ihnen das zu sagen, aber ich befürchte, ich habe nur wenige Bekanntschaften in London", sagte Clarissa vage.

Oriana hob ihre Augenbrauen leicht in Grandistons Richtung, sie war viel zu neugierig auf seine Taktik, um sich ihm gegenüber wie bisher zurückzuhalten. Er grinste leicht.

„Aber nicht doch, meine Liebe", sagte Grandiston aufmunternd. „Halb London hat sich in der vergangenen Woche in ihrem Wohnzimmer eingefunden. Miss Petershams viele Bekanntschaften in London sind nun auch die Ihren, nicht zu vergessen Miss Sowersby und ihre Familie sowie Mr. Booth und ich. Mehr kann man doch nicht erwarten. Ist es nicht so, Mr. Thorne?"

John reagierte auf den freundschaftlichen Klaps auf den Rücken mit gespielt guter Laune. „In der Tat, ja, allerdings denke ich doch, dass meine Schwester diesen Winter das Bedürfnis haben wird, mich zu besuchen."

„Unsinn, guter Mann, Sie können uns doch nicht Miss Thornes Einführung in die Gesellschaft vorenthalten. Die Besitzerin von Ashcroft muss doch gesehen werden."

Es schien ihm nicht der richtige Ort zu sein, um anzukündigen, dass seine Schwester das Anwesen nicht mehr lange besitzen würde, und so flüchtete sich John in die Unbestimmtheit. „Das wäre wirklich schön, meine liebe Schwester, aber ich denke doch, dass Wohnraum in London unsagbar teuer ist."

Die liebenswürdige Mrs. Challoner, die sich in ihrem Leben noch nie weiter als 20 Meilen von ihrem Heimatort wegbewegt hatte, nickte zustimmend mit dem Kopf.

John war im Begriff das Thema zu wechseln, als Mr. Elfoy der zwischen seiner Mutter und Miss Micklethwaite am anderen Ende des Tisches saß, sagte: „Nun, da gibt es ja noch Ashcroft House."

John, das Weinglas an seinen Lippen, hielt inne. „Ein Haus in London? Davon habe ich nichts gewusst."

Clarissa schenkte ihm einen beiläufigen Blick: „Es steht zum Verkauf, aber ich nehme an, ich könnte es auch noch für eine weitere Saison behalten." Als sie sah, dass er zunehmend erzürnter wirkte, begann sie zurückzurudern. „Allerdings habe ich immer gedacht, dass eine Saison, ohne eine Einführung zu Hofe ohnehin witzlos ist. Ich habe keine Familie in London, die mich einführen könnte, daher wäre es wohl am besten, die Idee zu vergessen."

Mr. Thornes Weinglas wanderte wieder an seinen Mund.

„Nicht unbedingt", sagte Mr. Elfoy deutlich. Er spürte, dass ihn sein drittes Glas Wein etwas ungestümer werden ließ, aber er genoss es, den selbstgefälligen Blick langsam aus Mr. Thornes Gesicht weichen zu sehen. Nun beobachtete er zufrieden, wie sich auch die Farbe darin veränderte. Dann wandte er sich an die Dame, die Mr. Thorne bis dahin noch kaum wahrgenommen hatte. „Mamma?"

Die reizende Dame neben ihm hob ihren Kopf und sagte: „Natürlich." Als die Gesellschaft, mit Ausnahme von Dr. und Mrs. Challoner sie erstaunt ansah, lächelte sie höflich. „Es ist so, dass meine Schwester, Lady Carmichael, eine Hofdame unserer lieben Queen Charlotte ist." Grandiston hob überrascht die Augenbrauen und Thornes Kinnlade klappte nach unten. „Ich bin mir sicher, dass sie eine Einladung für die Einführung unserer lieben Miss Thorne erwirken könnte. Und sie natürlich auch vorzustellen." Sie lächelte herzlich über den Tisch zu Clarissa hinüber, die verblüfft war.

„Sie sind zu freundlich, meine liebe Mrs. Elfoy. Ich muss zugeben, ich bin erstaunt über die Vielfalt meiner Bekanntschaften."

Grandistons Blick erhellte sich. „Ah, dann sind Sie also eine Darlington, eine feine Familie aus Staffordshire. Ich habe Ihren Bruder sehr gut gekannt und seinen Sohn ebenfalls ein wenig. Reisen Sie häufig in die Stadt?"

Mrs. Elfoy wurde etwas verlegen. „Wenn es meine Gesundheit zulässt. Kurze Besuche ausschließlich zu meiner Familie. Als ich Tristams Vater heiratete, habe ich mich für das ruhige Leben auf dem Land entschieden und es niemals bereut."

John Thorne sah sie verblüfft an. „Aber eine Einladung zu Hofe...", stieß er hervor, „ist doch gewiss nicht möglich..."

Mrs. Elfoy blickte ihn an und für einen Moment konnte Clarissa den Hauch von Ablehnung auf ihrem Gesicht erkennen, aber ihr Tonfall war sanft, als sie sagte: „Nichts wäre einfacher als das, das versichere ich Ihnen."

Miss Appleby, die bis dahin sehr ruhig gewesen war, erwachte angesichts dieser Nachrichten zu neuem Leben.

„Oh, meine liebe Mrs. Elfoy, wie wunderbar! Eine Einführung zu Hofe für meine liebe Miss Thorne, genauso wie es sich ihre Mutter gewünscht hätte. Nun...also... was ich sagen wollte...", sie errötete leicht und unterbrach sich.

„Miss Appleby meint wohl, Mrs. Elfoy, meine Mutter hätte sich das gewünscht, wenn sie auch einmal an etwas anderes, als an Bücher gedacht hätte", sagte Clarissa erheitert.

„Clarissa!" sagte ihr Bruder scharf, aber die Konversation war bereits ohne ihn weitergegangen.

„Gelehrsamkeit ist sehr lobenswert“, sagte Mr. Challoner, „und in der Geschichte gibt es viele Beispiele weiblicher Wissenschaftler...“

„Ja“, sagte Clarissa, „Meine Mutter hat oft über sie gesprochen. Aber ich denke, auch wenn sie ein Musterbeispiel für uns Frauen gewesen ist, wäre es doch sehr praktisch gewesen, wenn Mamma daran gedacht hätte, Dinge wie meine Einführung oder eine Vorstellung zu Hofe zu arrangieren.“

Jeder, der in diesem Moment Mr. Elfoy anblickte (wie Juliana es zufällig tat) kam nicht umhin, seine Blicke voll glühender Begeisterung zu bemerken, die er Clarissa zuwarf. Heute in ihrem blauen Kleid und den blauen Bändern, die auf ihre nackten Schultern fielen, wirkte sie noch schöner als zuvor. Miss Sowersby war hübsch, Miss Petersham eine kühle Schönheit, hatte aber weder die Beseeltheit noch die Lebhaftigkeit, die Clarissa so auszeichneten. Und heute hatte sie ihn als ihren Freund bezeichnet. Dann grinste er. Sie war so impulsiv und ehrlich auf eine Art, die jungen Damen nicht gelehrt wurde. Sogar seine Mutter lächelte hinter ihrer Serviette angesichts ihrer letzten Aussage, während Clarissas Bruder wieder einmal zornig wurde.

Mr. Thorne räusperte sich gerade, um solche Offenheit zu rügen, als Juliana sich selbst überraschte und ihm zum zweiten Mal den Wind aus den Segeln nahm.

„War es nicht auch bei ihrer Einführung in Harrogate, als Sie zum ersten Mal die liebe Mrs. Thorne getroffen haben?“, sagte Sie etwas lauter als geplant.

Mr. Elfoy schenkte ihr einen Blick aufrichtiger Bewunderung und Clarissa sah sie dankbar an.

Thorne wurde abgelenkt und lächelte. Dann erzählte er die furchtbar langweilige Geschichte (außer für ihn und vermutlich Miss Appleby, die Königin der Romantik) von seiner ersten Begegnung mit seiner geliebten Cornelia. Das führte unweigerlich zum Thema ihrer bevorstehenden Ankunft und so hatte sich seine Laune zusehends verbessert, als das Gespräch beendet wurde.

Die Damen zogen sich in das vordere Wohnzimmer zurück und Clarissa vertraute Mrs. Elfoy verlegen an, dass sie eigentlich gar nicht vorgehabt hätte, nach London zu fahren.

„Ich fürchte, es war das untypisch spitzbübische Verhalten meines Sohnes, der Ihren Bruder verärgern wollte. Ich kann mich nur entschuldigen“, flüsterte sie zurück, als sie das Zimmer betraten. „Sollten Sie jedoch Ihre Meinung ändern, geben Sie mir Bescheid und ich verfasse einen Brief an meine Schwester.“ Sie zog Clarissa etwas zur Seite und sagte dann mit einem verlegenen Lächeln: „Ich fürchte, der Stolz meines Sohnes über sein Erbe ist größer als die damit verbundenen Mittel.“

Clarissa legte eine Hand auf ihren Arm und antwortete leise, aber auf eine natürliche Art: „Ich muss zugeben, dass ich mich in derselben Position befinde. Ich bin stolz auf all das, aber nicht besonders auf die Schulden.” Sie tauschten verschwörerische Blicke aus und gingen hinüber zum Feuer, Arm in Arm.

„Nun“, dachte Miss Micklethwaite, die die Szene beobachtete. „Wenn es möglich wäre, dann würde es wunderbar funktionieren.“

Juliana und Oriana sahen einander mit beredten Augen an.

Die getuschelten Unterhaltungen der jungen Challoner-Töchter waren voll der Bewunderung für den Earl of Grandiston, aber ihre heimlichen Blicke galten Mr. Elfoy. Clarissa hatte gesehen, wie er fröhlich mit Charlotte alberte - die gerade einmal siebzehn Jahre alt war - und dann in einer anderen Tonart sich mit ihrer Schwester Annabel unterhielt, die ihn während des Dinners nicht aus den Augen gelassen hatte.

Es war für die Bewohner von Ashcroft klar, dass Mr. Elfoy der begehrteste Junggeselle in der Nachbarschaft war. Juliana hielt dies nur für zu verständlich, da sie nicht einmal in der Stadt einen feineren Gentleman getroffen hatte. Er war sowohl sensibel als auch fröhlich, seine Manieren waren exzellent und dennoch strahlte er diese Stärke aus, die die Damen einfach unwiderstehlich finden mussten, auch wenn

Juliana sie etwas beunruhigend fand. Es stellte sich nun heraus, dass seine Herkunft besser war als angenommen und wären da nicht seine fehlenden Mittel, dann wäre seine Leidenschaft für Clarissa (die von all den anderen Ashcroft-Damen diskutiert worden war) das Beste für alle gewesen. Bekäme Mr. Thorne allerdings davon Wind, würde er seine Schwester umgehend fortschicken, egal ob Earl oder kein Earl.

Cornelia kommt an

Clarissa traf Mr. Elfoy in den nächsten Tagen immer nur kurz und nie alleine. Irgendetwas hatte ihrem Bruder in der Art und Weise, wie sie miteinander umgingen missfallen, und er war sogar so weit gegangen, sie in dieser Angelegenheit zu tadeln. Seine Schwester hatte ihn jedoch nur verständnislos angesehen und so dachte Thorne, es wäre wohl besser, solch delikate Themen seiner geliebten Frau zu überlassen. Die Aufmerksamkeit, die er Clarissas Aktivitäten schenkte, hatte auch einen Vorteil. Er hatte keine Zeit, sich über die Vorgänge im hinteren Teil des Hauses zu wundern. Das flüsterte sie Elfoy auch über den Rand einer Teetasse hinweg zu, die sie ihm einschenkte. Er lächelte ihr verschwörerisch zu. „Keine Sorge, ich habe die Männer gebeten, sich als hirnlose Tölpel zu stellen, wenn sie nach ihrem Vorhaben gefragt werden."

Clarissa prustete vor Lachen und konnte es gerade noch hinter einem Hustenanfall verbergen. Ihre Finger berührten Elfoys, als sie ihm die Tasse reichte, und es stieg der törichte Wunsch in ihr auf, sie dort zu lassen. Sie errötete leicht und wich seinem plötzlich so heißblütigen Blick aus.

Es ist ganz und gar unmöglich, erinnerte er sich selbst, und entfernte sich dann mit versteinerter Miene. Miss Micklethwaite hatte die Szene beobachtet und verspürte den Drang, ihre Nadel mit erhöhter Wucht in die Stickarbeit zu jagen.

John hatte Clarissa gegenüber klar zum Ausdruck gebracht, dass er auf Mr. Elfoys Anwesenheit beim Tee verzichten konnte, aber es schien, als hätte er heute Nachmittag Nachrichten am Anwesen verteilt. Entweder war er zufällig zur selben Zeit wie der Earl angekommen oder eine der anderen Damen hatte ihn gebeten zu bleiben. John starrte ihn noch wütend an, als Sullivan eintrat und seine Gattin ankündigte.

„Cornelia!“, rief er freudig.

Cornelia zog ihre Handschuhe aus und machte ein betont freundliches Gesicht. Sie verschaffte sich umgehend einen Überblick über die im Zimmer anwesenden Gäste und reichte dann ihrem Gatten ihre zarte Hand. Sie trug ein modisches grünes Reisekleid, das ihren liebenden Ehemann ein kleines Vermögen gekostet hatte. Ein Blick auf die städtische Eleganz von Miss Sowersby und Miss Petersham und Clarissas atemberaubendes neues Aussehen (Orianas feingeschnittener Musselin mit Brüsseler Spitze sowie eine neue Raffinesse in ihrer griechischen Frisur, die Beckys unglaubliches Talent hervorgebracht hatte), ließen sie sich allerdings schlecht fühlen. Sie war nicht viel besser gekleidet als diese lächerlichen Gesellschafterinnen, dachte sie und warf einen Blick auf Micklethwaites einfachen, aber gut geschnittenen Batist sowie Miss Applebys geblümten Musselin (ein Stoff, den sie in einer Truhe im oberen Stockwerk gefunden hatten). Ihr Lächeln flackerte jedoch für keine Sekunde, als sie von den Damen begrüßt wurde. „Liebste Schwester“, sagte sie sanft zu Clarissa und wandte sich dann an ihre Nachbarin. „Miss Sowersby, darf ich Sie Juliana nennen?“ Diese intime Vertrautheit, die sie in der Anwesenheit von Julianas Eltern niemals hervorbringen hätte können, konnte nicht so einfach verneint werden.

Der Earl, der am Feuer stand und seinen Tee trank, beobachtete sie genau. Wie ein sich unkontrolliert ausbreitender Pilz, dachte er, und von der Sorte, die er geübt war, von sich fern zu halten. Sie zeigte ihre schlechte Kinderstube, indem sie Mr. Elfoy ignorierte, der sie verächtlich anblickte. Es würde eine neue Erfahrung für Grandiston werden, sich einer solchen Person nahbar zu zeigen. Es würde nicht besonders leicht sein, dachte er, als er nach vorne trat, um vorgestellt zu werden. Er schenkte ihr ein kühles Lächeln und einen ausdruckslosen

Blick. Allerdings verbeugte er sich großzügig und murmelte: „Sehr erfreut."

Juliana bewunderte erneut, wie einfach er seine Londoner Manieren anlegen konnte und dachte, dass es Mr. Booth gefallen hätte, wie das Verhalten seines Freundes Mrs. Thornes Bewunderung an seiner adeligen Persönlichkeit nur noch verstärkt hatte. Der Earl und Mr. Elfoy verabschiedeten sich schon bald unter den wiederholten Einladungen von Mr. und Mrs. Thorne, doch bald wiederzukommen. „Wie freundlich von Ihnen, Ma'am", sagte Elfoy, der sich absichtlich auf das Missverständnis einließ. „Das werde ich gerne tun." Er wurde durch Clarissas Gesicht belohnt, auf dem sich zum ersten Mal seit Cornelias Ankunft ein Lächeln ausbreitete. Orianas erhabene Haltung fiel zusammen, als sie in ihr Taschentuch kicherte.

„Es ist so freundlich von Ihnen, Mylord, dass Sie sich gut um meine liebe Schwester kümmern", betonte Cornelia, die dabei Clarissa so freundlich anlächelte, dass diese sich am liebsten die Ohren zugehalten hätte. Oriana kniff ihr warnend in den Arm.

„Unsinn, ich bin es, der in Miss Thornes Schuld steht", entgegnete der Earl und lächelte Clarissa dabei so kokett an, dass diese ihren Blick in ganz jungfräulicher Art senken und kichern musste. „Sie hat meinen Freund Booth und mich wirklich fürstlich unterhalten."

Cornelias Brust schwellte hoffnungsvoll an. Das sah vielversprechend aus. Der Earl war, so unglaublich es auch erscheinen mochte, doch tatsächlich an Johns vorlauter kleiner Schwester interessiert. Sie konnte bereits sehen, wie die Bewohner von Sowersby, die sie bis jetzt sehr barsch behandelt hatten, sich ihr gegenüber offener zeigten, wenn sie erst einmal mit dem Earl of Grandiston verwandt war. Das Geld, das ihrem Haushalt aus dem Verkauf des Anwesens zufließen würde, wäre auf die Dauer von Clarissas Verlobungszeit beschränkt, aber würde der Earl ihrer Familie nicht eine noch viel größere Zuwendung zukommen lassen? Und die gesellschaftlichen Möglichkeiten, die sich ihr als Schwägerin einer Countess auftun würden, waren schwindelerregend.

Vieles davon gestand sie ihrem Ehemann, während sie sich für das Abendessen umzogen. Sie mussten das Interesse des Earls an ihrer geliebten Schwester weiter befeuern, für Clarissas eigenes Wohl.

„Gewiss, meine Liebe, aber was ist mit dem Verkauf des Hauses?“, sagte ihr Mann nachdenklich.

„Diese Sache musst du selbstverständlich umgehend in die Wege leiten, auch wenn der tatsächliche Verkauf erst einen Monat später stattfinden wird. Das wird einfach zu erledigen sein. Hast du nicht gemeint, dieser Lord Staines würde das gerne sofort abwickeln.“

„Aber...meine Liebe, ich muss dir sagen, dass Clarissa angesichts der ganzen Aufmerksamkeit geneigt sein könnte... die Urkunde nicht zu unterzeichnen.“ Er sah sie beschämt und besorgt an und Cornelia tätschelte ihm aufmunternd die Hand.

„Das kannst du mir überlassen, mein Lieber“, sagte sie selbstsicher, mit einem eisigen Blitzen in den Augen. „Ich weiß genau, wie ich mit Clarissa umgehen muss.“

Mr. Thorne genoss die tröstende Anwesenheit seiner starken Frau.

Und wie anwesend sie war. Am nächsten Tag wirkte es auf die Damen so, als wäre Cornelia geradezu überall. Beim Frühstück verkündete sie, dass sie gerne das ganze Haus erkunden wollte. Clarissa hielt ihre Verärgerung darüber zurück und bot ihr bereitwillig an, sie zu begleiten.

„Oh, meine Liebe, ich würde dich doch nie damit belästigen wollen. Ich werde die Haushälterin bitten, mich zu begleiten.“

Clarissa öffnete den Mund, doch da fand sich ihr großer Zeh unter dem von Miss Appleby wieder und sie schrie beinahe auf. So begleitete sie die Haushälterin, Mrs. Smith, die von Sullivan aus der Pension zurückgeholt worden war. Die ältere Dame keuchte vom Auf- und Absteigen der Treppen, während sich Cornelia ihren Weg durch das größte Haus bahnte, das sie jemals betreten hatte. Ihr Manieren gegenüber den Untergebenen waren höchst arrogant (was laut Mrs. Smith ein Zeichen ihrer schlechten Kinderstube war) und sie stellte unangemessene Fragen über das Haus, die Ausstattung sowie die Bewohner, auf eine Art und Weise, angesichts derer sich die ältere Dame nur noch zu einsilbigen Antworten hinreißen ließ.

Schon bald entriss sie den Händen der Haushälterin die Schlüssel, etwas das Mrs. Smith niemals zugelassen hätte, wäre sie nicht von dem vielen Herumgehen geschwächt gewesen. „Ich bin mir sicher, dass ich durch meine Verpflichtungen jede Woche einmal das ganze Haus abgehe, aber ich bin einfach zu alt, um dieses Pensum in nur einer Stunde zu erfüllen."

Und so machte sich Cornelia auf den Weg, jedes einzelne Zimmer im Flügel zu erkunden. Sie schloss die Stoffschränke auf und schätzte die Preise des Leinens und der Spitzen auf den Penny genau, sie nahm eine Inventur des Silberbestecks, der Gemälde, des Mobiliars und der Wandbehänge. Ein testamentarisches Inventar hätte nicht akkurater sein können. Schließlich inspizierte sie ohne jede Skrupel die Kammern der einzelnen Damen.

In Miss Micklethwaites Zimmer fand sie wenig, das sie interessierte: nur einfache Kleider und einige Wollschals. In einem kleinen Tisch fand sie einige Briefe. Sie las diese ohne Bedenken und machte dabei die beunruhigende Entdeckung, dass diese Micklethwaite die Schwester eines Anwalts war. Sehr wahrscheinlich ein Mann niedriger Klasse, aber vielleicht konnte ihr der Brief gefährlich werden. Er verwies darin auf einen Besuch, „...um diese komplizierte Angelegenheit persönlich zu besprechen." Konnte das etwas mit ihrer Schwägerin zu tun haben? Vermutlich nicht, aber sie war besser auf der Hut.

In Miss Applebys Kammer fand sie ganze sechs elegante Roben und zwölf Seidentaschentücher. Eine Lehrerin, dachte sie verbittert. Wie konnte die sich nur solchen Putz leisten?

Sie wurde bei der Durchsuchung der Taschentuchschublade durch einen Ausruf an der Tür unterbrochen. Miss Appleby stand rot angelaufen im Türrahmen und blickte Mrs. Thorne schockiert an.

„Ah, Miss Appleby, ist das Ihr Zimmer?", sagte Cornelia zuckersüß.

„Nun, ja. Kann ich Ihnen helfen, Mrs. Thorne?"

Ihr schockierter Tonfall ließ Cornelia leicht erröten, aber sie antwortete in einer noch freundlichen Stimme: „Ich bin überrascht. Ich dachte, ich wäre im Ankleidezimmer einer Herzogin, bei all den Schätzen, die hier zu finden sind." Sie hielt ein fein gewebtes Taschentuch in die Höhe und blickte sie fragend an.

„Diese wurden mir von meiner lieben Mrs. Thorne vermacht...", stammelte Appleby entschuldigend. „Ich glaube, sie haben ihrer Mutter gehört, der früheren Herzogin..." Ihre Stimme versagte und sie sah verzweifelt aus.

„Wirklich?", sagte Cornelia. „Meine liebe Stiefschwiegermama hat mir nichts derart Feines hinterlassen..."

Miss Appleby sah elend aus. „Vielleicht möchten Sie... als Erinnerung..."

„Keineswegs, meine gute Frau", sagte sie und ließ das Taschentuch auf die Kommode fallen. „Und hat meine Schwiegermutter Ihnen auch all diese wunderschönen Kleider zukommen lassen", fragte sie, weiterhin mit einem honigsüßen Lächeln auf den Lippen.

„Nun, nein. Die liebe Miss Thorne hat einige Kleider ihrer Mutter umgenäht...Ich hoffe, Sie denken nicht, dass ich ihre Großzügigkeit ausnützen würde..." Miss Appleby ließ den Kopf in ihre Hände fallen.

Cornelia kam zu ihr herüber und nahm Miss Applebys Hände in die ihren. „Meine gute Frau, natürlich nicht! Ich habe keinen Zweifel daran, dass Sie meiner Schwester eine große Hilfe waren. Aber nun bin ich hier. Wenn Sie unüberlegt Geschenke angenommen haben, die sich Clarissa einfach nicht leisten kann, dann nehme ich hiermit alle Schuld von Ihnen. Ich weiß doch, wie forsch die jungen Leute sein können. Aber dennoch, das kann nicht so weitergehen. Und dass Sie weiterhin im Haus bleiben, während Sie Clarissa kaum noch von Nutzen sein können... nun, diesen Gedanken überlasse ich Ihnen..." Sie tätschelte die Hände der verzweifelten Appleby noch ein letztes Mal und ging damit hinaus, um Clarissas Zimmer zu betreten.

Sie war voller Zorn, als sie die Schränke erkundete und die exquisiteste Bettwäsche vorfand, die sie jemals gesehen hatte. Das Feuer, das Becky für Clarissa angezündet hatte, flackerte noch immer im Kamin und die Silberbürsten, Kämme und Parfumflaschen glitzerten auf dem französischen Ankleidetisch. Die Kleider waren ein Schlag ins Gesicht für sie. Sie fand in den Schränken feinere Musselins und Seidenstoffe, als sie jemals besessen hatte. Dass mindestens vier davon Geschenke von Oriana und Juliana gewesen waren, wusste sie nicht oder ignorierte sie. Sie belegten, wie Clarissa von ihrem Status und ihrem Reichtum übermannt worden war und wie sie ihre Unabhängigkeit gegenüber ihrem Bruder auslebte, der gewiss nicht erlaubt hätte, dass sie ihr Geld für solchen Firlefanz verschwendete.

Mit bebender Eifersucht ging sie in das nächste Zimmer, das Oriana gehörte. Der schiere Luxus und die Unmenge von Orianas Habseligkeiten stießen ihr sauer auf. Wie konnte das nur sein? Das einzige Mal, als sie Oriana vorher getroffen hatte, war in dieser schrecklichen kleinen Schule gewesen, und nun fuhren ihre Finger über Kleider, die noch feiner waren, als die von Juliana, der wohlhabendsten jungen Dame unter Cornelias Bekannten. Sie musterte gerade einen Seidenschal näher, der mindestens 30 Pfund gekostet haben musste, als sie ein Geräusch an der Tür hörte. Sie stand auf, bevor sie sich zur Tür wandte und zeigte sich durchaus als Herrin der Lage. „Ich befürchte, ich habe mich in den Gängen verlaufen. So ein großes Haus. Ich dachte, das wäre das Zimmer meiner lieben Schwester, aber ich fürchte, ich habe mich wohl geirrt." Sie setzte ein falsches Lächeln auf. „Das tut mir aber leid."

Oriana neigte ihren Kopf und verbarg ihre Wut hinter einem maskengleichen Blick, der Cornelia ein wenig die Fassung verlieren ließ. Sie blickte nach unten auf ihre Finger, die noch immer den Seidenschal umspielten. „Was für ein schöner Schatz. Ich kann wohl gar nicht erahnen, was so ein schönes Ding kostet."

Oriana fixierte Cornelias eigenen, unscheinbaren Schal und verzog dann die Lippen. „Wie sollten Sie das auch können?" Cornelia errötete angesichts der Beleidigung.

„Auf jeden Fall übersteigt dies das Jahresgehalt einer gewöhnlichen Lehrerin", sagte sie herausfordernd.

Oriana erwiderte den Blick. „Würden Sie ihn gerne ausleihen?", fragte sie kühl. „Ich glaube, ich habe noch zwei oder drei, die besser zu Ihrem Kleid passen würden."

Cornelia wurde fuchsteufelswild. „Wollen Sie damit sagen, dass meine Schwester Ihnen vier solcher Schals zum Geschenk gemacht hat? Sie kann doch so eine große Summe nicht..."

„Mrs. Thorne, ich sehe absolut keinen Grund, warum ich eine solche Angelegenheit mit Ihnen besprechen sollte. Sie beeilen sich besser, sich umzuziehen, Ma'am. Das Mittagessen wird in Kürze serviert." Dann hielt sie die Tür auf, damit die Besiegte von dannen ziehen konnte.

Cornelia musste ihrem Ärger Luft machen und diese Gelegenheit bot sich, als sie Miss Applebys Tür offen stehen sah. Sie blickte hinein und sah die arme Frau in jenes Taschentuch heulen, das vorhin ihre Eifersucht befeuert hatte.

„Meine gute Frau, bitte kränken Sie sich nicht", sagte sie. „Schreiben Sie lieber Ihrem Bruder - Farnham, nicht wahr - und kündigen Sie ihm Ihre bevorstehende Ankunft an."

Miss Appleby wischte sich verwirrt die Tränen aus den Augen. „Ja, oh ja. Genau das sollte ich tun. Danke, Mrs. Thorne."

Cornelia lief nach unten und ihre Selbstzufriedenheit war wieder hergestellt.

Miss Appleby setzte sich, um einen Brief an ihre Verwandten zu verfassen, schrieb jedoch stattdessen eine Nachricht an Sir Montague. Sie dachte, es wäre unhöflich, das County zu verlassen, ohne ihm zu sagen, wie leid es ihr täte, ihn nicht mehr treffen zu können. Als sie die Mitteilung beendet hatte, war sie aus unerklärlichen Gründen vollkommen aufgelöst und sie schaffte es nicht, den verhassten Brief an Farnham zu schreiben. Entschlossen, dies später zu erledigen, ging sie nach unten und legte ihre Nachricht für Sullivan in die Halle. Bevor sie den Brief auf das Tischchen legte, führte sie das Kuvert noch flüchtig an ihre Lippen.

„Genug davon“, dachte sie und blinzelte kurz, bevor sie sich Waity zuwandte, die auf sie zukam.

„Meine Liebe“, sagte ihre Freundin verschwörerisch. „Wir müssen umgehend zu den Gewächshäusern gehen. Einige der ehemaligen Soldaten, die Mr. Elfoy angeheuert hat, sind zur Arbeit dort eingeteilt und wir müssen das organisieren. Geht es Ihnen gut? Sie sehen etwas mitgenommen aus.“

„Es geht schon, meine Liebe. Ach, die armen Burschen. Sie können wegen ihrer Verletzungen keine andere Arbeit finden, sagt Mr. Elfoy, und sie sind nur allzu glücklich, am Anwesen für eine Unterkunft arbeiten zu können. Ich komme sofort.“

„Bleiben Sie ruhig“, sagte Miss Micklethwaite. „Ich will nicht, dass diese schreckliche Frau weiß, wo wir sind. Sie war heute überall im Haus.

„Ja, das war sie“, sagte Miss Appleby, aber so leise, dass ihre Freundin sie nicht hören konnte.

Der Ball

Miss Applebys Verhalten wirkte den Rest ihres geschäftigen Tages angespannt. Clarissa fand sie in der Speisekammer, wo sie sich verstohlen einige Tränen wegwischte, während Juliana und Oriana sich angesichts ihrer unbeholfenen Finger sorgten, als sie ihr halfen, den Berg an Leinen im kleinen Schulzimmer zu flicken. Auf Sullivans Anregung hin wurde ein Feuer angezündet, damit die Damen „etwas Privatsphäre genießen konnten, wenn sie dies wünschten". Das wünschten sie in der Tat.

Oriana beklagte sich lauthals über das ungehobelte Verhalten von Clarissas Schwägerin und Juliana, wenn auch etwas weniger direkt, billigte es keineswegs, wie Mrs. Thorne den Haushalt an sich riss.

„Ich fürchte, sie ist in Sowersby nicht besonders beliebt", gab sie zu. „Sie behandelt Menschen, die unter ihr stehen, wirklich schäbig. Die lieben Misses Monkton luden sie letztes Jahr zum Tee ein, du weißt schon, Brot und Buttersandwiches und das alte Tischgeschirr ihrer Großmutter, und sie soll sich fürchterlich verhalten haben. Die Monkton-Schwestern waren so bedrückt, dass sie ihre Besuchstage für zwei Wochen absagten und nahmen sie erst wieder auf, als Mutter sie um eine Einladung anbettelte."

„Schrecklich!", sagte Oriana. „Sie fühlt sich besser, indem sie dafür sorgt, dass alle anderen sich schlecht fühlen."

„Glaubst du wirklich, meine Liebe?", sagte Miss Appleby hoffnungsvoll. „Aber vielleicht handelt sie auch nur in Clarissas bestem Interesse. Sie ist immerhin Teil ihrer Familie", fügte sie nachdenklich hinzu und stach sich schon wieder mit der Nadel in den Finger.

Sir Montagues Kammerdiener hatte in der Zwischenzeit Mr. Elfoy erreicht und ließ ihn zum Haus seines Dienstherren rufen. Die

Nachrichten, die er dort mit größter Betroffenheit vernahm, führten Elfoy umgehend zum Dower House. Er trat in vertrauter Art durch die französischen Fenster ein.

„Diese verfluchte Frau", rief er Grandiston zu, der am Feuer stand.

„Oh, Elfoy", sagte der Earl sanftmütig, „Hat meine Haushälterin wieder ihren Hund auf sie losgelassen? Sie kommen gerade in eine fröhliche Runde." Er deutete auf Mr. und Mrs. Thorne sowie Clarissa, die in den gemütlichen Sesseln Platz genommen hatten.

Mr. Elfoys Gesicht war ausdruckslos, jedoch bei Clarissas Anblick hellten sich seine Züge auf. Es strahlte voller Freude. Grandiston warf ihm einen vielsagenden Blick zu und er schaffte eine passable Verbeugung sowie einige freundliche Worte.

„Ich denke", sagte Cornelia würdevoll, „es wird Zeit, dass wir gehen, Liebling." Sie drehte sich um und lächelte Grandiston albern an. „Sie müssen Lord Staines mitteilen, dass wir erfreut sind, seinen Ball zu besuchen, auch wenn ich nicht weiß, ob die übrigen Damen in der Lage sein werden zu erscheinen."

„Oh, ich denke schon", sagte Grandiston sanft. „Ich verlasse mich darauf, dass sie alle kommen, ansonsten müssen Booth und ich uns für den Abend eine Verabredung suchen."

Cornelia unterbrach. „Oh natürlich", sagte sie schließlich, „wenn das so ist, dann werde ich natürlich mein Bestes geben, sie alle davon zu überzeugen. Aber das ist gewiss eine ungewohnte Situation für sie als Lehrerinnen, wissen Sie. Sie werden gewiss überwältigt sein, würde ich behaupten", fügte sie mit einem Seitenblick auf ihn hinzu, um zu sehen, ob er ihr Argument verstanden hatte.

Grandiston lächelte und küsste ihre Hand. „Aber irgendetwas verrät mir, dass Mrs. Thorne das bekommt, was sie will. Ich überlasse es Ihnen, sie zu überzeugen."

Sie lächelte und drehte ihren hübschen Kopf, nicht sicher, ob sie eine stählerne Note in seiner Stimme gehört hatte. Sie führte die Gesellschaft zur Tür hinaus, aber als Antwort auf Mr. Elfoys fixierenden

Blick, eilte Clarissa unter dem Vorwand eines vergessenen Handschuhs noch einmal hinein.

„Können Sie die Damen hier nach unten bringen, ohne dass dabei entdeckt zu werden?", fragte er eilig und ergriff automatisch ihre Hände. Grandiston beobachtete die beiden gutmütig. Sie waren so einfach zu durchschauen.

„Alle?", flüsterte Clarissa und lachte.

„So viele wie möglich... und schnell."

„Ein Ball", sagte Cornelia zu John. „Oh John, ich hätte nie gedacht, dass hier so viel Unterhaltung geboten werden würde." Und denkst du nicht, dass Grandiston Clarissa besonders viel Aufmerksamkeit zu Teil werden lässt. In weniger als einem Jahr könnte sie eine Countess sein."

John sah zufrieden aus. „Ja, meine Liebe, aber denkst du nicht, wir sollten bald nach Hause zu den Kindern? Wir sollten den Verkauf so schnell wie möglich durchführen."

„Ja, gewiss, wir regeln das mit Staines. Aber setz das Datum in ein, zwei Monaten an, wir wollen doch eine Chance wie diese nicht verstreichen lassen. Wenn Clarissa Grandiston heiratet, dann wissen wir nicht, was uns das bringen wird." Eine neue Hoffnung keimte in ihr auf. „Wird es denn kein Brautgeld geben?"

John errötete. „Gewiss nicht. Ich bin immerhin nicht ihr Vater."

„Ja, aber ihr nächster Verwandter. Ach John, wir hätten ausgesorgt."

Clarissa holte zu ihnen auf und das Gespräch drehte sich wieder um den Ball. Während sie abwesend auf Fragen antwortete, fragte sie sich, wie in aller Welt sie vier Frauen versammeln und hinunter ins Dower House schmuggeln sollte. Verschiedene Möglichkeiten, inklusive der Abstieg von Miss Micklethwaite über eine Strickleiter wurden grinsend verworfen.

Sie mussten die Kutsche nehmen, die hinter dem Haus wartete und den schmalen Weg durch die Bäume nahm, über den die Handelsmänner kamen. Sie nahm an, dass er irgendwie zum Dower House führen musste.

Und so kam es, dass sich die Damen nur eine halbe Stunde später im Dower House einfanden.

Mr. Elfoy zog Miss Appleby zur Seite und sprach ruhig mit ihr.

„Sir Montague hat mich über Ihre Entscheidung informiert, abzureisen."

Miss Appleby umklammerte sein Handgelenk und bedeutete ihm zu schweigen. „Ich flehe sie an, verraten Sie Clarissa nichts davon. Wissen Sie, Mrs. Thorne hat mir aufgezeigt, dass es das Richtige ist, aber das liebe Kind würde es nicht verstehen." Ihre kleinen Augen flehten ihn so verzweifelt an und er spürte den Drang, beide Thornes zum Teufel zu jagen. Die kleine Dame musste ungefähr so alt wie seine Mutter sein und er wäre verflucht, würde er es zulassen, dass jemand seine Mutter so verletzte.

„Ich werde nichts sagen, ich gebe Ihnen mein Wort", sagte er und wusste, dass er sich auf Sir Montague verlassen konnte, falls Clarissa informiert werden musste. „Aber ich muss Sie um einen Gefallen bitten. Bitte reisen Sie nicht vor dem Ball ab. Miss Thorne braucht sie. Haben Sie Farnham schon geschrieben? Können Sie Ihre Reise verschieben?"

Miss Applebys Bedürfnis, die Angelegenheit ganz abzusagen, rang mit ihrem Pflichtgefühl. „Ich muss wirklich gehen, Mr. Elfoy. Mrs. Thorne hat Recht." Ihre Stimme geriet ins Stocken. „Es ist so freundlich von Ihnen,..."

„Ma'am, ich bin nicht freundlich", sagte er und ergriff ihre zitterten Hände. „Ich weiß nicht, ob Miss Thorne es schaffen kann, mit der Frau ihres Bruders zusammenzuleben, wenn sie niemanden hat, der sie unterstützt. Das hat sie mir erzählt." Seine warme Stimme beruhigte sie und sie blickte zu ihm auf.

„Denken Sie das wirklich?", sagte sie hoffnungsvoll. „Mrs. Thorne ist etwas resolut, auch wenn ich denke, dass Clarissa durchaus in der Lage ist, mit ihr umzugehen. Aber vielleicht braucht sie mich, um das Ballkleid zu ändern... und die Stoffe sind wirklich noch in einem schlechten Zustand. Vielleicht sollte ich den Brief an meine Verwandten noch ein paar Tage aufschieben." Sie lächelte ihn schüchtern an und er führte sie zurück in das Wohnzimmer, wo alle saßen und Grandiston gebannt lauschten.

Die Ergebnisse dieser Konferenz sollten erst eine Woche später, in der Ballnacht zu Tage treten.

Die Zahl der Kerzen, die Lady Staines aufgewandt hatte, um den Ballsaal zu erhellen, hätte selbst die ambitionierteste Gastgeberin von London knausrig aussehen lassen. Ihr Sohn quengelte vielleicht angesichts dieser ruinösen Kosten für einen einfachen Ball auf dem Land, aber die Neuigkeit, die seine Mutter in der Stadt erfahren hatte, die exakte und unglaubliche Summe auf die sich das Vermögen von Miss Petersham belief, beruhigte ihn. Dass diese Schönheit ihn so verzaubert hatte, dass er sogar ihre Herkunft und ihr Vermögen ignoriert hatte, verschlug ihm den Atem.

Er sah sich gezwungen, auch einige seiner Rivalen um die Hand der Geliebten einzuladen, aber seit dem eigenartigen Verschwinden des französischen Duc sah er sich ganz oben auf der Liste stehen. Er war selbstgefällig genug, um sich seines Sieges sicher zu sein. Seine Mutter, heute Abend in leuchtendem Rosa und Violett gekleidet, war sich nicht so sicher, aber sie war entschlossen, ihr Bestmögliches zu tun, um ihrem Sohn den Fang zu sichern.

Oriana sah an diesem Abend umwerfend aus. Ihr Ballkleid war aus einfacher weißer Seide, zart bestickt mit silbernen Schmetterlingen, in denen das Licht bei jeder ihrer Bewegungen schimmerte. Um den Hals trug sie eine einreihige Perlenkette und ihr Haar war zu einer klassischen Frisur aufgetürmt und mit weißen Satinbändern fixiert. Jeder Gentleman im Raum starrte sie unverhohlen an, während selbst die wohlerzogendsten Damen einen Anflug von Neid verspürten.

Clarissa, die in ihrem Schatten stand, nahm die Reaktionen mit einem amüsierten Lächeln auf. Dann traf ihr Blick auf ein Augenpaar. Mr. Elfoy, in einfacher Abendkleidung mit weißer Satinweste, schien den Auftritt nur kurz wahrgenommen zu haben, um sich dann Orianas

Begleiterin zuzuwenden. Sie errötete. Sie sah selbst ziemlich hinreißend aus, dachte sie (auch wenn sie besser nicht neben Oriana stehen blieb, wenn sie wollte, dass auch nur irgendjemand das bemerkte). Ihr Haar war hochgesteckt und einige glänzende Locken durften frei über ihren Nacken baumeln. Das Kleid aus blauem Crêpe, an ihrem Busen gewagt ausgeschnitten, schmeichelte ihr und öffnete den Blick auf ein weißes Satin-Unterkleid. Ein blaues Band umspielte ihre Locken und sie sah, nach Mr. Elfoys Ansicht, einfach perfekt aus. Offensichtlich derselben Meinung trat Sir Piers nach vorne und führte sie in die tanzende Menge. Da er Miss Petersham bis jetzt noch nicht aufgefordert hatte, wusste Elfoy, dass dies ein signifikantes Signal in ihre Richtung gewesen war. Und so hatte er nichts Besseres zu tun, als unabsichtlich das Herz einer der Töchter des Vikars zu brechen, während er die Hoffnungen der zweiten schürte, indem er sie auf die Tanzfläche führte. Den Blickkontakt zu Clarissa vermied er geflissentlich, allerdings entgingen ihm auch die schmachtenden Blicke seiner Tanzpartnerin.

Miss Micklethwaite, in einfachster schwarzer Seide, fragte sich, ob Grandiston diese Situation vorausgesehen hatte. Sie blickte zu ihm hinüber, wo er lustlos einem der Londoner Burschen lauschte und auf die Tanzfläche blickte. Unerwartet traf sein Blick den ihren, als dieser nach Elfoy Ausschau hielt. Was sie sah, ließ sie einen dezenten Seufzer ausstoßen. Das war ein Mann, dachte sie. Einer, auf den sie sich verlassen konnte, auch wenn sie es nie zuvor getan hatte. Sie blickte zu Oriana, die von Lord Staines auf die Tanzfläche geführt wurde und deren Gesicht wenig mehr Enthusiasmus als das einer Leiche ausstrahlte. Ich hoffe, Grandiston kümmert sich um seine eigenen Angelegenheiten, dachte sie.

Einige Spätankömmlinge erreichten den Ball, zwei ohne Einladung, aber Grandiston flüsterte Lady Staines etwas ins Ohr und so trat sie erhaben nach vorne. „Mr. Booth und Mr. und Mrs. Sowersby, nehme ich an. Ich heiße Sie herzlich willkommen, wie wundervoll, dass Sie uns nach so einer langen Reise besuchen."

Mr. Sowersby in einem einfachen, aber exzellent geschnittenen Abendanzug beugte sich leicht über ihre Hand. „Verzeihen Sie unser unangekündigtes Kommen, Lady Staines, aber meine Frau ist so darauf erpicht, ihre Tochter nach all den Wochen wiederzusehen."

Lady Staines blickte vom jungen Booth, dessen Augen den Raum absuchten, zu Mrs. Sowersby. „Ah, eine Romanze."

Mrs. Sowersby lächelte. „Sie haben es erraten. Wir haben Mr. Booths Familie auf unserem Weg hierher besucht, aber es ist noch nicht offiziell. Ah, das ist mein liebes Mädchen, aber mit wem tanzt sie denn da?"

„Oh, Sir Piers Loxley", murmelte Ihre Ladyschaft, voller Freude, dass sie den gesellschaftlich wichtigsten Ball in der Geschichte des County geben konnte.

Booth entdeckte Juliana ebenfalls und führte ihre Eltern nach vorne an die Tanzfläche. Als sie ihn sah, gab sie einen kurzen Laut von sich und entschuldigte sich bei ihrem Partner. Der war amüsiert und führte sie gutmütig von der Tanzfläche.

„Ist alles in Ordnung, Mamma?", sagte Juliana besorgt.

„Alles in Ordnung, mein Liebes. Es gibt nur Unstimmigkeiten über den richtigen Zeitpunkt. Mr. Booth möchte dich noch vor Weihnachten ehelichen, wohingegen ich dich gerne noch für ein Jahr bei mir hätte."

Sie zogen sich in ein Vorzimmer zurück und Juliana schaffte es kaum, ihren Geliebten anzublicken, aus Angst, sie könnte vor Glück sterben. Aber schon bald hielt er ihre Hand und sie blickte zu ihm mit so glänzenden Augen auf, dass Mr. Sowersby anmerken musste: „Ich denke, meine Liebe, es sollte besser noch vor Weihnachten geschehen."

Juliana lächelte, wurde aber verlegen. „Oh, ich habe heute noch viel zu erledigen, mein lieber Mr. Booth. Und Sie ebenfalls."

Ihre Mutter blickte sie misstrauisch an, aber Juliana fügte hinzu: „Es ist eine List von

Lord Grandiston, Mamma, aber ich habe Geheimhaltung geschworen." Sie sah ihre Mutter spitzbübisch an.

Mrs. Sowersby wünschte, ihre Tochter hätte mit dem Earl bereits in London so gut verstanden, aber daran war nichts mehr zu ändern. Diese majestätische Gestalt konnte für das junge Paar von größter gesellschaftlicher Bedeutung sein und sie wollte sich keinem seiner Pläne in den Weg stellen.

„Was geht hier vor?", fragte Mr. Sowersby direkter.

„Oh Vater, es ist eine List, um Mrs. Thorne eines...", flüsterte Juliana ihm ins Ohr.

„Oh", sagte ihr rechtschaffener Vater, der sich daran erinnerte, bei wie vielen Anlässen ihn nur seine guten Manieren daran gehindert hatten, sich mit dieser Dame anzulegen. „Wenn das alles ist..." Dann führte er sie pfeifend zurück in den Ballsaal.

Mrs. Thorne erblickte die Sowersbys augenblicklich. Sie fühlte sich herausgerissen aus ihrer Rolle der Grande Dame, in der sie sich den Gästen an diesem Abend zeigte. In Sowersby zählte sie nur zum niederen Landadel. Sie spannte ihren Körper an. Das Erbe ihrer Schwägerin hatte ihre Position verändert. Ashcroft war dreimal größer als Sowersby Manor und sie hatte hier Familie. In der Tat hatte sie mit John neulich abends darüber sinniert, ob sie nicht alle nach Ashcroft ziehen konnten, denn es würde ihr außerordentlich gefallen, über das Anwesen und das Dorf zu herrschen. John hatte ihr jedoch erklärt, dass das Anwesen niemals Erträge abwerfen würde, dass sie auf viel verzichten müssten und dass Clarissas Unvorsichtigkeit vermutlich alles noch schlimmer gemacht hatte. So hatte sie den Gedanken verworfen. Aber heute Abend würde sie strahlen. Deshalb ging sie nun hinüber zu den Sowersbys und versetzte sich wieder in die Rolle der Grande Dame. „Mr. und Mrs. Sowersby, wie wundervoll Sie zu sehen. Juliana hat mir gar nicht erzählt, dass Sie erwartet werden."

Mrs. Sowersby kniff die Augen zusammen angesichts dieses vertraulichen Getues und der Art, wie sie ihre ausgestreckte Hand beinahe berührte. „Warum hätte sie das auch tun sollen?"

Clarissa, die gerade von der Tanzfläche kam, hörte dies und lächelte. „Meine lieben Mr. und Mrs. Sowersby, wie schön, Sie zu sehen."

Mr. Sowersby hatte Clarissa immer gemocht, seit sie sich mit seiner schüchternen Tochter angefreundet hatte, und nun griff er herzlich nach ihren Händen. „Meine Schönheit, lassen Sie sich ansehen." Er lächelte. „Sie sehen aus wie ein frischpolierter Penny. Wenn da nicht diese frechen Augen wären, ich schwöre, ich hätte Sie nicht erkannt."

Clarissa zwinkerte ihm zu. „Gefällt Ihnen mein neues Kleid?" Cornelia rang nach Luft angesichts dieser Unverfrorenheit, aber Mr. Sowersby lächelte.

„Sehr reizend! Der letzte Schrei", sagte er anerkennend.

„Ich bin so froh, dass Sie das sagen, Sir, denn Sie haben dafür bezahlt", sagte sie schelmisch.

Mrs. Sowersby lachte. „Ach, das ist dieses Blau, das Juliana nicht gepasst hat. Ich hätte es wirklich nicht wiedererkannt. Clarissa, an Ihnen sieht es wundervoll aus."

„Hexe!", sagte Sowersby zu Clarissa und kniff sie in die Wange.

Sie wandte sich an Charles. „Nun, Mr. Booth, ich nehme an, Sie hatten eine erfolgreiche Reise." Aber sie neckte ihn nur. Sein Lächeln und seine Vertrautheit mit Julianas Familie sprach bereits Bände. Er zwinkerte.

Mrs. Thorne zog die Aufmerksamkeit noch einmal auf sich. „Sie müssen selbstverständlich bei uns wohnen bleiben, solange Sie in der Gegend sind."

Mr. Sowersby verneigte sich angemessen. „Miss Thorne hat uns über Mr. Booth bereits eine Einladung zukommen lassen, aber unsere Koffer sind im Dower House."

„Oh“, sagte Cornelia und warf Clarissa einen missbilligenden Blick zu. „Sie sind also gut mit Mr. Booth bekannt.“

„Er ist der zukünftige Ehemann meiner Tochter“, sagte Sowersby ruhig. Mit einer Verbeugung führte er die Gesellschaft fort von Mrs. Thorne und hinüber zum Speisesaal.

„Ich könnte einen Bären fressen“, sagte der Ehrenwerte Charles, während er Julianas Hand sicher an seinem Arm hielt.

Sie wurden von Sir Rodney Pierce abgefangen, der in seiner Jagd um Orianas Gunst auch auf die sanfte Miss Sowersby, ebenfalls eine Erbin, aufmerksam geworden war. „Ich denke, das ist mein Tanz, Miss Sowersby“, insistierte er.

„Scher dich fort, Fudge“, sagte Booth und verwendete dabei seinen Spitznamen aus der Schule. „Ich führe meine Verlobte zum Essen“, sagte er stolz. Sir Rodney schüttelte seine Hand und ein paar weitere Personen, die das Gespräch gehört hatten, schlossen sich an. Juliana errötete leicht und nahm die Glückwünsche lächelnd entgegen, bevor sie von Clarissa gerettet wurde.

„Wir treffen uns im Wintergarten um 11 Uhr. Lass mich nicht hängen“, flüsterte Clarissa.

Booth blickte seine Herzensdame fragend an, die ihn nur in den Arm kniff. „Erzähle ich dir später“, flüsterte sie ihm zu. Wie kam es nur, fragte sich Juliana, dass sie sich so behütet und mutig fühlte, wenn Charles an ihrer Seite war. Er lächelte sie an und war von ihrer spitzbübischen Art vollständig eingenommen.

Um fünf vor elf waren sie bereit für ihr Spiel. Der Earl hatte zwei Mal mit Clarissa getanzt, sie zum Essen geführt und zeigte sich ihr gegenüber von einer ganz neuen Art. Er lachte und neckte sie und in einem unerwarteten Moment rief Clarissa: „Oh, mein Schal, ich denke, er ist noch im Ballsaal!“ Dann wandte sie sich mit großen Augen an ihren Begleiter. Daraufhin antwortete der Earl: „Wenn Sie erlauben, Miss Thorne.“ Dann ging er los, um ihn zu finden.

Sowohl Miss Micklethwaite als auch Miss Appleby wurden von den anwesenden Damen ausgefragt, aber sie behielten ihr Geheimnis für sich und verhielten sich ruhig. War der Earl of Grandiston, hinter dem schon seit Jahren sämtliche Schönheiten auf dem Heiratsmarkt her waren, schließlich der Erbin von Ashcroft verfallen? Im Ballsaal wurde das Thema ausführlich diskutiert. Cornelia hörte mehrere Gespräche darüber und John wurde von Sir Piers geradeheraus darauf angesprochen.

„Ach du meine Güte", sagte Cornelia zu ihrem perplexen Ehemann. „Jeder spricht darüber. Sie denken, er hätte bereits um ihre Hand angehalten."

„Darüber hätte er mich selbstverständlich informiert", sagte John.

„Nun, ja, mein Liebling. Aber sein Verhalten ist wirklich bezeichnend."

„Wenn Clarissa ihn bloß nicht ablehnt..."

„Ablehnen? Grandiston? Nicht einmal Clarissa kann so eigensinnig, so undankbar sein...", brach es aus Cornelia heraus.

„Ich sehe bei ihr nicht mehr als das übliche Geplänkel. Diese unsinnige Erziehung, ihrer Mutter hat ihr kein Gespür für den gesellschaftlichen Stellenwert angedeihen lassen", sagte John besorgt. „Sie hat ihn um ihren Schal geschickt, Himmel, Grandiston!"

„Ich weiß, aber er ist gegangen. Ihre Art scheint ihm zu gefallen. Ach John, wir, als Gäste in Grandiston Park!"

Angesichts dieses berauschenden Gedankens führte Mr. Thorne, der nur selten tanzte, seine Frau auf das Parkett.

Die List

Um fünf vor elf schlenderte Charles hinüber zu Thorne, der neben einem Blumenarrangement stand und seine Frau beobachtete, die fröhlich mit einem gutaussehenden Offizier tanzte.

„Thorne, können wir uns irgendwohin zurückziehen", sagte er *sotto voce*.

Mr. Thorne sah ihn verblüfft an.

„Sie kennen die Sowersbys gut, nicht wahr? Nun, ich muss Sie um einen Rat bitten."

John neigte seinen Kopf in seiner steifen Art zur Seite und folgte Booth in Richtung des Wintergartens. Als sie die Schwelle erreichten, plauderte Charles munter vor sich hin.

„Ich nehme an, Sie haben bereits Kenntnis davon erlangt, dass ich mit Miss Sowersby verlobt bin? Nun, ich hoffte, Sie könnten mir einen Ratschlag erteilen, was den alten Sowersby angeht? Ich meine ist er...?"

Ein Schluchzen ließ Thorne aufblicken und Clarissa rannte an ihm vorbei aus dem Wintergarten heraus, während sie sich ein Taschentuch vor das Gesicht hielt. Als er sich erstaunt umdrehte, sah er Juliana, die seine Schwester in ihre Arme schloss und sie in einen Nebenraum führte, bevor die Menge im Ballsaal ihre Verzweiflung bemerken konnte.

Dann sah Thorne eine weitere Gestalt, die aus dem Wintergarten gerannt kam: Grandiston. Sein Verlangen, den Mann dafür zurechtzustutzen, dass er seine Schwester in solche Verzweiflung gestürzt hatte, wurde zurückgehalten von der Ehrwürdigkeit des Earl und das war auch gut so, denn Miss Micklethwaite, ganz die Anstandsdame, tauchte hinter einer großen Topfpflanze auf und knickste leicht vor dem Earl, der ihr zunickte.

Sogleich kam auch Miss Appleby hinzu, die sich irgendwo in der Nähe aufgehalten haben musste. Also wirklich, trieb sich denn jeder hier im Wintergarten herum? Dann hörte er ein Flüstern. „Er wird sich davonscheren, gewiss."

Miss Appleby seufzte, stöhnte und die beiden Damen entfernten sich.

Grandiston sprach ihn an. „Ihre Schwester hat mir gerade verraten, dass sie das Dorf in Kürze verlassen muss. Das ist... sehr schade." Sein Gesicht war ungewöhnlich ernst. „Booth und ich fühlen uns im Dower House nämlich sehr wohl."

Er nickte Thorne zu und führte Charles in alter Souveränität zurück zum Ballsaal: „Ich höre, es sind Glückwünsche angebracht, mein lieber Junge. Das verlangt nach Champagner."

Mr. Thornes Traum von unermesslichem gesellschaftlichen Aufstieges lag in Scherben zu Boden. Er eilte an die Seite seiner Frau und flüsterte ihr die Neuigkeiten ins Ohr, unterbrochen von höflichem Lächeln an die umstehenden Gäste.

Cornelia fand Juliana, die ihre Schwägerin einem kleinen Nebenzimmer tröstete.

Sie rauschte in unterdrückter Wut hinein und sagte zu Clarissa: „Dein Bruder hat mir alles erzählt. Gehe ich richtig in der Annahme, Clarissa, dass du Lord Grandiston abgewiesen hast?"

Clarissa heulte auf und warf sich erneut an Julianas Schulter. Juliana zuckte zusammen, dann wandte sie sich mit einem überraschten Blick an Cornelia. „Sie liegen falsch, Mrs. Thorne. Ihre Schwester hat noch keinen Antrag von Ihrer Lordschaft erhalten."

Clarissas Schluchzen wurde lauter.

„Sagen Sie mir sofort, was passiert ist?"

„Nichts ist passiert", antwortete Juliana noch ausweichender. „Selbstverständlich hatten wir alle gehofft, dass seine Lordschaft erkennt... aber es ist wohl am besten, wenn wir jetzt nicht weiter darüber sprechen."

„Ja. Schön. Kümmern Sie sich um sie und sorgen Sie dafür, dass sie aufhört zu weinen." Clarissa heulte erneut auf.

„Clarissa, du hast mir wirklich wehgetan", sagte Juliana.

„Ich musste mein Gesicht verstecken. Ich hätte keine weitere falsche Träne mehr herausdrücken können." Sie grinste. „Glaubst du, es wird wirklich funktionieren?"

„Wenn Mrs. Thorne jetzt nicht zittert angesichts des Gedankens, den dicksten Fisch zu verlieren, den sie jemals an der Angel hatte, dann habe ich mich wirklich in ihr getäuscht."

„Zum Glück besitzt Grandiston einen solch teuflischen Verstand."

Die beiden Damen lachten und suchten nach Spielkarten, um sich die Viertelstunde zu vertreiben, die sie noch abwarten mussten, bevor sie wieder in den Ballsaal treten würden.

Oriana machte sich in der Zwischenzeit bereit für ihren Auftritt. Mit Leichtigkeit hatte Grandiston sie aus ihrer Entourage von Londoner Gentlemen (mitsamt Lord Staines) entfernt und zog sie nun vor Thornes Nase auf die Tanzfläche.

Er lachte und spaßte mit ihr, schenkte ihr einige erschütternde Berührungen, etwa einen intimen Kuss auf die Hand. Als Cornelia neben ihren Mann trat, beobachteten sie das kleine Spiel, auf das Oriana mit einem aufreizenden Augenaufschlag reagierte. Thorne warf seiner Frau einen verzweifelten Blick zu. Cornelia sah wie Grandiston mitten unter seinem Geplänkel das Gesicht einfror, während er über ihre Schulter blickte. Sie drehte sich um. Clarissa hatte den Ballsaal wieder betreten.

Cornelia zog am Ärmel ihres Mannes. „Es ist noch nichts verloren", zischte sie.

Mr. Thorne senkte seine Stimme. „Sieh nur, wie er Miss Petersham hofiert. Ich halte wirklich viel von meiner Schwester, aber niemand kann sagen, dass sie den Charme ihrer Freundin besitzt."

„Aber dennoch, sieh nur, wie ihm Clarissas Anblick zusetzt. Was immer auch passiert ist, noch ist nichts verloren."

John blickte Grandiston zweifelnd an, der nun ein wenig zu laut mit Oriana lachte. „Ich weiß nicht..."

„Ich schon. Er wirkt zu gekünstelt. Wir müssen herausfinden, was genau im Wintergarten vorgefallen ist."

„Miss Micklethwaite..."

„Sie würde es mir nicht sagen... sieh zu, ob Booth weiß, was mit seinem Freund los ist."

„Das wird aber schwierig, meine Liebe..."

„John", Cornelias Tonfall hatte sich verändert.

„Ich bin schon unterwegs, meine Teuerste."

Mr. Elfoy stand mit der Beute an einer Säule, als Thorne näherkam. „Er kommt", zischte er Booth zu.

Der Ehrenwerte Charles sagte im Bühnenflüsterton, seinen Rücken Thorne zugewandt. „Grandiston ist ein Idiot."

Mr. Elfoy trat näher, um im Vertrauen weiterzusprechen und Thorne zog sich hinter die Säule zurück, in der Hoffnung, er könnte hören, wonach er unmöglich respektvoll fragen konnte.

„Was genau ist heute Abend mit Miss Thorne vorgefallen? Ich dachte, sein Interesse ginge in ihre Richtung."

„Das geht es auch. Wir alle haben es bemerkt. Sie entspricht nicht ganz seinem Typ, deshalb dachte ich eigentlich, dass..."

„Das haben wir uns doch alle gedacht..."

„Aber das Problem, Elfoy, ist, dass Grandiston so begehrt ist, dass er es langsam angehen muss. Er muss sich ihrer aufrichtigen Zuneigung sicher sein. Und nun sagt ihm Miss Thorne, dass sie mit ihrem Bruder in einer Woche oder so abreisen müsse..."

„Nun, aber er könnte sie doch gewiss weiterhin sehen, oder nicht?"

„Natürlich. Aber Sie verstehen den Mann nicht. Er ist sich selbst noch nicht sicher - auch wenn wir alle das ganz deutlich sehen können - und einem Mädchen hinaus aufs Land zu folgen, dass würde die Welt nur dazu veranlassen, zu denken..."

„Durchaus."

„Es steckt wohl ein Freigeist in unserem Grandiston. Aber er würde das gegenüber einer Dame niemals zugeben. Und dann natürlich sein Stolz... er ist sich ihrer nicht sicher." Dann folgte eine Pause. „Juliana und ich hatten gehofft, dass unser Aufenthalt im Dower House dabei helfen könnte, über den Sommer alles in die richtigen Bahnen zu lenken."

„Aber jetzt unterhält er sich wohl mit Miss Petersham..."

„In der Tat, wirklich schade. Ich denke Miss Thorne wäre genau das richtige Mädchen für ihn."

Die beiden Komplizen gingen zurück zum Earl, um ein Kartenzimmer zu finden.

John Thorne eilte mit den gewonnenen Informationen zurück zu seiner Frau.

Das Nachspiel

Am nächsten Morgen beim Frühstück war Cornelia bester Laune. „Was für eine Nacht, nicht wahr, Clarissa?“ Sie trank von ihrer Schokolade und die Damen misstrauten ihrer honigsüßen Stimme und dem noch süßeren Lächeln, das ihre Worte begleitete. „Ihre Verlobung, meine liebe Juliana, freut uns wirklich alle sehr. Und das war nicht das einzig Schöne. All die Gentlemen aus London haben mit uns getanzt. Ich muss zugeben, dass ich mich an meine beschwingte Jugend zurückerinnert fühlte. Und Mr. Elfoy sah gestern Abend wirklich gut aus, findest du nicht, liebe Schwester?” Sie blickte Clarissa scharf an. „Der ganze Ballsaal hat darüber gesprochen, dass er Annabel Challoner drei Mal zum Tanz aufgefordert hat. Ein untrügliches Zeichen.” Clarissa hielt sich zurück. Sie hatte bereits angespannt im Ballsaal bemerkt, dass er die Tochter des Vikars zwei Mal zum Tanz aufgefordert hatte, aber das dritte Mal musste passiert sein, als sie im Wintergarten war.

„Drei...?“ murmelte sie, aber Miss Micklethwaite unterbrach sie: „Konfitüre!“ Die beiden Damen blickten erstaunt sie an. „Ich bitte Sie, Mrs. Thorne, reichen Sie mir doch die Konfitüre.“ Cornelia tat wiederwillig wie ihr geheißen, dann versuchte sie wieder, Clarissas Reaktion einzuschätzen. Sie vermutete, dass Clarissa dem Gutsverwalter mehr zugetan war, als es angemessen und anständig war. Grandiston könnte ihn gewiss ausstechen, aber eine gewisse Entfremdung war durchaus zu bemerken gewesen und es konnte nicht geleugnet werden, dass der Gutsverwalter verboten gut aussah.

Clarissa hatte sich selbst nun wieder im Griff und sagte nur. „Das wird den Tratsch gehörig anfeuern.“ Dann gähnte sie in der Art junger Damen nach den Anstrengungen einer solchen Ballnacht.

„Ich glaube, wir müssen über den Sommer unbedingt hier bleiben, liebe Schwester. Auch wenn John sich über den Verkauf im Klaren ist, sollten wir vielleicht doch auch die fröhliche Gesellschaft hier noch länger genießen."

Es schien, als hätte der Komplott des Earls funktioniert. Die Damen seufzten.

Clarissa, der gerade nach Gehässigkeiten zu Mute war, sagte traurig: „Wie schade, dass ich Lord Grandiston... das heißt, Mr. Booth, gesagt habe, dass wir ihre Pacht frühzeitig auflösen müssten. Ich denke, der Earl will...", ihre Stimme verebbte in einem Schluchzen, „...heute noch abreisen."

Cornelia verließ eilig das Zimmer, um ihren Mann (der noch nicht aufgestanden war) noch vor dem Frühstück ins Dower House zu entsenden, um ein solches Vorhaben zu vereiteln.

„Das", sagte Juliana bewundernd, „war wirklich niederträchtig. Ich wusste nicht, dass du eine solche Heuchlerin sein kannst."

„Ich fürchte, wir alle haben uns gestern Abend wirklich schändlich verhalten", bemerkte Miss Appleby, die lustlos an einem Keks herumknabberte.

„Es ist wirklich eine Schande, dass wir einen Gentleman dazu gebraucht haben, den Plan umzusetzen." Miss Micklethwaite blickte in die versammelte Runde. Juliana glühte, aber die übrigen Damen bemühten sich, ihren Missmut zu verbergen. Sie blickte die beiden jüngeren an. Oriana war von Grandiston zu ihrer Kutsche geführt worden und verblieb mit einem anzüglichen Lächeln ganz in ihrer Rolle. Der Earl küsste ihre Hand sehr offensichtlich und sie war von Mrs. Thorne den ganzen Heimweg dafür gescholten worden, zu offenherzig zu sein. Das war natürlich Teil des Plans, aber die ältere Dame wusste, dass Orianas Laune gesunken war, als sie verstanden hatte, dass es ausschließlich darum ging.

Mr. Elfoy hatte Clarissa zu ihrer Kutsche begleitet, aber seine Berührungen waren flüchtig und kalt und seine Art ihr gegenüber ungewöhnlich distanziert. Er gab Clarissa ein wenig die Schuld für die List und dachte, dass es vielleicht wahr werden könnte, und ihm begann zu dämmern, wie ausweglos seine Situation war. Clarissa bemerkte seine Kälte und war wie versteinert. Waity machte ihr keinen Vorwurf, es schien keinen Weg zu geben, dieses Problem zu lösen. Der gesellschaftliche Unterschied war einfach zu groß.

Das verstand Miss Micklethwaite, nicht allerdings, warum es Louisa so miserabel zu gehen schien.

Sullivan trat an den Frühstückstisch zu Clarissa, die aufschreckte. „Könnte ich kurz mit Ihnen sprechen, Miss Clarissa?"

Clarissa erwachte aus ihrer Schockstarre und führte Sullivan in die Bibliothek.

„Zunächst, Miss, gibt es ein Problem mit Mrs. Smith. Mrs. Thorne will ihr die Schlüssel nicht aushändigen und hat angewiesen, dass die Haushälterin bei ihr vorstellig werden soll, wenn sie etwas zu öffnen wünsche. Eine solche Beleidigung, sagte Mrs. Smith, ist ihr während ihres ganzen Arbeitslebens noch nicht untergekommen. Sie wollte bereits herausstoßen, dass sie keine Anweisungen von jemand anderem als Ihnen annimmt, aber das konnte ich unterbinden."

„Oh, vielen Dank, mein lieber Sullivan. Bis wir einen Weg gefunden haben, sie loszuwerden, ist es wohl besser, Mrs. Thorne nicht aufzuregen..."

Clarissa begann zu erkennen, dass sie nicht beachtet hatten, dass als Ergebnis ihrer gestrigen Aktion, nun auch ihr Bruder und seine Frau noch länger hier verweilen würden. Das erschien ihr unerträglich. Sie musste ihre Gedanken ordnen, ansonsten würde sie sich Cornelia gegenüber nicht lange beherrschen können. Sie ging zur Tür. „Bitten Sie Jed, Sultan zu satteln. Ich muss ausreiten, bevor ich mich meiner Schwägerin erneut stellen kann."

„Jawohl, Miss", hüstelte Sullivan. „Da gibt es noch etwas, dass ich Ihnen mitteilen muss..."

Aber Clarissa war schon an der Tür. „Nach meinem Ausritt, Sullivan", sagte sie beinahe im Tonfall ihrer Mutter. „Und bitte lassen Sie heute keine Gäste herein, außer natürlich die Bewohner des Dower House." Dann war sie davon geeilt. Sullivan überlegte ihr zu folgen, entschied sich allerdings dagegen. Stattdessen schickte er wie versprochen nach Mr. Elfoy. Aber er fürchtete, dass es bereits zu spät war.

Miss Appleby hatte, mit einigen Schwierigkeiten, letzte Nacht ihre Briefe verfasst: einen an jede der drei Damen und einen, den sie in die Halle legte, um ihn an Sir Montague zu schicken. Sie spürte nach all der Zuneigung, die er ihr entgegenbracht hatte, dass sie sich besser auch von ihm verabschieden sollte und sie legte ihrem Brief ein Rezept für einen Heiltrank bei, das sie in einem alten Buch in der Bibliothek gefunden hatte. Wenn seine Köchin ihn zubereiten konnte, würde es ihm gewiss besser gehen. Bei ihrem letzten Besuch hatten sie einen kurzen Spaziergang unternommen und er hatte ihr eine Rose überreicht. Sie hatte sie zwischen den Seiten eines Buches aufbewahrt, auch wenn sie wusste, dass das dumm war. Es war lediglich die freundliche Geste eines Gentleman gewesen.

Ein Gig war bestellt worden, um sie um elf Uhr abzuholen. Sie würde zur Postkutsche gebracht werden und damit zu ihrem Bruder Farnham. Sie würde ohne Ankündigung bei ihm ankommen, eine wahre Schande, aber es war ihre eigene Schuld gewesen, da sie ihre Briefe nicht abgeschickt hatte, wie Mrs. Thorne bemerkt hatte. Keine weiteren Verzögerungen mehr, hatte sie gesagt, es wäre wirklich selbstsüchtig, noch einen Tag länger auf Clarissas Kosten zu leben. Der Gig würde zum Dienstboteneingang kommen. Niemand würde sie abfangen. Mrs. Thorne hatte an alles gedacht.

Miss Micklethwaite klopfte an die Tür ihrer Freundin, aber sie war verschlossen. Sie hielt nach den Anstrengungen des gestrigen Abends wohl ein Nickerchen. Appleby hatte mit all den Gentlemen aus London getanzt und war nun sicherlich erschöpft. Sie würde nach dem Mittagessen mit ihr sprechen.

Miss Micklethwaite ging an Sullivan vorbei und dieser überlegte kurz, ob er die Angelegenheit mit ihr besprechen sollte, aber Diskretion war das Heiligste für einen Butler und es war eine Sache, seiner Herrin von seinem Verdacht zu erzählen, und eine andere, über diese Angelegenheiten zu tratschen. Mr. Elfoy hatte bereits eine Vorahnung und daher war es angemessen gewesen, ihm eine Nachricht zukommen zu lassen, aber mehr konnte Sullivan nicht tun. Er schüttelte seinen Kopf. Der Gig war bereits auf dem Weg.

Clarissa brauchte einen ungewöhnlich langen Ausritt, um wieder klar im Kopf zu werden. Als sie von den Ställen hinüber zum Haus ging, spürte sie, dass der Sieg von gestern Abend nur von kurzer Dauer sein würde. Die Thornes hatten ihre Füße fest unter dem Tisch und sie hatten den ganzen Haushalt auf den Kopf gestellt, inklusive den Bediensteten und den Bewohnern. Appleby war an diesem Morgen ungewöhnlich zurückhaltend gewesen, als sie sie vor dem Frühstück in ihrem Zimmer aufgesucht hatte. Juliana schwebte auf ihrer Wolke des Glücks und konnte sich gerade schlecht in das Elend der anderen hineinversetzen. Zu allem Überfluss schien Oriana auch noch zu vermuten, dass Clarissa ein Interesse an Grandiston hätte. Die Scharade war zunächst lustig gewesen, aber nun bei Tageslicht wurde es offensichtlich, dass sie sie auf ewig weiterführen müssten und wie würde das dann ausgehen? John würde von Grandistons Täuschung erfahren und ihr befehlen, bei ihm zu leben. Das konnte sie kaum ertragen.

Als sie das Haus erreichte, sah sie einen Gentleman in einer feinen, aber altmodischen Kutsche vorfahren. Sie ging nach vorne und nahm an, dass es Mr. Sowersby war, aber stattdessen traf sie auf einen Gentleman, der in einfachem Schwarz gekleidet war und eine ehrwürdige Perücke auf dem Kopf trug.

„Mr. Micklethwaite, nicht wahr? Wie schön Sie zu sehen."

„Miss Thorne, ein Vergnügen, Sie zu treffen." Micklethwaite war von ähnlicher Statur wie seine plumpe Schwester und verbeugte sich steif.

„Kommen Sie doch herein, Sir“, lächelte Clarissa.

„Das werde ich Miss Thorne, sobald ich den Kutscher angewiesen habe, meine Taschen in den Gasthof zu bringen.“

„Das werden Sie nicht tun, Sir. Sie sollen selbstverständlich bei uns übernachten.“

„Ich befürchte, ich kann Ihnen keine solchen Unannehmlichkeiten bereiten.“

„Überhaupt nicht. Ihre Schwester hat das Haus sehr gut organisiert und so wird es einfach sein, Sie bei uns unterzubringen. Es mangelt uns nicht an Zimmern, wie Sie sehen können.” Sie deutete mit der Hand auf das große Haus.

Sie stiegen die Treppe zur imposanten Vordertür hinauf und plauderten.

„Ihre Schwester wird sich freuen.“

Mr. Micklethwaite lächelte trübsinnig. „Ich wäre nicht gekommen, wenn sie nicht um Informationen in dieser kleinen rechtlichen Angelegenheit gebeten hätte. Die Antwort ist ziemlich komplex, deshalb dachte ich, ich komme am besten selbst, um alles zu erklären.“

„Wie freundlich von Ihnen“, sagte Clarissa, war jedoch abgelenkt, da Mr. Elfoy herangaloppiert kam.

Er sprang ab, reichte die Zügel Mr. Micklethwaites verwundertem Pferdeknecht und lief die Treppen hinauf, wobei er zwei Stufen auf einmal nahm.

In der Zwischenzeit spazierte Oriana durch den Garten und wollte unbedingt Cornelia, Thorne und sonstigen Morgenbesuchern aus dem Weg gehen. Es war schön, dass ihre List funktioniert hatte, aber sie hatte auch plötzlich bemerkt, wie prekär ihre Lage war. Grandiston und Clarissa hatten ihre Rollen letzte Nacht hervorragend gespielt, sie hätte beinahe geglaubt, die Gefühle des Earls für ihre Freundin wären echt gewesen. So sehr Oriana auch wusste, wie gern Clarissa Mr. Elfoy mochte, sie verstand, dass Clarissas Bruder diese Beziehung niemals gutheißen würde. Es würde noch sieben Jahre dauern, bis Clarissa volljährig wurde, und es war sinnlos darauf zu hoffen, dass das Spiel von letzter Nacht mehr bewirken könnte, als das Unausweichliche hinauszuzögern. Grandiston mochte Clarissa aufrichtig und hatte ihr auch schon vor letzter Nacht Aufmerksamkeit geschenkt. Vielleicht würde das, was er mit ihrer Freundin hatte, sich weiterentwickeln und sie sollte der Sache nicht im Weg stehen.

Aber dann hatten sie getanzt, genauso wie früher. Aber nein, so wäre es besser. Sie hatte nie bemerkt, wie sehr sie den guten Freund ihres Vaters bewunderte und liebte. Sie wusste, dass er gutaussehend und lustig und nervig war, aber sie hatte damals nicht gewusst, dass es keinen Mann geben würde, der es mit ihm aufnehmen könnte. Keiner ihrer Verehrer löste annähernd diese Aufregung in ihr aus, wie seine bloße Anwesenheit.

Sie war hinter das Haus gewandert, um nicht entdeckt zu werden, und stand nun vor einigen Arbeitern, die Schieferplatten vom Dach mit einem Seilzug herunterließen und sie dann auf einen Wagen hievten. Die meisten von ihnen trugen alte Militäruniformen, einige die Hosen und andere die zerschlissenen Jacken. Sie blieb ein, zwei Minuten stehen und sah ihnen zu. Dabei bemerkte sie die verletzte Hand eines Mannes, der die Hilfe eines anderen, humpelnden Mannes benötigte, um den Sack mit den Schindeln zu schultern, damit er ihn tragen konnte. Oriana stand an einem Baum, um sie nicht zu stören, und hatte Tränen in den Augen. Das waren tapfere Soldaten, die gegen Napoleon gekämpft hatten und noch immer tapfer versuchten, gegen ihr Leid anzukämpfen. Oriana fühlte sich schrecklich, was waren ihre Probleme schon im Vergleich dazu? Vielleicht würde sie wieder bei Fitzroy leben müssen, aber das wäre nicht wichtig, sagte sie sich.

Über den Pfad vom Dower House hörte sie das Geräusch eines herannahenden Pferdes. Grandiston war abgesprungen, bevor sie ihm aus dem Weg gehen konnte.

„Ein schöner Zufall. Wie hat unsere List funktioniert?", sagte er und bemerkte ihre schlechte Laune.

„Bestimmt hat Mr. Thorne Sie bereits aufgesucht, um Sie zu benachrichtigen?"

„Vor dem Frühstück. Ich habe mich entschuldigen lassen. Er hinterließ eine Nachricht, um von mir zu hören, sobald ich wach wäre. Ich bin herübergeritten, sobald mein Halstuch so stramm saß, dass mein Kammerdiener mich entsenden konnte. Er ist ein wahrer Pedant, wissen Sie." Oriana schenkte ihm ein fahles Lächeln. „Der verliebte Junge und seine Schwiegereltern in spe sind zu einer ungünstigen Zeit herübergekommen. Was will Thorne von mir?"

Trübsinnig antwortete Oriana: „Mrs. Thorne hat eingelenkt. Wie werden alle über den Sommer hier bleiben.

„Hah!", sagte der Earl zufrieden.

Oriana richtete ihre strahlend blauen Augen auf ihn, dieses Mal weniger eisiger Gletscher als stürmische See. „Das ist schön und gut, aber sie und Thorne werden ebenfalls bleiben. Das wird unser friedliches Zusammenleben jäh beenden."

Sie war froh zu sehen, dass die Selbstgefälligkeit aus Grandistons Ausdruck wich. „Selbstverständlich wird sie zu ihren Kindern zurückkehren wollen."

Oriana sah ihn nur an und sagte nichts.

„Wirklich eine liebevolle Mutter." Noch immer mit den Zügeln in der Hand setzte sich Grandiston auf einen Holzblock und bot Oriana seinen Rockschoß an. Sie setzte sich ohne Zurückhaltung, aber ärgerte sich darüber, dass er sie mit dieser vertrauten Gäste zurück in ihre früheren Verhältnisse versetzte. „Nun, wir müssen sie einfach loswerden", sagte er entschlossen.

„Das ist leichter gesagt, als getan. Wie sollen wir das schaffen? Sie könnten um Clarissas Hand anhalten", sagte sie in einer Stimme, die betroffen klang. „Vielleicht würde Cornelia dann abreisen, um all ihren Bekannten davon zu erzählen. Sie würde doch auf jeden Fall deren Gesichter sehen wollen, wenn sie die frohe Botschaft verbreitet."

„In der Tat. Und sollten wir die Hochzeit ebenfalls planen?"

Oriana versteifte sich. „Es scheint, als würden Sie sie gerne mögen. Und Sie werden auch nicht jünger, Grandiston. Clarissa wäre eine wunderbare Ehefrau."

„Das wäre sie." Für eine Sekunde richtete Oriana ihre stürmischen Augen auf ihn, dann nahm sie wieder Haltung an und verkrampfte ihre Finger. „Aber ich fürchte, dann wäre ich innerhalb einer Woche tot", fuhr er heiter fort. „Elfoy und ich waren neulich auf der Jagd. Er ist ein erstklassiger Schütze. Und außerdem..." Oriana spürte, wie sie bei seinem Lachen zusammensackte, aber sie wagte es nicht ihn anzublicken, bis er sagte: „... hat dein Vater *dich* für mich vorgesehen." Er blickte auf sie hinunter und sein harsches Gesicht lichtete sich unter seinem Lachen und einer tiefen Wärme, die sie erschaudern ließ.

„Und wirst du den Willen meines Vaters befolgen?", fragte sie zitternd, aber dennoch störrisch.

Seine starken Arme schlangen sich um sie und drehten dabei ihre Schultern zu sich. „Nein, meine Liebe, aber als ich weg war, konnte ich meine kleine Streithenne nicht vergessen. Ich habe nie aufgehört, an dich zu denken, Oriana." Er war ernst geworden und beugte sich hinunter, um sie zu küssen, worauf sie mit unerwartetem Feuer reagierte. Für nur zehn Sekunden waren sie ineinander verschmolzen und seine Leidenschaft verängstigte sie. Sie riss sich los und beinahe ohne ihren Willen pfefferte sie ihm ihre Hand ins Gesicht. Er taumelte, dann stand er auf und zog sie zurück in seine Arme.

„Du Hitzkopf! Wofür war das denn?"

„Wie konntest du nur glauben, dass ich jemals mein Einverständnis zu einer solch unsäglichen Verlobung gegeben hätte?"

„Ich habe es nur einen Moment lang geglaubt. Ich nahm an, das war eine deiner hitzköpfigen Ideen, um deinem Bruder zu entkommen und die du früher oder später bereut hättest." Das war nicht die ganze Wahrheit, aber Grandiston wollte ihr nicht von den Zweifeln erzählen, die ihn lange Zeit verfolgt hatten. Gleich als er sie wiedergesehen hatte, hatte er erkannt, dass nicht einmal ihre Jugend sie dazu veranlassen hätte können, ihren Stolz zu vergessen und eine solche Verlobung einzugehen, und er hatte erkannt, dass die Schuld bei Petersham gelegen hatte. Wofür er gewiss noch bezahlen würde.

„Nein, meine hitzköpfige Idee war es, auf die Annonce von Mrs. Thornes Akademie für junge Damen zu antworten." Sie seufzte und lehnte sich gegen seine Schulter. „Ach Grandiston, ich liebe dich wirklich schrecklich."

„Na, dann sag das doch nicht so bekümmert." Er küsste sie erneut.

„Aber du wirst über mich bestimmen, genauso wie Fitzroy es getan hat, und das könnte ich nicht ertragen."

Grandiston fuhr sich über die Stelle, an der sie ihn geschlagen hatte. „Ich hätte viel zu große Angst davor, das zu tun. Ich werde vor Angst erzittern, wann immer ich erkenne, dass deine Augen eine solche faszinierende Farbe annehmen, und mich darauf beschränken, mit ‚Gewiss, meine Liebe', zu antworten, genauso wie es John Thorne tut."

Er zog ihre Hand durch seine Armbeuge und führte sie hinüber zum Pfad, wohl wissend, dass es für den Ruf einer Dame nicht schicklich war, mit einem Gentleman im Wald herumzulungern. Sie hatten einen kurzen Weg zu gehen und Oriana blickte schüchtern zu ihm auf. „Heißt das, wir sind verlobt?" Sie errötete - eine solche Frage geziemte sich nicht.

Grandiston lachte. „Das hoffe ich doch. Ich habe dein Verlobungsgeschenk schon zu Hause gekauft. Ich habe es bei Biddulfs geholt, bevor ich hierher gefahren bin."

Oriana erkannte den Namen eines schicken Londoner Juweliers. „Hattest du schon vor, mir einen Antrag zu machen, bevor du überhaupt angekommen bist?" Sie brach ab und ihre Augen nahmen wieder das stürmische Blau an.

Grandiston brach in Gelächter aus. „Du solltest doch wohl eher erfreut über meine Hartnäckigkeit sein, Liebes."

Sie löste sich von ihm. „Nenn mich nicht ‚Liebes', Grandiston. Wenn ich daran denke, wie du die ganze Zeit mit mir gespielt hast..."

Er zog sie erneut in seine Arme und ihr Widerstand war schwach. „Ich wollte, dass du dir so sicher bist, wie ich mir, mein Liebling. Und ich muss zugeben, als ich sah, wie du all die anderen abgeschmettert hast, hatte ich zu viel Angst. Sie alle sind als gebrochene Männer abgezogen."

Sie schlug ihn mit ihrer kleinen Faust, aber sie war zu glücklich, um ihr Lachen zurückzuhalten. „Ach Liebling..." Sie waren nun im Sichtfeld des Hauses. Grandiston verwehrte ihr den Kuss, für den sie sich nach oben reckte, nahm ihre Hand wieder in seinen Arm, während eine große Kutsche durch die Einfahrt gerast kam.

„Was zum Teufel?"

„Wessen Kutsche ist das?"

Sie beschleunigten ihr Tempo und eilten zum Haus.

In der Ferne sahen sie ein weiteres Fahrzeug, das Pferd des Vikars mit einem Pferdewagen fuhr in Richtung des Hauses, während drei Gentlemen an ihm vorbei in dieselbe Richtung ritten.

Oriana blickte sich um und sah die Reiter in der Ferne. „Oh, Grandiston, wo kann ich mich denn nur verstecken?"

Er hielt ihren Ellbogen. „Nein, das wirst du nicht. Denk an Clarissa. Ich habe so ein Gefühl, dass diese Farce bald ein Ende finden wird."

Oriana seufzte. „Clarissa. Natürlich. Aber sieh mich bloß nicht an, Hugo, denn ich fürchte, ich kann dann nicht verbergen, wie glücklich ich bin." Sie wandte sich zum Haus und betrat die Halle, wo sich eine ungewöhnlich große Menge an Leuten versammelt hatte.

Die Auflösung

Clarissa hatte die große Halle mit ihrem Besucher betreten. Elfoy sagte: „Ich muss mit Ihnen sprechen."

„Gewiss, einen Moment. Mr. Micklethwaite, das ist mein Gutsverwalter, Mr. Elfoy." Die Gentlemen verbeugten sich leicht. „Sullivan, könnten Sie Miss Micklethwaite Bescheid geben, dass ihr Bruder eingetroffen ist?"

Sullivan verbeugte sich und sagte leise: „Ich denke, Mr. Elfoy ist in einer dringenden Angelegenheit hier."

Die Türglocke läutete und Clarissa wandte sich nach einem Nicken von Micklethwaite an Elfoy.

„Ist sie noch hier?", fragte er leise.

„Wer in aller Welt...?"

„Hat Sullivan es Ihnen nicht gesagt?"

„Ich war draußen." Sie wurde abgelenkt, als Sir Montague Holmes das Haus, gestützt von einem Diener, betrat.

„Ist sie fort?", keuchte der Baronet.

„Das wissen wir noch nicht?"

Langsam dämmerte es Clarissa. „Appleby? Oh nein, Sullivan..."

„Miss Appleby hat uns vor einer halben Stunde in einem Gig aus dem Dorf verlassen. Ich wollte Ihnen vor Ihrem Ausritt mitteilen, dass eine Kutsche gerufen wurde." Sullivan hustete diskret.

Eine laute Stimme aus Richtung der Küche unterbrach sie. „Clarissa, ich muss darauf bestehen, dass du diese Frau aus deinen Diensten entlässt. Sie war mir gegenüber äußerst unverschämt. Noch nie habe ich..." Cornelia kam aufgeregt auf sie zugestürmt, gefolgt von Mrs. Smith, Becky und zweier weiterer Mädchen aus dem Dorf, die in der Küche arbeiteten. Die Gefolgschaft blieb stehen, als Cornelia dies ebenfalls tat. Überrascht, Besucher zu sehen, brach sie ab und begrüßte die Gäste. Mrs. Smith nutzte ihre Chance und rannte an ihr vorbei zu ihrer Arbeitgeberin.

Hätte sie genau hingesehen, hätte Clarissa bemerkt, dass Mrs. Smith, zwar genauso empört war, wie Cornelia, aber so gesund wie schon lange nicht aussah. Der Zorn hatte Farbe auf ihre Wangen und ein Funkeln in ihre Augen gezaubert. „Ich hoffe, Sie wissen, Miss Clarissa, dass ich in meinem gesamten Dienstleben niemals unverschämt gegenüber meinen Vorgesetzen war. Ich habe Mrs. Thorne nur darüber informiert, dass ich den Schlüssel zum Silberschrank niemand anderem als meiner Dienstherrin überreichen werde."

Clarissas Gedanken überschlugen sich und sie konnte an niemand anderen als die liebe Appleby denken, aber sie musste zuerst ihre Bediensteten wegschicken.

„Ich verstehe, Mrs. Smith, aber nicht jetzt, bitte. Wir werden das später klären."

„Ja, entfernen Sie sich", befahl Cornelia, die sich wieder erholt hatte.

„Was geht hier vor?" Charles, Juliana und die Sowersbys traten aus dem Frühstückszimmer, fast zur gleichen Zeit, als Grandiston die Vordertür öffnete und mit Oriana eintrat.

Clarissa ging zu ihnen hinüber. „Appleby ist fortgegangen."

Oriana griff nach den zitternden Händen ihrer Freundin. „Aber warum nur?"

Sir Montague hielt sich an Grandistons Arm fest. „Sie hat mir einen Brief zukommen lassen. Ich dachte, ich könnte sie aufhalten..."

Der Earl zog einen Stuhl heran. „Beruhigen Sie sich, Sir. Setzen Sie sich."

„Verfluchte Beine", sagte der Baronet und streckte sie aus. Er blickte zu Grandiston auf. „Ich hätte deutlicher zu ihr sein sollen." Dieser legte seine Hand auf die Schulter des alten Mannes.

In der Zwischenzeit schritt Mr. Elfoy aufgebracht durch die Halle. „Die arme Frau, ich habe von ihren Plänen gewusst, aber sie überredet, bis nach dem Ball zu warten. Ich hätte nicht gedacht, dass sie gleich am nächsten Tag fahren würde."

„Warum haben Sie mir das nicht erzählt?", sagte Clarissa. „Aber, lassen Sie mich nachdenken... warum sollte sie?"

„Weil", ertönte die Stentorstimme von Miss Micklethwaite, die die Treppe herunter kam und eine Nachricht in Händen hielt, „Mrs. Thorne sie angewiesen hat zu gehen."

John Thorne war wie Booth und die anderen vom Lärm angezogen worden und folgte ihr nach unten, überholte sie und stellte sich neben seine Gattin. „Sie haben kein Recht, meine Frau einer solchen Sache zu beschuldigen", sagte er mutig, als er sich dem Schrecken seiner Schulzeit stellte.

Lord Grandiston unterbrach. „Sullivan, wer hat den Wagen bestellt, der Miss Appleby zur Postkutsche bringen sollte?"

Sullivan, der den Küchenjungen angewiesen hatte, sich nützlich zu machen und Mr. Micklethwaites Taschen nach oben zu bringen, sagte ruhig: „Mrs. Thorne, eure Lordschaft."

Mrs. Thorne sah nun alle Blicke auf sich gerichtet, während ihr Mann sagte: „Aber Miss Appleby..."

Cornelia errötete leicht, aber sie wandte sich an ihren Gatten. „Wir haben uns doch darauf geeinigt, dass diese verarmten Frauenzimmer nicht länger auf Kosten unserer geliebten Schwester leben können."

John sah sie aufrichtig schockiert an. „Nun ja. Aber sie sollte doch erst gehen, nachdem Clarissa zu uns gezogen wäre - und natürlich nicht ganz alleine."

Seine Frau drehte sich zu den anderen. „Ich habe keinen Grund, mir Vorwürfe zu machen. Miss Appleby hat eingesehen, dass es falsch war, weiterhin hier auf Clarissas Kosten zu leben."

Mr. Elfoy hielt es nicht länger aus. „Haben Sie auch nur irgendeine Vorstellung davon, was Miss Appleby für Ashcroft getan hat? Was all die Damen hier getan haben? Durch ihre Arbeit an den Gewächshäusern können der gesamte Haushalt hier und noch viele andere versorgt werden. Sie hat Miss Thorne geholfen, die Kranken auf dem Anwesen zu versorgen, den Haushalt zu organisieren, die Wäsche zu sortieren, die Bediensteten zu schulen und sie hat allen die Regeln der sozialen Etikette beigebracht. Und noch mehr, sie hat der besten Besitzerin, die dieses Anwesen seit Jahren gesehen hat, dabei geholfen, sich an ihr Leben als Gutsherrin zu gewöhnen und hat dies alles mit Tatkraft und Leidenschaft verrichtet."

Clarissa legte eine Hand an ihre von Stolz geschwellte Brust. Mr. Elfoy stand Cornelia in der Halle gegenüber und eine Locke fiel über seine Augen.

„Jetzt hat er es ihr gegeben", sagte Booth in einem hörbaren Flüstern. Mrs. Thorne zuckte zusammen.

Clarissa trat vor und ergriff Mr. Elfoys Hände voller Leidenschaft. „Können Sie der Kutsche nicht folgen? Vielleicht können wir sie noch einholen?"

Elfoy drückte ihre Hände und blickte sie zärtlich an. „Das hatte ich vor, ich wollte nur sichergehen, ob sie nicht noch hier wäre..."

„Dann los mein Junge", ermutigte ihn Lord Montague auf seinem Stuhl. „Holen Sie sie!"

Im selben Moment tönte Thornes erboste Stimme durch das Haus. „Clarissa! Wie kannst du es wagen?"

Das Paar sprang auseinander. Die Türglocke schellte.

„Sullivan, bitte entschuldigen Sie uns bei den Besuchern."

Auch wenn er dachte, dass sie besser aus der Halle treten sollten, wenn sie entschuldigt werden wollten, öffnete Sullivan die Tür einen Spalt und sagte eisern: „Die Damen sind nicht zuhause." Die Gentlemen hinterließen ihre Karte, auch wenn Clarissa fand, dass Sir Piers Stimme etwas pikiert klang.

„Vielleicht sind wir zu früh. Wir kommen später noch einmal vorbei."

„Wie Sie wünschen, Sir."

Die Stimmen der Männer verschwanden und die Menge in der Halle atmete durch. Bevor das Gespräch wieder aufgenommen wurde, läutete es erneut. Sullivan öffnete die Tür einen Spalt, dann riss er sie auf. Herein trat Mr. Elfoys Mutter mit einer verzweifelten Miss Appleby, die in Hysterie verfallen zu sein schien.

Clarissa rannte nach vorne und warf ihre Hände um ihre Freundin. „Meine liebe Appleby!" Die anderen Damen folgten ihr auf dem Fuß und Miss Appleby verschwand im Gemenge der Umarmungen.

Mrs. Elfoy trat lächelnd hinüber zu ihrem Sohn. „Der Wirt des Gasthofs hat mich angerufen, da sich Miss Appleby wohl in einem schlechten Zustand befand. Sie hatte während der ganzen Kutschfahrt geweint und als sie am Gasthof angekommen war, war sie so aufgelöst gewesen, dass sich der Fahrer der Postkutsche geweigert hatte, ihr einen Fahrschein zu verkaufen. Ich habe beschlossen, sie nach Hause zu bringen."

Sir Montague kämpfte sich auf seine Beine. „Meine Liebe", sagte er zu Miss Appleby, die sich mit einem Taschentuch die Augen trocknete. „Meine Liebe."

Die ruhige Stimme von Mrs. Sowersby, die noch immer mit ihrer Familie in der Tür des blauen Salons stand, ertönte: „Nun, da Miss Appleby gefunden wurde, sollten wir uns nicht irgendwohin zurückziehen, wo es gemütlicher als hier ist?"

Aber Cornelia trat nun mitten in die Halle, während Sir Montague Miss Appleby, die unter ihren Tränen lächelte, in seinen Stuhl half. Grandiston hatte bereits in schweigendem Einverständnis mit Sullivan einen weiteren daneben positioniert, in den sich der Baronet dankbar sinken ließ. Oriana lächelte und rückte ohne nachzudenken näher an den Earl. Cornelias funkelnde Augen nahmen all dies war.

„Das ist eine beschämende Angelegenheit, Clarissa, und es zeigt mir, wo deine wahre Zuneigung liegt." Clarissa drehte sich zu ihr, wobei ihr Blick auf Elfoy fiel, der sich abgewandt hatte, um seine Gefühle nicht zu verraten. Sie behauptete sich und blickte ihrer Schwägerin in die Augen, sagte jedoch nichts.

John Thorne stellte sich neben seine Frau. „Ich verstehe es nicht. Schätzt du Lord Grandiston denn nicht?"

Grandiston nahm Orianas Hand unter seinen Arm und ging dann nach vorne. „Ich fürchte, es wäre egal, ob sie das tut oder nicht. Ich werde Miss Petersham heiraten."

„Oh, wie wundervoll!" „Glückwunsch." „Sie alter Schuft", sagten Clarissa, Miss Micklethwaite und Mr. Booth gleichzeitig.

Miss Appleby hörte auf zu schluchzen. „Oh, haben Sie das gehört, Sir? Oriana wird eine Countess werden."

Sir Montague küsste die kleine Hand, die er unentwegt getätschelt hatte. „Nicht, bevor ich Sie zu einer Lady mache, meine Liebe. Die Jungen werden warten müssen."

Nur Miss Micklethwaite, die an ihrem Stuhl stand, hörte den Antrag des alten Mannes. Sie legte ihre Hand kurz auf Louisas Schulter, dann ging sie hinüber zu ihrem Bruder.

Miss Appleby sah sich außerstande, etwas zu sagen. Stattdessen stieß sie einen langen Seufzer aus, mit dem sie alle Enttäuschungen hinter sich ließ, und führte seine Hand an ihre Wange. Dann ließ sich sie ihren Kopf sinken, was als Antwort genügen musste.

Cornelia war außer sich vor Zorn. „Ich denke, das Ganze hier ist eine Farce von dir und deinen schmarotzenden Gefährtinnen..."

„Madame!", begann Mr. Micklethwaite, der seiner Schwester zu Hilfe eilte.

„... damit du weiter auf deinem Anwesen bleiben kannst, bis all das Geld ausgegeben ist und du wieder mittellos bist. Und dann wirst du bettelnd zu deinem Bruder zurückkehren." Cornelia brach ab, aber Clarissa sagte nichts. „Ich wette, dass kaum noch etwas vom Erbe deiner Mutter übrig ist."

Clarissa zuckte zusammen. Die Damen wussten nicht, wie kurz sie davor stand, tatsächlich den letzten Rest des Erbes ihrer Mutter ausgeben zu müssen. „Und um das Ganze noch schlimmer zu machen, willst du einen Mann heiraten, der nicht einmal zwei Schilling in der Tasche hat, um dich zu erhalten, und der nur wieder jemand ist, der dich ausnehmen will."

Ein Raunen ging durch das Zimmer. Cornelias Ausbruch war gefährlich gewesen. Sie hatte den halben Raum beleidigt. „Ich habe es schon immer gesagt", flüsterte Mr. Sowersby hörbar zu Mrs. Elfoy und führte sie zu seiner Gruppe in den Salon. „... dass Mrs. Thorne wirklich eine unangenehme Person ist."

Cornelia hatte sich selbst schockiert und war nun still.

„Was meine Frau versucht zu sagen, Schwester, auch wenn ich zugeben muss, dass ihre Sorge um dich sie etwas gereizt sprechen ließ, dass an eine solche nicht standesgemäße Verbindung nicht zu denken ist und dass wir unsere Zeit nicht länger in Ashcroft verschwenden sollten. Du solltest zu deinem eigenen Schutz mit uns nach Hause zurückkehren."

„Er hat sie ausgesprochen. Die Worte, die wir alle gefürchtet hatten." Miss Micklethwaite stellte sich neben ihren Bruder. „Es ist vorbei. Ich nehme an, du bist gekommen, um mich nach Hause zu holen."

„Nicht ganz. Es gibt noch eine Aufgabe, die ich zu erfüllen habe", entgegnete er.

„Sie sprechen von einer nicht standesgemäßen Verbindung", war die Stimme von Grandiston zu hören, der sich gegen den Kaminsims lehnte. „Dem ist aber nicht so. Mr. Elfoys Familie blickt auf eine ähnlich lange Geschichte zurück wie die von Miss Thorne. Der Stolperstein ist natürlich das Geld."

Clarissa stieß einen kurzen, schrillen Schrei aus. „Könnte bitte jeder aufhören, von einer Verbindung zu sprechen. Mr. Elfoy hat mich noch nicht einmal zum Tanzen aufgefordert, geschweige denn gebeten, ihn zu heiraten."

Booth klopfte Elfoy auf den Rücken. „Aber nur wegen diesem verflixten Esel hier. Wenn er der Goldgräber wäre, für den sie ihn halten,

Thorne, dann hätte er schon längst damit aufgehört, Clarissa anzuschmachten und ihr einen Antrag gemacht."

Thorne blickte Booth hasserfüllt an.

„Oder er hätte den Antrag angenommen, den Clarissa ihm gemacht hat", warf Miss Micklethwaite ein.

„Clarissa!" Vor Zorn riss John beinahe einen Knopf von seiner Weste ab.

„*Er* schmachtet überhaupt nicht, wenn dann bin ich diejenige, die das tut. Es ist nicht seine Schuld."

Elfoy, der Clarissas Blickausgewichen war, seit er ihre Hände gehalten hatte, drehte sich nun zu ihr. „Ich schmachte Sie an. Oft." In seiner Stimme verbarg sich ein Lachen und sie lächelte zurück. „Ich habe nicht bemerkt, dass Sie das taten. Sie schienen die Gesellschaft des Earls sehr zu genießen." Seine Stimme war sanft, vertraut.

„Grandiston? Er ist so alt, er könnte mein..."

„Onkel sein" unterbrach sie Grandiston. „Das Geld... Vor langer Zeit, Thorne, war dieses Anwesen ein Wohlhabendes. Und in etwa drei Jahren wird es das auch wieder sein. Es wird bessere Ernten geben, mehr bewohnbare Cottages für die Arbeiter und das wird zu höheren Pachteinnahmen führen. Es wird viel Arbeit vonnöten sein, Kreativität, Leidenschaft und Wissen. Miss Thorne kann die ersten drei Dinge einbringen, aber es braucht Elfoy für das vierte." John Thorne warf ihm einen halsstarrigen Blick zu. „Wäre es wirklich besser, wenn Clarissa zu Ihnen ginge?" Grandistons Stimme nahm wieder einen vertrauten Tonfall an: „... ein glückliches Zuhause ist die Erfüllung eines jeden Lebens und ich denke, ich kann mit Gewissheit behaupten, dass Ihre Schwester und Ihre Frau sich ständig an die Gurgel gehen würden. Möchten Sie wirklich in einem solchen Haushalt leben?" Er ging hinüber und hob Cornelias Kinn mit seiner Hand an. „Und Sie, Mrs. Thorne, denken Sie an all die Hauspartys, von denen Sie all Ihren Freunden berichten können. Ich wette, dass nicht viele Ihrer Bekannten damit angeben können, dass ihre Schwester ein solches Anwesen besitzt. Und vergessen wir nicht die anderen Gäste. Wenn Sie das nächste Mal nach London fahren, werden Sie überall hin eingeladen werden, darauf würde ich wetten."

John Thorne trat verbissen nach vorne. „Das ist ein gutes Argument, Mylord, aber *ich* bin immer noch Clarissas Vormund. Und nachdem meine Schwester uns so hintergangen hat, habe ich kein Vertrauen mehr in ihr Urteilsvermögen oder ihre Fähigkeit, dieses Anwesen zu dem Reichtum zu führen, von dem sie sprechen. Meine Schwester braucht moralische Unterstützung, auch wenn das Opfer für meinen Haushalt erfordert."

„John...", protestierte Cornelia, der Grandiston ein nur zu schönes Bild in den Kopf gesetzt hatte.

„Nein, meine Liebe. Ich bin ihr Vormund und ich verbiete es", sagte John stur.

Es folgte Totenstille. Clarissa fand Elfoys Hand und drückte sie fest in die Falten ihres Kleides. Ihre Augen füllten sich mit Tränen.

Mr. Micklethwaite räusperte sich. „Ich befürchte, dem ist nicht so...", sagte er entschuldigend.

„Ich bitte um Verzeihung, Sir?"

„Nun, Mr. Tipperton, der Anwalt der Familie Ashcroft, hatte als Verwalter von Mrs. Thornes Anwesen das Recht, einen Vormund zu bestimmen. Er hatte natürlich angenommen, dass Sie, als ihr älterer Bruder, dies sein würden, Mr. Thorne, und ich nehme an, er hat Ihnen nach dem Tod ihrer Stiefmutter geschrieben und sie gefragt, ab wann Miss Thorne in Ihrem Haushalt leben würde."

John zuckte zusammen. „Sie war damals so glücklich in der Schule und meiner Frau ging es nicht sonderlich gut..."

„In der Tat. Und laut meiner Schwester kam die Einladung, mit ihr zu leben, erst nachdem sie Ashcroft geerbt hatte, über ein Jahr später."

John Thorne blickte sich verwirrt um, außer Stande, den umstehenden Personen in die Augen zu blicken. „Die Schule war nicht länger profitabel, es ist nicht so einfach, wie sie denken."

„Wie dem auch sei, um Miss Thorne den Nachlass ihrer Mutter aushändigen zu können, hat Tipperton einen neuen Vormund bestellt: sich selbst. Das war umso notwendiger, nachdem der junge Viscount verstorben war. Mr. Tipperton ist ein älterer Herren und so hat er einen weiteren Mann des Rechts als Vormund bestellt..." Er räusperte sich erneut. „Mich."

Ein Ausruf des Erstaunens war zu hören und Mr. Micklethwaite, der nicht gerne im Mittelpunkt stand, trat einen Schritt zurück.

„Heißt das", sagt der Ehrenwerte Charles empört, „dass unser ganzer gewiefter Plan, um Clarissas Vormund zu täuschen, ganz zu schweigen von unserer Scharade letzte Nacht umsonst gewesen ist? Alles was wir tun hätten müssen, wäre gewesen, bei Waitys Bruder vorzusprechen?"

„Was das betrifft, Sir, so wurde ich erst nach Erhalt der Anfrage meiner Schwester zum Vormund bestellt. Er suchte nach jemandem, auf den er sich verlassen konnte und als ich die Verbindung meiner Schwester erklärte... Aber ja, Sie hätten nur bei Mr. Tipperton vorstellig werden müssen."

„Ich verstehe das nicht. Wie kommt es, dass ich nichts davon wusste, dass Mr. Tipperton mein Vormund war?" fragte Clarissa.

Miss Applebys schwache Stimme war nun zu hören. „Ich befürchte, das war alles meine Schuld, meine liebe Clarissa."

„Wie kann das sein, liebe Appleby", fragte Clarissa und wandte sich zu ihr.

„Nun, nach dem Tod Ihrer Mutter wurden so viele Dokumente geschickt. Augusta hat sich um die meisten gekümmert, aber ein Brief kam an, als Sie beide auf einem Spaziergang waren und ich legte ihn hinter die Uhr, wo er für einige Monate liegen geblieben war. Als wir packten, fand ich ihn wieder und legte ihn in meinen Koffer. Ich wollte ihn Ihnen nach unserer Ankunft geben." Sie seufzte. „Aber dann ist so viel passiert und... es tut mir *so* leid, meine Liebe."

„Heißt das, ich musste all diese schrecklichen Besuche und ganz besonders Lord Staines ganz umsonst ertragen? Schrecklich“, sagte Miss Petersham streng.

Clarissa lachte. „Das hast du aus Freundschaft getan, Oriana. Und wer hatte jemals so wunderbare Freunde wie ich? Waity und Appleby und meine Goldstücke Oriana und Juliana. Und unsere neuen Freunde: Grandiston, Mr. Booth und der liebe Sir Montague. Und Mr. Elfoy, der sich gegen alle gestellt hat, um mir zu helfen. Wie kann ich Ihnen jemals dafür danken?“ In ihrer alten Ungestümtheit drehte sie sich zu ihm und ergriff erneut seine Hände.

Elfoy suchte ihre Augen. „Indem Sie mich heiraten?“

Clarissa strahlte und war ein für alle Mal sprachlos. Mrs. Elfoy drückte Mr. Sowersbys Arm so fest, dass er aufstöhnte. Elfoy wandte sich an Mr. Micklethwaite. „Mit Ihrer Erlaubnis, Sir.“

„Nach Lord Grandistons meisterhafter Zusammenfassung der Fakten nehme ich doch an, dass das eine sehr sinnvolle Entscheidung ist.“

Mr. Elfoy starrte in die Augen seiner Liebsten und Grandiston blickte mit Stolz in das Gesicht von Oriana, deren Freude sich nun durch das Glück ihrer Freundin verdoppelt hatte. Sir Montague tätschelte noch immer Miss Applebys Hand und flüsterte ihr sanft etwas zu. Der Rest der Gesellschaft war in unterschiedliche Schockzustände verfallen und so lag es an Mrs. Sowersby die Situation voranzutreiben.

„Mr. Elfoy, vielleicht führen Sie Clarissa zu einem Spaziergang in den Garten.“

„Ja, Ma'am“, sagte er eifrig.

„Und sprechen Sie mit ihr nicht über Ihre fehlenden Mittel. Charles und Hugo haben mir verraten, dass Sie dem Anwesen hier jedes Jahr zehn Tausend einbringen werden.“

„Nein, Ma'am.“ Elfoy lächelte und führte Miss Thorne fröhlich in den Garten.

„Entlassen wir die übrigen Turteltauben ebenfalls sich selbst und ich schlage vor, die anderen ziehen sich nun in den Salon zurück. Hier beginnt es zu ziehen. Das gilt auch für dich und Charles, Juliana. Ihr seid nun schon mehr als einen ganzen Tag verlobt und braucht eure Zärtlichkeiten nicht länger zu verstecken." Sie lächelte freudig und wandte sich an den Butler. „Sullivan, nicht wahr? Könnten Sie uns einige Erfrischungen zukommen lassen? Der Morgen war bislang sehr aufregend."

Sullivan verbeugte sich ehrwürdig und machte sich davon. Als er aus dem Blickfeld verschwunden war, grinste er breit. Seine kleine Miss Clarissa war in Sicherheit. Aber für das Haus und den Garten würde er noch länger arbeiten. Sobald die Männer mit den Cottages fertig waren, würde er sie woanders für die Arbeit einsetzen. Ashcroft würde eines Tages wieder ein großartiges Anwesen werden.

Mrs. Sowersby drängte Mrs. Elfoy sowie Mr. und Mrs. Micklethwaite gemeinsam mit ihrer Familie in den Salon. Dann blickte sie zurück zu den Thornes, die noch immer schockiert und beschämt neben der großen Treppe standen. „Liebe Mrs. Thorne, es war wirklich ein aufregender Morgen und ich nehme an, Sie möchten nun eine Tasse Tee." Cornelia zögerte, aber als sie nur Freundlichkeit im Gesicht ihrer illustren Nachbarin sah, folgte sie ihr. „Ihre Schwester wird heiraten. Ich denke, dass Sie bald erkennen werden, dass es das Richtige ist." Mrs. Sowersby fuhr freundlich fort, während sie die beiden hineinführte. „Ich vermute, dass Miss Applebys Hochzeit noch eher stattfinden wird." Mrs. Thornes Gesicht fror ein. „Aber auch wir haben Hochzeiten zu arrangieren." Als die anderen durch die Tür gegangen waren, wandte sie sich an Grandiston, der noch immer bei Miss Petersham stand und sie schweigend anblickte. „Was sagen Sie, Mylord, sollten wir eine Dreifachhochzeit planen? Ich wage zu behaupten, das hätte es noch nie gegeben."

„Die Verschwörungen überlasse ich ganz Ihnen, Mrs. Sowersby", sagte er sanft. „Miss Petersham und ich haben vor, mit einer Sondergenehmigung zu heiraten - *unverzüglich*."

„Aber Grandiston...", protestierte Oriana.

„Willst du wirklich deinen Bruder auf deiner Hochzeit haben?"

„Also dann unverzüglich, Hugo", antwortete Oriana, schockiert von diesem Gedanken. „Aber wenn du denkst, du kannst über mich bestimmen..."

Er zog sie aus der Tür hinaus, vorbei an den Paaren in der Halle und suchte nach einer vertraulicheren Örtlichkeit.

An diesem Abend kam das gesamte Geschirr des Haushalts zum Einsatz und die Köchin hatte sich selbst übertroffen, indem sie(mit der Hilfe von drei zusätzlichen Mädchen aus dem Ort) nur die allerbesten Gerichte aufgetischt hatte.

„Nun", sagte Clarissa, „es ist alles abgemacht. Miss Micklethwaite wird hier bleiben und bei uns leben. Es tut mir wirklich leid, Mr. Micklethwaite."

Mr. Micklethwaite hüstelte und seine Schwester sagte trocken: „Ich denke, er wird es überleben. Aber Mr. Elfoy vielleicht nicht."

Elfoy lächelte. „Nun, ich habe alles versucht, damit Clarissa ihre Meinung ändert..."

Miss Micklethwaite bedrohte ihn mit ihrer Gabel. „Zumindest wird mir Ihre Mutter Gesellschaft leisten." Sie lächelte zu Mrs. Elfoy hinüber.

„Und Miss Appleby wird noch bis zum Frühling bei uns bleiben, bis sie Lady Holmes wird und dann zu erhaben für uns ist." Miss Appleby errötete und Sir Montague lachte laut auf.

„Wir sollten nach London, nach Ashcroft House fahren, bevor ich es verkaufen muss, wenn die Löhne für das nächste Jahr anstehen."

„Ich schlage vor, Sie vermieten es, meine Liebe", warf Sir Montague ein. „Es ist eine wirklich gute Adresse. Sie könnten einen guten Mietzins erzielen."

„Wie klug Sie doch sind, Sir Montague. Ich hoffe, wir werden einander oft besuchen." Sie lächelte und fuhr dann fort: „Juliana und ich werden eine beschauliche Doppelhochzeit..."

„Darüber werden wir noch sprechen müssen. Meine Frau hat andere Pläne", sagte Mr. Sowersby sachlich.

„...feiern, auf der uns der Earl und die Countess von Grandiston beehren, was der Hochzeit einen ganz besonderen Glanz verleihen wird."

Grandiston warf einen Blick auf Booths pfiffige Brokatweste: „Wenn Sie sich weiter so anziehen, Booth, dann kann nicht einmal ich Ihnen helfen."

„Ruhe, Grandiston", sagte Clarissa. „Oder sollte ich sagen, Mylord?" Sie blickte fragend zu Miss Appleby.

„Ja, Liebes", sagte die Dame. „Aber wie immer Sie ihn auch nennen mögen, ich bin mir ziemlich sicher, dass man einem Earl nicht sagt, dass er ruhig sein soll."

John Thorne sah aus, als wollte er ihr zustimmen, wurde aber von seiner Frau in den Arm gekniffen. Cornelia verhielt sich ruhig. Viel hing nun von Clarissas Gunst ab. Ihre Missgunst wurde von praktischen Überlegungen überdeckt. Sie beide durften nicht von der Hochzeit ausgeschlossen werden.

„Einfach Grandiston. Und bis gestern Abend noch *mein* Verehrer", sagte sie neckisch.

„Aber *Gott sei Dank* sind Sie nun mit jemand anderem verlobt", sagte Grandiston erleichtert und prostete Elfoy zu, der grinste.

„Ich dachte immer, Earls hätten bessere Manieren", schalt ihn Clarissa. Sie stand auf, erhob ihr Glas und blickte zu ihren Freunden, dann auf ihr Königreich, das endlich ganz ihr zu gehören schien. „Einen Toast: auf all die unverheirateten Frauenzimmer." Mögen Sie ein so vollkommenes, glückliches und sinnvolles Leben wie wir alle führen!"

Ihre Rezension und Empfehlung machen einen Unterschied!

Rezensionen und Mundpropaganda sind für jeden Autor sehr wichtig, um erfolgreich zu sein. Wenn Ihnen dieses Buch gefallen hat, schreibe bitte eine Rezension, selbst wenn es nur ein paar Zeilen sind, und erzählen Sie Ihren Freunden davon. So können auch andere Freude daran finden und der Autor kann Sie mit mehr Lesestoff versorgen.

Wir wissen Ihre Hilfe zu schätzen!

Auf der Suche nach mehr großartigen Leseerlebnissen?

Ihre Bücher in Ihrer Sprache

Babelcube Books hilft Lesern, neue tolle Bücher zu finden. Eine Partnerbörse, die Sie und Ihr nächstes Leseabenteuer zusammen bringt.

Unsere Kollektion besteht aus Büchern, die über Babelcube erscheinen sind – einer Plattform, die selbstpublizierende Autoren und ihre Übersetzer zusammenbringt und deren Arbeiten in verschiedenen Sprachen global vermarktet. Alle Bücher, die Sie finden, sind bereits in Ihre Sprache übersetzt.

Wir sind stolz, Ihnen die Bücher der Welt präsentieren zu können.

Wenn Sie mehr über unsere Bücher erfahren willst, schauen Sie sich bei uns um und aboniere unseren Newsletter für Neuerscheinungen:

www.babelcubebooks.com[1]

1. http://www.babelcubebooks.com/

25485720R00116

Printed in Poland
by Amazon Fulfillment
Poland Sp. z o.o., Wrocław